TOブックス
西崎ありす
イラスト：フルーツパンチ
商人令嬢はお金の力で無双する

Contents

プロローグ 4
令嬢は振り返る 7
戦略的撤退 15
些細なイヤガラセと新天地 26
妖精の恵みと教養 36
グランチェスター家の現実 48
女性文官誕生 54
貴族的優雅さと遥かなる山脈 59
仕分け仕分け仕分け仕分け 75
至れり尽くせり 82
見えてきた数字 85
もしかすると、アレがないかもしれない 99
薬師、錬金術師、冒険者 115
魔法の訓練開始！ 144
天使はいつか羽ばたいていくだろう -SIDE レベッカ- 156

Syonin reijo ha
okane no chikara de musou suru

令嬢は趣味について考察する 163
グランチェスター侯爵襲来 168
お掃除と探検 175
女子力とイーグルアイ 186
秘密の花園 192
妖精の友達 198
良心の呵責に咽び泣く 212
グランチェスターの人間 254
意外なところにチートが潜んでいた 263
貴族女性としての生き方 277
ライ麦畑で事件勃発 292
ピアノと妖精と祖父 312
エピローグ　手遅れになってからしか気付けない －SIDE ウィリアム－ 344
書き下ろし　君たちがいない日々 353
あとがき 364

Illust. フルーツパンチ　design 豊田知嘉

プロローグ

「卑《いや》しい平民風情が、侯爵令嬢のように振舞うなんて身の程知らずな！」

「なんでお前のような卑しいヤツと同じ屋敷に住まなきゃならないんだ」

「女が本なんか読んで生意気なんだよ。下町に帰れ」

自分より体格の良い年上の子供に取り囲まれ、小突かれている少女は、それでも俯《うつむ》くことなく相手の子供たちを見返している。

「あなたたちには関係ないでしょ。私の本を返して！」

ひるむ様子を全く見せない相手に苛立《いらだ》ったのか、一番年長と思われる少年は取り上げた本を頭上に掲げ、反対側の手で少女を突き飛ばした。

「きゃぁ」

少女は本を取り返そうとつま先立ちになっていたため、突き飛ばされた勢いで後方に倒れこみ、運の悪いことにそのまま蓮《はす》の花が浮かぶ池へと転落した。

少女は泳げないわけではなかった。しかし運が悪いことに、その日は外出予定だったためフォーマルなドレスに身を包んでいた。結果、ドレスは水を吸ってとても重く、手足を自由に動かすこともできなかった。

周囲に大人の姿はなく（イジメは基本的に大人の目につかないところでやるのだから当然だろう）、少女が水の中でジタバタと藻掻《もが》いても誰かが助けにきてくれる気配はない。

イジメていた子供たちもさすがにヤバいとは思ったが、大人を呼んだら自分たちのイジメがバレてしまうため、声を上げることを躊躇《ちゅうちょ》している。

「わ、私は何も知らないわ！」

「僕のせいじゃない！」

「兄上、姉上、置いていかないでよ～」

真っ先にイジメていた少女がその場から逃げ出すと、兄と弟もあとを追うように駆け去って行った。

池に落ちた少女はしばらく藻掻いていたが、そのうち口や鼻から水が入り込み、苦しくて気が遠くなっていく。

『あーあ、なんで私がこんな目に……。今度は恋愛して結婚したかったなー』

『……』

『……』

『……ん？』

『ちょっと待って、今度って何？』

少しずつ薄れていく意識の中で、少女は突然〝前世〟を思い出した。

『あーーー、これって異世界転生じゃない!?』

眠っていた記憶が蘇った次の瞬間、少女の身体に突然の変化が起きる。心臓の近くから急激な熱が発生し、血管を通じて全身を駆け巡る。

そして誰に教わることもなく自然と理解した。これは魔力であり、生きるために必要な力《魔法》である、と。

『水は私を傷つけない。水は私を救い、守り、癒す。私を助けてちょうだい』

言葉を発することなく、思考するだけで水面が少女を持ち上げるように盛り上がり、ゆるゆると少女を水際へと押し出した。

「うぇっ、げほっ、げほっ……」

陸に上がった少女は、飲んでしまった水を吐き出し、その場でごろりと横になる。髪やドレスを乾かし、肺に入り込んでしまった水も、呼吸と同時に自覚したばかりの魔法で排出して事なきを得る。

しかし、激しく消耗した体力と、突然蘇った過去の記憶、そして初めての魔法のせいで、少女の気力は限界を迎えた。

『あー、もう指一本動かせる気がしないわ。うー、あいつらどうしてくれようか……』

などと不穏なことを考えつつ、そのまま少女は気を失った。

令嬢は振り返る

目を覚ますと知らない天井……なんてことはなく、見慣れた自室のベッドで目を覚ました。

「サラお嬢様、気が付かれましたか？」

心配そうにのぞき込んでくるのは、サラの専属メイドのマリアだ。可愛らしい外見から年齢よりも幼く見える。本人はそれがコンプレックスらしいが、サラよりも五歳年上の十三歳である。幼く見えても仕事は優秀なので、先輩メイドたちからの評価は高い。

「おはようマリア」

ゆるゆると身体を起こそうとして、全身に違和感が走った。身体がとても重い。

そこでようやく、サラは池に突き飛ばされたことを思いだした。

「ご無理をされてはいけません。お嬢様は三日も寝込んでいらしたのです。池の近くで倒れているのを警備の者が見つけ、慌ててお部屋までお連れしたのです。とても高いお熱が出ており、そのまま目を覚まされませんでした。一体なにがあったのでございますか？」

どうやらイジメた者たちは、知らぬ存ぜぬを通しているようだ。

「池のそばで本を読んでいたら、アダムたちがやってきて本を取り上げたの。取り返そうとしたら突き飛ばされて、そのまま倒れてしまったみたい。商人の娘が本を読むのが気に入らないようね」

サラはひとまず魔法を発現したことや、前世の記憶が蘇ったことを隠すことにした。嘘ではないがすべてを詳《つまび》らかにしているわけでもない。アダムたちだって、どうせ本当のことは言わないだろうから、バレる可能性は低い。

「なんと非道な！　旦那様に報告しなければ」

「無駄よ。証拠もないし、言いがかりをつけられたって、逆にこちらが伯父様や伯母様に責められるだけだわ」

「ですが、お嬢様……」

悔しそうな表情のマリアに、サラはニコリと微笑みかける。

「でもね、おかげでちょっといいこともあったの」

「いいことですか？」

「そのうちマリアには教えてあげる」

「あら、なんでしょう。とても気になります」

コテンと小さく首を横にかしげたマリアは、人形のように可愛い。

「いじめっ子たちに仕返しする方法を思いついたの。でも、うまくやるためにもうちょっと考えてみるつもり」

「なるほど。そういうことですか。確かにあの躾《しつけ》のなっていない子供達には、お仕置きが必要そうですものね」

意外に過激なマリアは、にんまりと笑顔を見せる。

「でしょ？」

「ですがお嬢様、ひとまずお薬を飲んでくださいませ。薬師のマルク男爵によれば、あと数日は安静が必要だそうですよ。お仕置きにも体力が必要です」

マリアは運んできた煎じ薬をベッドサイドのテーブルの上に置くと、サラが身を起こすのを手伝った。ふんわりと大判のショールを肩に掛け、手際よく背中の後ろ側に枕を並べて軽くもたれかかれるように整えると、薬の入ったボウルをサラの口許に近づけた。

「うっ、これ、凄い臭い……」

「体力をつけて病気を追い出すお薬だそうです。ちゃんと飲み終えたら、エルマを剥いて差し上げますので、頑張ってくださいませ」

エルマとは、前世のリンゴのような果物だ。品種改良の技術がすすんでいるわけではないのでそれほど甘みがあるわけではないが、それでもこの世界では貴重な甘味である。

前世の記憶が戻ったことで、薬が嫌だと子供じみた我儘《わがまま》を言う気にもなれず、サラは諦めてボウルになみなみと注がれた煎じ薬を一気に飲み干した。飲みやすいよう、冷ました状態で持ってきてくれたことがありがたい。

「んっ、くぅ……、すごい苦くて渋い」

青臭さと強烈な渋みに加えて、ジャリジャリとした舌触りが絶妙に気持ち悪い。こみあげてくる吐き気を必死に堪えて何とか飲み干したが、あまりの不味《まず》さで涙目になる。

「マリア、今はエルマより水が欲しいわ……」

「用意してございます」

そっと手渡されたカップの水を、ごくごくと一気に飲み干す。マリアが優秀なメイドで本当に良かった。

「お嬢様、食欲はございますか？」

「今はなにも食べたくないわ」

食欲すら減退させる恐るべき煎じ薬である。『これを飲むくらいなら元気になってやる』という効果で良くなるのではないだろうかと思えるほどヒドイ臭いと味だった。

「然様《さよう》でございますか。食欲がないときは無理に食べなくても良いそうですので、ひとまずお休みになってくださいませ。お夕食の時間になったらまた参ります」

どうやら、いまは午後の早い時間のようだ。マリアは枕を元の位置に戻し、サラに横になるよう促す。おとなしくサラが横になると、マリアは静かに部屋を出て行った。

『あまりの不味さに、意識が飛びかけたわ。マジあいつら殺す』

前世の記憶が蘇ったサラの性格は、かなり物騒であった。

『異世界転生かぁ』

再びベッドに横になったサラは、前世のことや現世で自分を取り巻く状況を振り返った。

サラの前世は宇野更紗《うのさらさ》という、三十路《みそじ》の半ば近い女性だった。商社勤務のバリキャリで、やりがいのある仕事が大変に面白かった。結果、ついつい恋愛が後回しとなり、結婚どころか彼氏すら何年もご無沙汰であった。

海外出張から戻り、空港から自宅に向かってタクシーに乗っていたはずだ。おそらく交通事故に巻き込まれてしまった……と思うのだが、死ぬ前後の記憶は曖昧でしっかりとは思い出せない。

『美味しいって評判のワイン買ったから、家でゆっくり飲むつもりだったのになぁ。高かったのに残念』

死ぬ間際の記憶を探っても、どうでもいいことしか浮かんでこない。他にもいろいろあるはずなのだが、『翌日の会議の資料をまだ作ってなかったなぁ』など仕事関係のことしか浮かんでこないのだ。

決してブラック企業ではなかった。更紗がワーカホリックだっただけだ。上司からはたびたび有給休暇を取るよう注意されていたが、仕事が楽しくて休暇を取るのを後回しにしてしまうのだ。

プライベートで思いだせたことは、買ったばかりの2LDKマンションを休日にぴかぴかに掃除し、ちょっとだけ手をかけた料理を作って美味しいお酒と一緒に食べたことだった。〝おひとり様で！〟

趣味といえるのは、飛行機の移動中や仕事の休憩の時に電子書籍やネット小説を読むことくらいで、お世辞にも友達が多いとは言えない。少しだけ酒好きだったかもしれないが、浴びるほど呑むというわけでもない。そういう意味では、仕事が一番の趣味だったと言えるのかもしれない。

同世代の友人たちは大半が家庭持ちで、休日を一緒に過ごす機会はあまりなかった。

『まぁ少しずつ思い出せるでしょ』

これ以上考えても、どんどん自分が寂しいヤツに思えてきそうなので、ひとまず現世のことを整理することにした。


サラは現在八歳。グランチェスター侯爵家の三男であるアーサーと商家の娘アデリアとの間に生まれた一人娘だ。

両親は身分違いの恋に落ち、結婚を反対されて駆け落ちした。二人は国境に近い小さな町に落ち着き、よろず屋のような商店を開業した。それほど裕福ではないが、親子三人そこそこ幸せに暮らしていた。

ところがサラが七歳の頃、商品を仕入れに行った父が事故で亡くなった。仕入れのため店にあった現金の大半を所持した状態で事故にあったため、アデリアとサラの母娘は一家の大黒柱と多くの資産を一度に失ってしまったのだ。こうした事故では、所持金や所持品が戻ることはほぼない。

アデリアは気丈に振舞っていたが、現金も商品もない状態では店を手放さざるを得なかった。生活のため早朝から近所のパン屋で働くようになったが、給金は雀《すずめ》の涙程度で、家に帰っても夜遅くまで内職する日々だった。

毎日の食事にも事欠くようになり、夕食は具のほとんど浮いていない塩味のスープと売れ残りのパンがあれば良い方だった。そんな無茶な生活はアデリアの身体を蝕《むしば》み、数か月後には夫の後を追うように息を引き取った。

自分の死期を悟ったアデリアは、亡くなる直前に義父であるグランチェスター侯爵にサラを託す手紙を送っていた。アデリアが亡くなった三日後にやってきた侯爵は、食べるものすら無く呆然と死んだ母親に寄り添うサラを王都の屋敷へと連れ帰った。さすがに孫を飢死させるのは寝覚めが悪かったのだろう。これがおよそ半年前の出来事である。

王都のグランチェスター邸には、侯爵だけでなく、長男のエドワード小侯爵とその妻子も一緒に暮らしていた。祖母にあたる侯爵夫人はサラが生まれるよりも前に亡くなっており、侯爵は後妻を迎えていない。つまりサラはいきなり、祖父、伯父、伯母、従兄姉《いとこ》が暮らす家に引き取られたのだ。なお侯爵の次男は領地の代官を務めており、王都の邸《やしき》には住んでいない。

『伯父様と伯母様は貴族至上主義って感じね。祖父様の前ではいい人ぶってるけど、見ていないところでは〝平民は品がない〟だの〝平民は学がない〟だの酷いことをいっぱい言ってくれたなぁ』

そんな両親に育てられている従兄姉たちがサラを馬鹿にしてイジメるのは、自然な流れと言えるだろう。

サラの前世は日本人なので、〝身分〟を意識するという機会はほとんどなかった。皇族がいることは知っているが、彼らは遠い存在であり、たまにテレビや雑誌で見る人といったイメージだ。

仕事柄、海外の王族や貴族と交渉する機会もあったが、現代の地球において絶対王政の国家は少数派である。ビジネスの場で接する彼らの多くは、大企業の経営者のようなメンタリティーを持っていたように思う。自国を企業のように捉えており、外貨を稼ぎ、国を富ませ、国民を愛していた。

また、そうした王族や貴族は、国によって文化が異なることを熟知していた。取引先である他国の人間に対し、身分を乱用した傍若無人な振舞いをすることはあまりない。

いわゆる〝セレブな方々〟にイヤな思いをさせられたことが無いわけではなかった。しかし、横暴な振舞いをする人の大半は、せいぜい数代前にお金持ちになったばかりの成金であることが多く、自分が偉いと勘違いした痛い人だった。

そういうイヤなヤツは、いろいろな人に迷惑をかけているため、ＳＮＳなどで炎上することも少なくなかった。ネット社会は怖いなぁと思いつつ、自分を罵倒した財閥のご令嬢が謝罪会見をしているのを見たら、胸がスッとしたものである。

ところが、今世で侯爵家の血縁として生まれてしまったサラは、権威主義にどっぷり浸かった貴族社会の洗礼を今まさに受け続けている状態である。母親が平民であるため、伯父伯母や従兄姉たちからしてみれば劣った血統を持つ子供として蔑む対象であり、従兄姉たちはことあるごとにサラをイジメていた。

周囲の使用人たちも、それが当然のように受け止めており、よほどのことがない限り止めることはない。

『尊いお貴族様なんだし、平民なんて放っておいてくれればいいのに』

世の中は、そうそううまくいかないものである。それは異世界でも同じらしい。

戦略的撤退

　数日が経過して体調は回復したが、サラは相変わらず部屋に引きこもっていた。従兄姉たちへの復讐《ふくしゅう》を諦めるつもりはないが、無策のまま外に出れば再びイジメの標的になってしまうだろう。なんらかの手を打つ必要がある。

　大人に言いつければ解決するような単純な問題ではない。

　伯父と伯母もサラを劣った血の子供として蔑んでいる以上、告げ口したところで解決するとは思えない。

　サラを引き取った祖父のグランチェスター侯爵にしても、義務感でサラを引き取りはしたものの、正式にグランチェスター家の籍に入れたわけではない。使用人たちに「この子はアーサーの娘だ。今日から面倒を見ることにした。アーサーが使ってた部屋を与えてやれ」と告げただけでその後は放置している。そんな祖父がサラのために手間をかけるとは考えにくい。おそらく面倒ごとを持ち込むことは避けた方が無難だろう。

　使用人たちもサラをどの立場で扱えばいいのか判断に迷った。邸内で働く使用人には子爵家や男爵家といった下位貴族家の出身者も多く、平民でありながら令嬢として扱われるサラに複雑な感情を抱く者もいた。

だが、下手に粗略《そりゃく》に扱って、あとから侯爵の機嫌を損ねてしまうリスクを回避するため、ひとまずは侯爵家の令嬢として扱うことにしたようだ。

その結果が、専属メイドのマリアである。もしサラが侯爵家で生まれ育っていれば、たとえ母親の身分が低くても、乳母や侍女は付けてもらえていただろう。専属のメイド一人だけというのは、なんとも微妙な扱いである。不安定な立ち位置で侯爵家の正当な血統を持つ従兄姉たちとの衝突が表面化すれば、サラにとって不利になる可能性の方が高い。

『このまま侯爵家で過ごしても居心地悪いのは確かだけど、家出しても生活に行き詰まるのは目に見えてるしなぁ』

下町で育ったサラは、この世界で親のいない子供がどうなるかを知っていた。良くて孤児院、悪ければスラムでスリや物乞いになるしかない。前世のように社会制度が整っているわけもなく、劣悪な環境の孤児院は衣服どころか食事にも事欠く有様だ。スラムに至っては、両親から近づいてはいけないと言われていたため、足を踏み入れたことすらない。おそらく孤児院よりも酷いだろう。

侯爵家にいる限り、衣食住で困窮することはない。家格に見合った服、一日三回の食事に加えて、お茶やお菓子などの嗜好品《しこう》、広い自室にはふかふかのベッドがある。平民には贅沢なお風呂でさえ、部屋に付属したバスルームで毎日入ることができる。

前世を思い出したことで一番大きく変化したのは、トイレやお風呂と言った水回りに対するこだわりだろう。更紗が日本人だった影響が大きいのかもしれないが、トイレは清潔な水洗トイレであるべきだし、できればシャワー付きトイレが望ましい。もちろんお風呂には毎日入りたい。髪が脂っぽくべたつくことに、あまり長く耐えられる気がしない。しかし、そんな前世で当たり前だったことも、この世界では酷く贅沢な生活であることをサラは思い知らされた。

平民だった頃、トイレは家の外にあるのが普通だった。もちろん水洗などではなく、定期的に業者が回収に来る汲《く》み取り式だった。トイレットペーパーもなく、前世では見たことが無いような植物の大きくて柔らかい葉を利用していた。しかも、夜は外に出てはいけないと言われていたので、夜に用を足したくなったら、おまるを使わなければならなかった。それでも、サラの家はまだ良い方で、共同住宅の場合は複数の世帯でトイレを共有していることも多かった。

お風呂に至っては、毎日入るどころか家にお風呂という施設そのものが無かった。平民の家庭はそれが普通であり、大きな盥《たらい》にお湯や水を張って身体を拭くか、近くの川や泉で水浴びしながら身体を洗うことが多かった。一応、街には共同浴場もあるのだが、利用料金が高い上に混浴で、ほぼ男性専用の施設であった。

今、サラの部屋には専用の水洗トイレがあり、お風呂にも毎日入れる。しかも身体や髪をメイドが洗ってくれるサービス付きである。

しかし、いつまでもこのままでいられないことはサラにもわかっていた。

『おそらく伯父様が次の侯爵になれば、私は家を追い出される。どこかの年寄りの後妻として、売り飛ばされるように嫁がされてしまうかもしれない』

祖父である現グランチェスター侯爵は五十代前半である。引退にはまだ少し早いが、あと十年もすれば引退するだろう。その頃にはサラも結婚適齢期を迎えているはずだ。

貴族の結婚の大半は政略結婚だ。貴族の子女は家にとってメリットのある相手と結婚し、子孫を残すことを義務付けられる。領民の税で贅沢な暮らしをしている以上、領地のために結婚をするのは当然と言えるだろう。

だが、サラの父であるアーサーは、アデリアと結婚するために身分を捨てて駆け落ちした。グランチェスター家から見れば、アーサーは義務を放棄して逃げ出した無責任な男であり、その結果として生まれたサラを養う義務はまったくない。

つまり、グランチェスター家で養われるということは、グランチェスター家や領地の民に何らかの貢献をしなければならないということでもあるのだ。

貴族令嬢は結婚によって家に貢献する。社交界にデビューして結婚市場に売りに出され、より条件の良い相手と結婚できるよう着飾って微笑みを浮かべる。

サラは半分しか貴族の血が流れていないので、血統だけを見れば価値は低い。しかしグランチェスターは、代々容姿の優れた者が多い家系であった。アーサーは端正な顔立ちをした青年であったし、アデリアは平民でありながら求婚者が列をなすほどの美人であった。要するにサラは〝美少女〟なのだ。うっすらと蒼色が混ざったような銀色の髪、宝石のような蒼い瞳、透明感のある白い肌、小さい唇は化粧をしなくてもピンクに色づいている。おそらく結婚適齢期には、さぞかし美しくなることだろう。魔法が発現してしまったことも加味すれば、それなりに価値ある商品となってしまうに違いない。

『そう考えるとこの世界の貴族令嬢って哀れな生き物よね。血統重視のあたり、前世で見たサラブレッドのオークションを思いだすわ』
自分の意思で結婚を決められないどころか、生き方を決めることさえできない。貴族令嬢であるメリットなど、贅沢な生活を送ることくらいしかないように思える。更紗だった頃、実家に帰るたびに両親や祖母は『結婚はまだなの？』などとぶつぶつ言っていたが、それでも無理矢理お見合いをさせられるようなことはなかった。仕事にやりがいを感じ、たまの休みには趣味に興じ、好きなものを食べ、好きな服を着る。誰に強制されることも無く、自分の生き方を自分で決めることができた。少なくとも家のために年の離れた男性の後妻になるなど、愛のない結婚を強制されたりはしなかったはずだ。
もちろん、更紗が恵まれていたことは認めざるを得ない。日本に生まれただけでも恵まれていると言えるのかもしれないが、生まれ育った家もそれなりに裕福であった。高い水準の教育が受けられる学校に通い、いくつかの習い事もさせてもらっていた。やや過保護な家族ではあったが、それでも大学進学で家を出ることを許可してくれた……と思うのだが、そのあたりの細かいことはあまり思い出せない。一人暮らしをしたいという強い気持ちがあったことは確かだが、そのくらいの年頃なら家を出て自由になりたいと考えるのは自然なことだろう。
前世の世界でも、自分の人生を自分で決めることのできない人は大勢いた。生まれた国、受けることのできた教育、あるいは、性別、人種、宗教などさまざまなカテゴリーによって人は区別され、場合によっては差別されていたことは事実だ。前世の記憶を取り戻したことで、サラは自分で生き方を決め、悠々自適に生きていくことの尊さを再認識した。また、そのように生きたいと考えるようになっていた。

『身分制度に縛られるのはイヤだけど、生活水準は維持したいよね。そう考えると、裕福な平民を目指すのが一番良さそう。さすがに前世みたいに色々な国に行くのは無理かもしれないけど、好きな仕事をしてお金を稼ぎたいし、自由に生きていたい。前世の記憶もあるし、商人になるのは悪くなさそう。それに……できれば今世では結婚して子供もほしいな。やっぱり結婚は好きな相手とすべきだと思う。やっぱり独立できる年齢になるまではグランチェスター家に依存して、独立資金を貯めるのが手っ取り早い気がする。それなりに裕福な貴族家みたいだし、私一人くらい余裕で養えるでしょ。後で何か言われるようなら、生活費や養育費を返せばいいし。まぁそれくらい稼げるようにならないとダメってことでもあるけど。とはいえ、従兄姉たちと距離を取る方法を考えないと身動きが取れないのも事実よね。いっそ王都を離れて領地の邸に移るのはどうかな？』

グランチェスター領では、父の二番目の兄であるロバートが居住して代官を務めている。いまだ独身であるため、従兄姉にあたる子供はいないはずである。

『ロバート伯父様がちょっとばかりイヤなヤツだったとしても、さすがに子供っぽいイジメはしないと思うんだよね。顔を合わせないように静かに過ごしていれば平和なんじゃないかな』

グランチェスター領は、峻厳《しゅんげん》な山々から湧き出る豊かな水源を持ち、常に潤沢な水量を誇る川沿いに穀倉地帯が広がる豊かな領地だ。だが、従兄姉たちはグランチェスター領を田舎として嫌っており、王都邸から離れようとしない。小侯爵の長男であるアダムはともかく、次男のクリストファーは兄を補佐する代官として、将来は領地に住むことになるのではないかと思う。しかし、地元の顔役やその子息たちと交流しようという気配すらない。長女のクロエなど『避暑地としてお友達を招待することもできない田舎』と言い出す始末である。

衣食住に困ることはなく、従兄姉たちに会うこともない。考えれば考えるほど、独立できるようになるまでグランチェスター領の邸に転居するのは良いアイデアに思えてくる。

『祖父様が元気なうちに私自身が力をつけなければ。そのためにはこの世界の知識が必要だわ』

ひとまずサラはグランチェスター領への移住と、学習の機会を与えてくれるよう侯爵に許可をもらうことにした。この世界では身内といえども領主の執務室を無断で訪問することはできない。まずは侯爵に面会したい旨を伝え、家令を通じて都合を確認する。

しばらくすると、夕食後であれば時間が取れるという返事があり、それまでにサラは現状を改善するために必要なことを列挙することにした。

『とにかく自分でお金を稼げるようにならないと。少なくとも貴族社会の隅に身を置いている以上、マナーはもちろん、社会情勢を知らなければ話にならないわ。他国に移住する可能性も考えれば、外国語の学習と国際情勢の情報収集も必要ね。問題は魔法だけど、発現したことは秘密にしてるしなぁ……。そのあたりは追々考えよう』

前世の更紗は勉強のできる子だった。国立大学で経済学部を卒業し、そのまま大手商社に勤務した。社会人になってからも米国でMBAを取得し、複数の外国語をマスターするなど学習意欲が旺盛であった。仕事の能力も高かったため、同世代の中では頭ひとつ飛びぬけたポストに就いていた。

（ワーカホリックで婚期は逃していたが……）

『まずはグランチェスター領への移住と家庭教師の手配をお願いする感じかしら。その先のことは、領地でゆっくり考えればいいわ。だけど、これはあくまでも戦略的撤退。絶対に仕返しは諦めないから！』

……安定の不穏さである。

グランチェスター家の夕食は、在宅中の家族全員が揃って食べるという暗黙のルールがある。貴族は夜会など夜の社交も多いため、実際は揃って食べられないことの方が多い。だが、この日は運悪く家族全員が在宅であったため、侯爵、伯父、伯母、従兄姉たちと同じテーブルを囲むことになった。サラにとっては、気が重く消化に悪そうな晩餐であるが、食事中に侯爵がサラに声を掛けた。

「サラ、私に話があると聞いた。夕食後に執務室にきなさい」

「はい。祖父様《おじいさま》」

その発言に伯父と伯母も反応する。

「おや、サラは父上に何の用事があるんだい」

「ドレスやアクセサリーなら、私に相談してくれてもいいのよ」

どうやら、サラが直接侯爵に願い事をするのがお気に召さないらしい。伯母は猫撫で声で話しかけつつも、サラを見る目が全く笑っていない。本当にドレスやアクセサリーをおねだりしたところで絶対に買ってくれないだろう。

「私、グランチェスター領に住みたいんです。お父様が子供の頃に過ごしたグランチェスター領をこの目で見て、この肌で触れたいのです。それに私のような貴族としてのマナーも知らない平民の娘がいると、伯母様もお茶会を催しにくいのではないかと思って」

アーサーは、子供時代をグランチェスター領で過ごしていたのだそうだ。その頃の侯爵夫人はあまり体調が思わしくなく、療養のため三歳年上の兄であるロバートとアーサーは母親と共に領地の邸で過ごしていた。さすがに継嗣《けいし》であるエドワードは一緒に過ごせなかったが、それでも頻繁にグランチェスター領まで母親に会いに来ていたらしい。その頃の思い出を、父は何度もサラに話していた。もっとも、自分が貴族であることは隠し、単なる田舎の少年のような口ぶりであったが。

「あら、そんなこと気にしなくてもいいのに。でも、確かに自然に囲まれた生活はサラさんに向いているかもしれないわね」

サラを追い出せる好機と見たのか、伯母も畳みかけるようにサラに同意する。娘のクロエも「サラには田舎暮らしがピッタリだわ」など母親に同調した。

「ふむ。詳しい話は食事の後にしよう」

夕食後、侯爵の執務室へと向かう途中、アダムが立ちふさがった。

「おい平民。領地に行けば好き勝手できるとでも思ってるのかよ」

「そんなこと思ってないわ」

「叔父上は甘くないぞ。あの方は、いつも勉強しろと煩《うるさ》いんだ。お前のような学のない平民には特に厳しくあたるだろうさ」

どうやらもう一人の伯父は教育熱心なタイプらしい。従兄姉たちには煩わしいかもしれないが、学習したいサラには好都合である。

「ご親切な忠告ありがとうございます。ですが、今は祖父様に呼ばれておりますので、急ぎお伺いしなければなりません。アダム様に呼び止められたために遅れたなどと申し上げるのも憚《はばか》られるのですが……」

「くっ、さっさと行け」

アダムを適当にあしらい、サラは侯爵の執務室へと向かった。


「祖父様、時間を割いていただき、ありがとうございます」

「それは構わんが、本当に領地に行きたいのか」

「はい。末端ではありますが私もグランチェスターの血を引く者として、このままでいるわけにはまいりません。祖父様をはじめ、皆様にご迷惑をおかけしないよう、自分を鍛える必要があると愚考いたします」

「なんとも大人びた物言いだな。お前はまだ八歳だと思っていたが」

とにかく侯爵の機嫌を損ねることのないよう、礼儀正しくしておこうと考えた結果なのだが、どうやらやり過ぎたらしい。

「商家で育てば言葉遣いには自然と気を遣うようになります」

「あれは商家というより、商店といった方がしっくりくる規模だったが」

「母は常に向上心を持つことが大事だと教えてくれました」

かなり話を盛ってはいるが、嘘というわけでもない。正確には『お客様には丁寧に接してね』と『将来はもっと大きなお店にしようね』という発言だった。概ね同じ意味と言えないこともないだろう。

「ふむ。まぁ良い。自分を鍛えるということは、家庭教師も必要ということだな」

「はい。お許しいただけるのであれば。まずは侯爵家に属する人間として恥ずかしくない教養と、立ち居振舞いを身に付けたく存じます」

「なるほどな。ではガヴァネスを手配することにしよう」

「感謝いたします。祖父様」

侯爵はあっさり領地行きを許可してくれた。おそらく侯爵自身も、サラをどのように扱うべきか迷っていたのだろう。

領地にいるロバート伯父がどういう人物なのかがわからないことに一抹の不安はあるが、イジメのない健全な生活と学習の機会をゲットすることに成功したようである。

些細なイヤガラセと新天地

祖父から許可をもらった一週間後、サラはグランチェスター領へと出発することになった。専属メイドであるマリアも付いてきてくれることになったので、持っていく荷物や身の回りのことはマリアにお任せだ。

出発する前日、サラは皆が寝静まった頃を見計らって、こっそり従兄姉たちの部屋に近づいた。もちろん〝些細な〟イヤガラセをするためである。


まずはアダムだが、彼にはメイドの下着を盗んで収集する悪癖があった。思春期の少年であることを差し引いても、明らかに変態であり犯罪である。サラがイヤガラセのネタを求めてアダムの部屋に忍び込んで家探しをしたところ、クローゼットの奥に仕舞いこまれた箱の中に女性用の下着と絵画集が収納されていることに気付いたのだ。絵画集についても、どんな絵なのかはお察しだ。

サラは夜中にアダムの衣裳部屋に忍びこみ、コレクションが入った箱をアダムのベッドの下に隠すように置いた。

毎日部屋を掃除してベッドメイクをするメイドたちが、箱に気付かないわけがない。すぐに見つかって没収されることだろう。もちろんメイドたちから白い目で見られることは不可避である。

『必殺、オカンに勝手に部屋を掃除されてエロ本が見つかる男子中学生の刑！』

クロエには、髪から少しずつ水分が抜けていく魔法をかける。毎日時間を掛けて手入れしているご自慢のブロンド（しかも縦ロール！）が、バサバサと枝毛や切れ毛だらけになるはずだ。前世の知識も動員した、地味に酷いイヤガラセである。

この〝少しずつ〟というのがポイントだ。こうした魔法は『時限式魔法』と呼ばれ、かなり高度な魔法である。だが、時間を掛けて少しずつ傷んでいくため、サラの犯行が疑われる心配はない。

サラはこの魔法の習得に三日も掛かった。図書室で魔法関連の書籍を読み漁り、魔法を発動するには〝具体的な〟イメージが大切であると知ったサラは、前世で見たヘアケア製品のコマーシャルを思い出し、水分が抜けてキューティクルがポロポロと剝げ落ちていく状態をイメージした。魔法の効果を確認するため、サラは自分の髪の先を少しだけ切り落とし、どのくらいの魔力でどんなふうにボロボロになっていくのかを観察しながら練習した。最初のうちは一瞬でボロボロになったが、練習を重ねるにつれて、少しずつ抜けていく感覚が掴めるようになっていく。練習しているうちにだんだん楽しくなってしまい、途中で目的を忘れそうになったが、ひとまず水属性の時限式魔法は習得できた。

『秘技、キューーティクルボロボロの刑！』

クリストファーへのイヤガラセも、なかなか苦労した。クリストファーの部屋の扉は、グランチェスター邸を警備する騎士の詰め所から丸見えなのだ。仕方なく、サラは魔法だけでなく木登りも練習する羽目になった。庭の木を登ってクリストファーの部屋のバルコニーへとこっそり忍び込むためである。

窓越しに水属性の魔法で、熟睡しているクリストファーの股間部分とマットレスにちょっとした〝染み〟をつけた。もちろん、うっすら黄色味がかった色を付けることも忘れない。さすがに十歳にもなってオネショとは、かなり恥ずかしい思いをすることだろう。

『奥義、うわーお前まだオネショしてんのかよの刑！』

こうして、些細な上にとてもくだらないイヤガラセのため、サラは地味にイヤな感じのトレーニングを淡々とこなした。間違いなく、とてもいい性格をしていると言えるだろう。

『ふぅ、仕掛けはＯＫ。結果を知る方法がないのは残念だけど、ひとまずこれでいいわ。本格的な仕返しはもっとゆっくり考えようっと』

……サラはまだまだやる気だった。それにしてもサラのネーミングセンスはだいぶ残念なのではないだろうか。

とにかく、無事に些細なイヤガラセを置き土産に、すっきりした気持ちでサラはグランチェスター領へと旅立った。

王都邸からグランチェスター領までは、馬車で三日の行程である。野営を覚悟すれば、もっと早

くに到着できるが、サラの体力を考慮してゆっくりと街道を進み、夜は宿屋に泊まった。

馬車に揺られながら、サラはずっと考えていた。

『ここってラノベとかゲームの世界じゃないよね？』

ちょっと恥ずかしかったが、サラは夜中にこっそり『ステータスオープン』と呟いてみたこともある。しかし、ゲームのようなステータスウィンドウが開くことはなかった。

イヤな可能性としては乙女ゲームのヒロインや悪役令嬢への転生だが、思い当たるゲームや小説に心当たりがないので、ただの異世界転生と思うことにした。今のところは。

『いやいや、ただの異世界転生ってなんだよ』

と、セルフつっこみしつつも、ラノベの知識のおかげであまり動揺はしていない。しかし転生時に神様に会ってもいないし、チート能力をもらったわけでもない。強いて言えば低年齢での魔法発現と前世の知識はチートなのだろうが、それがどれくらい役に立つのかは未知数だ。


そんなことをつらつらと考えているうちに、サラはグランチェスター領に無事到着した。

王都邸も大きいとは思っていたが、グランチェスターの領都には複数の建物で構成された城があった。建物は建てられた時代ごとに異なる建築様式であったが、バラバラな印象はなく、全体が不思議な調和を保っている。

馬車は比較的新しい南側の建物の車寄せで停車した。どうやら普段の生活に使用するのは、この建物のようだ。

「はじめましてサラ。僕が君のもう一人の伯父だよ」

正面玄関までロバートが出迎えにきてくれていた。サラが馬車を降りるのに手を貸してくれたロバートは、やわらかい微笑みを浮かべて歓迎の意を示す。ロバートの顔立ちはアーサーによく似ており、サラは父を思い出して胸の奥が少しだけキュッとなった。

侯爵のウィリアムと小侯爵のエドワードはよく似た親子だと言われていたが、どうやらロバートとアーサーは亡くなった侯爵夫人に似たらしい。

「サラです。ロバート伯父様とお呼びしてもよろしいでしょうか。それともグランチェスター卿とお呼びすべきでしょうか」

ロバートは一代限りの騎士爵を賜っている。この国で爵位を持つ貴族家の継嗣以外の男子は、ロバートのように騎士爵を賜ることが一般的である。騎士爵といっても実際に〝騎士〟というわけではなく、名目上の爵位に過ぎない。なお、騎士爵の妻までは貴族だが、その子供の身分は平民である。

複数の爵位を持つ貴族家であれば、それぞれの子供に別の爵位を継承させて分家を創設することもあるが、領地分割で骨肉の争いに発展してしまうことを避けるため、嫡出《ちゃくしゅつ》の長男がすべてを継承する家が多い。

「そんな堅苦しい呼び方はいらないよ。僕のことはロブと呼んでほしいな」

「それでは、ロブ伯父様と呼ばせてください」

「伯父様ってのも本当はいらないんだけど、さすがにこんなおじさんを呼び捨てるのは難しいだろうから僕が妥協するしかないね」

どうやらロバートは、フレンドリーな性格のようだ。父によく似た伯父を、サラは好きにならずにいられなかった。

「ロブ伯父様、これからよろしくお願いします」

「こちらこそよろしく頼むよ。男所帯だから、城全体が無骨で華がないんだよね。ぜひサラには力を貸してほしい。この城の雰囲気を変えてくれないかい」

むさ苦しい男所帯とは言っているが、実際には侍女やメイドがたくさんいるため、まったくそんなことはない。しかし、どこか無骨な感じがしてしまうのは確かだ。

「私にそんなことできるでしょうか」

「もちろんだよ。使用人たちもみんな協力してくれるはずだよ」

ロバートが振り返ると、傍に控えていた侍女頭と思われる年配の女性と、出迎えの時に挨拶《あいさつ》をしてくれた家令の男性が軽く会釈をする。

どうやらサラは本当に歓迎されているようだ。到着して間もないはずなのだが、サラは早くもグランチェスター領とロバートが大好きになりはじめていた。

グランチェスター領は広い穀倉地帯を有しているが、領地の西側にアクラ山脈が連なっており、領都はその麓《ふもと》に築かれている。領主の本宅であるグランチェスター城は天然の要害で、なんと五百年以上前に築かれた古い砦も残っている。

さすがに普段生活するのはもっとも新しい様式で建てられた二階建ての邸ではあるが、それでも王都の屋敷より百年近く古いという。

ロバートはグランチェスター城を案内しながら「大きいけど古くて不便な城」と説明したが、城の敷地には時代ごとにさまざまな建物があり、それぞれに個性がある。籠城戦に備えていくつも井戸が掘られ、緊急時に領民が逃げ込んでも煮炊き可能な敷地も確保されているなど実用性も感じられる。

実はサラは歴女でもあった。正統派の歴史小説も歴史ファンタジーもたくさん読んでいたので、まとまった休暇には古い城や遺跡を観光することもあった。そんなサラの目には、グランチェスター城がとても魅力的に映った。

砦の端には高い尖塔《せんとう》があり、登ってみると領都全体を見渡すことができた。西側は峻厳な山々の稜線《りょうせん》が美しく、時間帯によって異なる光の加減から、さまざまな景色を楽しむことができる。

アクラ山脈を越えた先の土地は未開拓の大森林が広がっているそうだが、あまりにも広大であるため、その先に何があるかはまだわかっていないのだとか。

「なんて美しいのかしら」

「気に入ったかい？」

「ええ、とっても。グランチェスター領は素晴らしいわ」

日が傾き、稜線は赤とも紫とも青ともつかない儚く曖昧な色に染められている。こうした空の変化を見ているだけでも心が癒されるような気がする。

「僕もこの領地がとても好きだ。それにね、アーサーもこの景色が大好きだったんだよ」

「父さ……っとお父様も好きだったのですね」

うっかり下町にいた頃のように、父さんと言いそうになってしまった。

「僕の前では無理に貴族っぽくしなくてもいいよ。サラにとってアーサーは〝父さん〟なんだろ」

「うん。じゃない、はい」

うっかり、敬語まで忘れてしまいそうになる。

「敬語も無理しなくていい。僕たちは家族だからね。サラは賢いから、ちゃんとした言葉を使わないとダメな時と、そうじゃない時をきちんと理解して使い分けられるだろう？」

「うーん、あんまり自信ないかも」

「大丈夫だよ。アーサーは得意だったし、サラはその娘だからね」

「えっ、父さんもそうだったの？」

「あいつは大きな猫を被ってたよ。みんなアーサーの外面に騙されてたね。特に女の子たち！」

「父さんは女の子にモテモテだったの⁉」

「かなりね。似たような顔立ちなのに、僕は全然誘われなかったんだよね」

「なのに、なんで平民の母さんと結婚したんだろう？」

実は両親が駆け落ちして結婚したことをサラは母親が亡くなるまで知らなかったため、父も母と同じ平民だと思い込んでいた。

「アデリアはアーサーがどれだけ猫を被っても騙されなかったんだ。城に配達に来たアデリアに声を掛けたら、彼女に『薄っぺらで気持ち悪い笑顔』って言われたらしいよ。アーサーにはそれが新鮮だったみたいだね。それからはアデリアが根負けするまで熱心に口説き続けたんだ」

「それって侯爵家の令息としては失格だよね」

「そうかもね。だけど僕も恋愛結婚には憧れるし、正直アーサーが羨ましかったよ」

どうやらロバートは貴族の責任として領地を管理してはいるものの、恋愛結婚に憧れているようだ。

「ロブ伯父様も他の人に管理を任せて、自由にしちゃえばいいのに」

「僕もそうしたいんだけどねぇ。今のグランチェスター家は人材不足なんだ。任せられる人がいないんだよ」

「代官を雇えばいいんじゃないの？」

「そうもいかないんだよ……。まぁそのあたりの事情は追々説明するよ」

ロバート伯父は頭をポリポリとかきながら困った顔をする。どうやら訳アリらしい。

「ごめんなさい。事情も知らないのに不躾なこと聞いてしまって」

「いいさ。サラが賢い子だってことがわかって嬉しいよ。明日到着するガヴァネスのレベッカも喜ぶんじゃないかな」

「レベッカ先生って言うんですね。ガヴァネスの方は。私のこと気に入ってもらえるといいなぁ」

「彼女は僕たち兄弟の幼馴染なんだ。彼女は賢い女の子が大好きだから、きっとサラとは仲良くなれると思うよ」

妖精の恵みと教養

翌朝、朝食を終えると、ガヴァネスであるレベッカの到着が知らされた。

「はじめまして、レベッカ先生。サラ・グランチェスターと申します。今後ともよろしくお願いいたします」

サラは緊張しながら、失礼にならないよう、なるべく丁寧な言葉を使って挨拶をした。見様見真似ではあるもののカーテシーもしてみる。

「ご丁寧な挨拶ありがとうございます。ガヴァネスを務めさせていただくレベッカ・オルソンと申します。こちらこそ、よろしくお願いいたします」

明るいブロンドを緩やかに結い上げたレベッカは、とても美しい女性だった。ややハスキーな優しい声、落ち着いた雰囲気のドレス、そしてなにより優し気な微笑みが彼女を魅力的に見せていた。そしてカーテシーはサラよりもずっと優雅であった。

「レベッカ先生は、父やロバート伯父上の幼馴染と伺っていたのですが本当でしょうか。そんなお歳には全く見えないのですが」

アーサーは生きていれば今年で二十七歳のはずで、ロバートは三十歳だ。しかし、レベッカはどう見ても十代後半にしか見えない。

「まぁ、サラさんはお上手ね。実はアーサーと同じ年ですのよ」

「ええっ⁉　嘘ですよね」

実は王都の伯母はロバートの一つ上だったはずで、比べてしまうとレベッカが驚異のアラサーであることは明らかである。

「うふふ。ありがとう。でもね、ちょっとだけ秘密があるの」

「秘密ですか？」

「私には妖精の友達がいるの」

「うわぁ素敵！　では、妖精の恵みを受けられているのですね」

「あら、サラさんは妖精の恵みを知っているのね」

妖精の恵みとは、契約した人間の老いる時間を緩やかにする妖精の魔法である。妖精は稀に気に入った人間と契約を結んで力を貸し与えるが、人間は妖精よりも寿命が短いため、妖精は少しでも長く一緒に居られるよう魔法をかけるのだ。

不老不死になるわけではない。ゆっくりではあるが確実に年は取るし、病気や怪我を防ぐ効果はないので、必ず長生きするわけではない。しかし、若々しい外見をいつまでも保ちたいというのは多くの人間の願いでもあり、腕の立つ冒険者を雇って妖精を探す王侯貴族は後を絶たない。

「いいなぁ。私も妖精さんに会ってみたいです」

「では、そのうち私のお友達を紹介しますね。ですがサラさん、初対面で相手に年齢を尋ねるのはマナー違反ですわよ」

どうやら、すでにマナーの授業は始まっていたようである。レベッカはにっこりと少女のように微笑みながら、サラの指導を開始している。

「も、申し訳ございません」

サラは慌てて謝罪する。そういえば前世でも年齢を意識する国もあれば、聞くことが失礼にあたる国もあった。

『そういえば日本は比較的年齢を気にする感じだったけど、欧米では年齢の質問は避けていたような気がする。あ、でもアフリカの国だと、聞かれること多かったかもしれない。やっぱり文化の違いは気をつけないとダメね』

商社勤務で海外出張が多い部署にいると、その国の文化を知ることがとても重要になる。下手をすれば命に係わることもあるということを、前世のサラは入社当時から先輩方から厳しく教えられていた。

「いいのよ。ゆっくり覚えていきましょうね」

「はい。レベッカ先生」

「ふふっ。実は私もガヴァネスは初めてなの。手探りになっちゃうかもしれないけど、私が知っていることを可能な限り教えるつもりよ。一緒に頑張りましょうね」

「よろしくお願いいたします」

挨拶を終えた二人は、天気が良かったため庭にある東屋《あずまや》のひとつでお茶を飲みながら、今後の予定について話し合うこととした。

「サラさんは下町で育ったと伺っていたのですけど、言葉遣いは丁寧ね。少し練習すれば侯爵令嬢として問題ないでしょう」

「本当ですか?」

「ええ本当よ。ただし、会話の選び方や、貴族特有の言い回しなんかは覚える必要があるわ」

「広くさまざまな知識を学ばねばならないということですね?」

「サラさんは聡明ね。相手の地位、家族構成、お家の事情などを知らないと会話するのは難しいわ。それに、歴史、文学、演劇、花言葉などの知識がないと、相手に褒められているのか、それとも嫌味を言われているのかもわからない。つまり教養が必要ってこと」

『確かに前世でもパーティーがあるたび、出席者の情報を確認してたなぁ。商談相手の家族の趣味まで調べてる先輩もいたっけ。派閥関係とかも面倒だったな』

「とても大変そうです。私にできるでしょうか」

「子供のうちは見逃してもらえることも多いでしょう。でも、無知なせいで相手を傷つけてしまうこともあれば、嫌味を言われても気付かないほど教養がないと思われるかもしれない。そういう失敗が続くと、貴族社会で生きていくのは辛くなってしまうの」

その感覚はサラにも理解できた。前世でもいわゆる〝セレブ〟な方々のパーティーでは、オブラートに包んだ嫌味の応酬をたびたび見かけたものだ。もっとも自身はあくまでも商社の社員に過ぎないため、横から淡々と眺めていただけではあるのだが。

『アレの当事者になるってこと⁉ うわ、超面倒』

「だんだん怖くなってきました」

「そうならないよう、貴族家は子供のころからお勉強するのよ」

ちょっと憂鬱《ゆううつ》になったサラであった。


近くに控えていたメイドが、新しくお茶を淹れなおしはじめた。その様子をちらりと見たレベッカは、邸の方に振り返る。どうやら遅めの朝食を終えたロバートが、サラとレベッカのところにやってきたらしい。

「やぁレヴィ、久しぶりだね。元気そうじゃないか」

「ロブもお元気そうね」

「いやぁ、最近は歳をとったなぁって実感してるよ。レヴィは相変わらず若いねぇ。僕のところにも妖精こないかなぁ」

「たぶん無理ね。ロブと契約したら書類仕事までさせられそうだもの。妖精が寄り付くわけないじゃない」

「確かになぁ」

さすが幼馴染だけあって、気心のしれた軽口を言い合う。しかし、よく見るとロバートの目の下には、バッチリ隈《くま》ができている。あまり寝ていないらしい。

「伯父様、あまりお休みになられていないのですか？」

「うーん。いろいろあってね」

「お仕事がお忙しいのですね」

「正直言うと、帳簿を付けるのが昔から苦手でね」

「え、帳簿は伯父様が付けていらっしゃるのですか？　会計官などはいないのでしょうか」

「数年前までは居たんだけど、そいつが横領してることが発覚したんだよね。それ以来、父上は『グランチェスターでもない人間に会計は任せられない！』とか言い出しちゃってさ。僕がやるしかなくなっちゃって」

「ええっ、そんな極端な。お金の管理は専門家でも大変なのに！」

するとレベッカが少しだけ困った顔をしてサラに告げる。

「サラさん、気持ちはわかるけど、淑女はお金のことを口にしないものなのよ」

「えっ、そうなんですか？」

「お金の話題は、はしたないとされているわ」

「で、でも大切なことですよね？」

「もちろん大切なことよ。でもね、お金のことは殿方に任せておくのが、淑女としての正しいありかたなの」

「淑女の方々は、自分たちの財政状況を知らないまま過ごせということなのでしょうか」

「ある程度把握してはいらっしゃる方はいても、詳細までとなると少数でしょうね」

「そんなのおかしいわ！」

「そうね、私もそう思う。でも、淑女がお金のことに口を挟むということは、父親や夫の能力が足りないという意味にとられてしまうの。サラさんだと、祖父様になるわね」

「そ、そんな……」

愕然《がくぜん》とするサラを見て、ロバートが不思議そうな顔をした。

「平民は違うのかい？」

「旦那さんが働かなかったり、お酒ばっかり飲んでたりすれば、奥さんは『お金がない！　働け！』って怒るのが普通です。それに私が育った家では、店の売上を帳面に記録するのは、店頭でお客様に売った担当者です。ですから母や私が書くこともありました。もちろん最後に元帳を付けるのは父ですし、月次作業や年次の決算作業も父が担当していましたが、母も私も手伝っていました」

「え、サラは帳面に記録できるのかい？」

「もちろんです。五歳の頃からお店に立っていましたから。何を、いくつ、いくらで売ったのかを記録しておかなければ、帳簿が付けられないじゃないですか。閉店後に帳面の内容を集計して、実際の現金と照会して帳簿を付けるのですが、家族全員で確かめ算をして数字が一致することを確認していました。一ダルでも違うと最初からやり直しですし、そこに男女差があるとはまったく考えていませんでした」

実際のところ、五歳でそこまで読み書きと計算ができる子供は貴族だろうが平民だろうがほぼいない。特に平民は識字率が低く、一生読み書きできない人も珍しくない。計算に至っては、正しく四則演算ができるレベルで大店《おおだな》の商家の見習いになれる。

ところがサラは三歳の頃には文字を覚え、計算もスラスラとできた。おそらく記憶が戻る前から、無意識に前世の能力を引き継いでいたのだろう。もっとも、この世界が十進法を使っていなければ、ここまですんなり覚えられたかは疑問である。

実はサラの知らぬことではあるが、サラの両親は『うちの子天才！』と思っていた。近所の人たちはアーサーが貴族家の出身であることにも気付いていたため、『貴族の血を引いているとこうなるんだろう』と勝手に思い込んでいた。

「つ、つまりサラは帳簿をつけられるってことだね？」

「あまり複雑だと難しいかもしれません。あくまでも商店のレベルですので」

「でも計算できるんだよね？」

「簡単な計算でしたら」

『あー、まずい。この世界の数学レベルがわかんないと、下手なこと言えないかもしれない』

更紗は国立大学の経済学部を卒業していた。当然数字にも強く、理数系も割と得意だった。というより勉強のできる子だった。

「さすがアーサーの娘。あいつ数学得意だったんだよなぁ」

「確かにお父様は計算速かったですね」

「ちょっと待ってくださいロブ。サラさん、本当に計算ができるのですか？」

「足す、引く、掛ける、割るの簡単なものでしたら」

レベッカは驚きを隠せないようだ。メイドに命じて石板と石筆を持ってこさせると、数字を書き出す。

「では、126と87を足すといくつですか？」

「213です」

「逆に引いたら？」

「39です」

「8掛ける9は？」

「72です」

「86割る5は？」

「17と余り1です。小数点以下を答えるべきでしょうか？」

「いえ、結構よ。小数も理解されているのね。それはアカデミーで覚える内容のはずなんだけど……」

ロバートとレベッカは二人とも目を見開いて固まっている。

「サラ、お前……」

「天才ですね」

『ええっ？　四則演算だけで天才とか言われちゃうの？　前世であれば九九を覚えるくらいの年齢だよね。割り算や小数点は、もうちょっと後かもしれないけど、それでも天才って程じゃないよね？』

一瞬、サラはこの世界の数学レベル、というより算術のレベルに不安を覚えた。しかし、実家の商店では買い物客が普通に自分の購入する商品の値段を足しており、単価と個数を掛けて値段を出していたことを思いだした。もちろん、おつりを計算するために引き算もしていた。おそらく年齢に比べて優秀という意味なのだろう。

「サラが男子だったら、アカデミーに早期入学させたいくらいだね」

ロバートの発言にサラは引っ掛かりを覚えた。

「伯父様。アカデミーに女子は入れないのですか？」

「うん。アカデミーは男子生徒しか入学できない」

「では女子がお勉強をしたい場合はどうするのですか？」

「レヴィのようなガヴァネスを雇う」

「それは基礎教育ですよね。もっと専門的な知識を学びたい場合は？」

「貴族女性はそこまで専門知識を身に付けることはないね」

「女子は男子のような学習を受ける機会すらないということでしょうか？」

「うん。そうなるね」

「そ、そんな……」

この国には王立アカデミーという教育機関がある。というより、アカデミー以外の教育機関は、すべて私塾であり、公的に〝学歴〟として語れるのはアカデミーのみだ。アカデミーは、中学、高校、大学、そして研究所をまとめたような機関である。十歳から十五歳までの男子にのみ入学試験を受ける資格が与えられ、この試験に合格すればアカデミーに入学できる。単位制なので卒業年次は人によってまちまちだ。一般教養の単位を取得し終えていないと履修できない講義も多いため、どんなに早くても三年は在籍しなければ卒業資格は得られない。

一般教養の単位を取得し終えると、専門課程へと進むことになる。専門課程にもさまざまあるが、多くの貴族令息は、貴族科で領地経営について学ぶか、騎士科で士官教育を受けることが多い。

また、薬学や錬金術の専門課程もある。この国で公的に薬師や錬金術師を名乗れるのは、アカデミーでそれぞれの専門課程の単位を取得し、王都にあるギルドの試験に合格した者だけである。つまり、この国では、男子でなければ専門課程どころか一般教養の授業にすら参加できず、公的に薬師や錬金術師にはなれないということだ。

レベッカは悲し気な微笑みを浮かべ、サラの頭を撫でながら話し始めた。

「私も昔、同じことを考えてたわ」

「レベッカ先生もですか？」

「ええ、私は学ぶことが大好きだった。数学も歴史も読書も、実は錬金術だって大好きだった。だから、父にアカデミーに行きたいって駄々をこねたわ。そんな私を父は塔に閉じ込めて二日間も食事を抜いたの」

「そんなひどい！」

衝撃だった。女性というだけで学習機会が与えられないなんて、あまりにも理不尽だ。

「そんな私を助けてくれたのが、ロブとアーサーよ」

「伯父様とお父様ですか？」

「ええ、アカデミーの教科書とノートを見せてくれて、学習したことを私に教えてくれたの」

「教えてたのはもっぱらアーサーだけどね。僕はレヴィが学習してる横で、一緒に復習してたよ。おかげでアカデミーを落第せずに済んだ」

「正確にはアーサーがロブの補習に付き合ってた感じね」

「あれ、でもお父様は伯父様より年下ですよね？」

「アーサーと僕は同じ年に入学したんだ。兄弟なのに同じ学年だったんだけど、アーサーは成績トップで、兄の僕はいつも落第スレスレだった」

「ロブの場合、剣ばっかり振り回して勉強しなかったせいだと思うわ」

「確かにね。だけど騎士になるわけでもないからさ、真面目に剣術をやったのは最初のうちだけだったよ。アカデミーには強いヤツがゴロゴロいたからね」

「騎士科があるんだから当然じゃない」

ロバートとレベッカは昔を懐かしむように、顔を見合わせて笑った。

『あれれ、この二人ってイイ感じじゃない？』

住み込みで働くことになるため、ガヴァネスは独身女性の職業である。寡婦《かふ》になってから働く女性もいるが、いずれにしても独身であることは間違いない。とはいえ、二人は付き合っているのかと聞くのも野暮なので、サラは勝手にニヨニヨ笑っておくにとどめておいた。

「では、レベッカ先生からは、アカデミーの授業内容もおしえていただけるのですね！」

「まぁサラさんは気が早いのね。確かに数学でしたらアカデミーの授業内容でも問題なさそうだけど、他の科目もサラさんのレベルを見て学習計画をたてましょう」

「はい。よろしくお願いします！」

「教科書は僕やアーサーが使ったものも残っているけど、必要なら取り寄せるよ」

「伯父様ありがとう！」

アカデミーには通えなくても、相当する授業を受けることはできそうだ。どうやらガヴァネスの中でも、かなりの〝アタリ〟を引いたようである。

グランチェスター家の現実

「話を戻すようで申し訳ないんだが、サラ、少し僕の仕事を手伝わないか？」

「ええっ、私がですか？」

「ちょっと、ロブ。それは無茶よ」

ロバートの依頼にレベッカがすかさず反論する。

「レヴィもサラの数学の能力を見ただろ。今は一人でも多く人材を確保しないと仕事が回らないんだよ。もちろん学業を優先するつもりだけど、少しでも手伝ってもらえるだけで助かる。実はレヴィにもお願いしたいんだ。もちろん報酬は支払うよ」

必死の形相のロバートは、サラだけでなくレベッカにも仕事を頼みたいらしい。ロバートの目の下の隈を見れば、かなり疲労していることがわかる。

「えっと、レベッカ先生。淑女がお金の話をするのははしたないのでしたよね？」

「この場合は仕方ないわ。そもそもロブが酷いマナー違反をしてるもの」

これにはレベッカも苦笑いをするしかない。

「それほど、グランチェスター家の状況は深刻なのですか？」

「うん、かなりまずい状況だ。実はガヴァネスの名目でレヴィを呼び寄せたのも、半分くらいはこれが目的だったりするんだよね」

「ええええええっ。ちょっと、そういうことは先に言ってよ」

「言ったらレヴィ来ないでしょ」

「うーん。そうかもしれないけど……」

ロバートの説明によれば、分家筋の代官と会計官に仕事を任せていたところ、この二人が結託して領の財産を横領したらしい。親戚ということで侯爵をはじめとする本家の人たちは彼らを全く疑っておらず、内部告発されるまで気付かなかった。それが二年前の出来事であるという。

横領は数年に渡って行われた形跡があり、現金、金塊や宝石、美術品や調度品なども大量に消失していた。さらに、領地が備蓄している小麦も半分以下という惨状であった。

「グランチェスター領の財政危機ではないですか！」

「しかも、何がどれだけ無くなったのか、いまだに全貌を掴み切れていないんだ」

「二年前に発覚したのに、まだ把握しきれていないのですか？」

「領地の文官の大半は代官と会計官の子飼いだった。おかげで、事件が発覚した時には、大勢の文官が夜逃げ同然で行方不明になってしまってねぇ。逃げ遅れたヤツもそのまま仕事させるわけにはいかないから投獄するしかなかった」

「つまり事件が発覚したせいで、大勢の文官がいなくなってしまったのですね」

「そういうこと」

「新たな文官を雇用はしないのですか？」

「採用したくても、この辺りには人材がいないんだ」

「王都で探せば良いではありませんか」

「横領事件が起きたことを他家に知られるわけにはいかないんだよ」

「どういうことですか？」

どうやら先代の代官と会計官は、小麦の収穫量の数字も過少申告している可能性が高いらしい。国に納める小麦の税金は収穫量に対して算出されるため、もし過少申告していたとすれば、故意ではないにしてもグランチェスター領が脱税したと見做《みな》される。上位貴族家にとっては、耐えがたい大スキャンダルである。

ただし、国の監査によって脱税が明らかになる前に、自主的に修正申告と納税を済ませれば『会計に誤りがあったので正しく納税した』という形となり、遅れた分の延滞金と一緒に支払えば問題にはならない。

国の監査は一つの領地に対して十年毎に実施される。グランチェスター領の次の監査は三年後の予定であるため、最低でもそれまでに全貌を把握しなければならない。

だが、ひとつだけ問題がある。実は定期監査のほかにも、疑わしい領地には予告なしで緊急監査が入ることがあるのだ。そのため、王都において、文官の大量募集など〝目立つ行動〟をすれば、まうのだ。

『グランチェスター領でなにか事件が起きた』と気付かれ、緊急監査が入る可能性が高くなってし

「横領の被害者でもありますし、故意ではないのですから情状酌量の余地はないのでしょうか？」

「グランチェスター家にも管理責任が問われるんだ。最悪の場合、管理能力がないとして、領地や爵位を国に返納しなければならないこともある」

「そ、そんなに厳格なのですか？」

「サラ、貴族が領地を賜り、土地と民を管理するということは、それだけ責任が重いということなんだよ。貴族は、その重責から逃れることは許されない」

ふとサラは違和感を覚えた。王都の屋敷にいる侯爵、小侯爵夫妻、そして従兄姉たちの生活は非常に豪奢であり、領の財政に問題を抱えているようには見えなかった。

「王都の屋敷では誰も節約しているようには見えませんでした。数年以内に納税で大きく出費があるかもしれないのに……」

「他家の目もあるから社交に手を抜くわけにはいかないんだよね。まぁちょっと、やりすぎじゃないかなと思う節はあるけどさ」

この説明にはレベッカも眉をひそめる。

「貴族は見栄のために借金をする家も少なくないわ。でも、それは領民のためにはならない。貴族の品格とはそのようなものではないはずなのに」

「侮られるわけにはいかないって思ってるんだよ。貴族ってそういう生き物だからね」

「それにも程度というものがあってよ。小侯爵夫人やクロエさんはシーズンごとに新しいドレスやアクセサリーを大量に購入しているわ。あの散財には眉をひそめるご婦人も少なくないのよ。〝慎ましさ〟も、また貴族婦人にとっては重要な資質ですもの」

するとロバートが嬉しそうな顔をして、レベッカの手を取った。

「やっぱりレヴィはよく見てるよね。サラには、お金のことを口にするのははしたないって言ってたのに、しっかり把握してるじゃないか」

「うっ……」

「淑女の皮を被るのはとてもうまくなったけど、〝小公子レヴィ〟は健在だね」

「ロブ！　サラさんの前であんまりだわ！」

いまは淑女のお手本のように優雅なレベッカだが、子供時代はかなり活発な少女だった。彼女の同世代には女子が少なかったせいもあり、ロバートやアーサーなど男の子達と一緒に木登りや木剣を振り回して遊んでいた。

おかげでその頃のあだ名は、貴族の男の子を意味する小公子なのだが、ガヴァネスとしては生徒である少女の前でそのような過去を暴露されてしまうのは些《いささ》か気の毒だろう。幼馴染とは実に残酷な生き物である。

「それなら、私でもレベッカ先生のように素敵な淑女になれますね」

中身だけは三人中で最年長なサラは、空気を読んでさりげなくロバートの失言をフォローする。

しかし、そんな空気を全く読まないのが、ロバートという男であった。

「ははは。うん、サラもすぐに猫をたくさん被れるようになるよ！」

台無しである。とうとうレベッカは顔を赤くしながら「お先に失礼させていただきます」と、自室へと引き上げて行った。

「あれ、もしかして怒らせちゃったかな」

「……当然だと思います」

ポリポリと頭を掻きながら困った顔をするロバート。

「伯父様、本当にレベッカ先生にお仕事をお願いしたかったんですか？」

「もちろんだよ！」

「でしたら、すぐに謝りに行くべきだと思います。あれは酷すぎです。私なら手伝いなんて絶対にしません」

「マジ？」

「マジです」

ロバートは「やべぇぇぇぇ」と叫びながら、慌ててレベッカの後を追った。

残されたサラは近くにいたメイドに、お菓子とお花を用意してロバートに持たせるよう伝えた。

『手ぶらで謝るよりは効果的でしょ。それにしても、伯父様があの年まで独身な理由がわかった気がするわ』

サラは深いため息をついた。

女性文官誕生

あれからロバートはひたすらレベッカに謝り倒し、なんとか許してもらった。レベッカもなかなか苛烈な性格をしているようだ。レベッカは、怒っていたことなどまるで感じさせない優雅な微笑みを浮かべ、ロバートのエスコートで夕食の席に着いた。先に食卓に着いていたサラは、『やっぱりいい雰囲気じゃん』と思ったものの、口にも顔にも出さなかった。

「サラさんの食事のマナーは大丈夫そうね」

「ありがとうございます。レベッカ先生」

ガヴァネスらしいレベッカの発言に、カトラリーやマナーが前世とほぼ同じで良かったと胸を撫で下ろしたサラであった。

「思いのほか、サラさんには教えることが少ないかもしれないわね」

「いいえ、私はまだまだ未熟です。至らないところも多く、レベッカ先生のご指導を賜りたく存じます」

すかさずロバート《空気の読めない男》が発言する。

「サラの猫はアーサーから譲ってもらったのかい？」

本当に台無しである。

「ロブ！　本当にあなたという人は！」

レベッカの怒りが再燃する。さすがに今回はサラもフォローしない。

「伯父様、私たちに手伝ってほしいんですよね？　せっかくレベッカ先生が『教えることが少ない』と話題を傾けてくださったのに、その言い様は如何《いかが》なものでしょうか。ここで伯父様が言うべきなのは『それなら空いた時間に手を貸してもらえると嬉しい』ではないのですか!?」

女性二人に詰め寄られ、ロバートは焦った。使用人はいるものの、男性一人での暮らしが長かったせいで、〝女性に気を遣う〟という当たり前のことを綺麗さっぱり忘れていたらしい。

「……申し訳ございません」

ロバートが落ち込むと、大型犬がしゅんとしているようにしか見えない。どうにも憎めないロバートに、サラとレベッカは目と目を合わせて苦笑するしかなかった。

その後三人は、食後のデザートとお茶（ロバートはお酒だったが）を、別棟にある遊戯室でいただくことにした。

「こういった遊戯室も本来は男性しか入れない場所なのよ」

「確かに男性的なお部屋ですね」

ここはロバートのお気に入りの場所で、バーカウンター、カードテーブル、チェスなどの盤面遊戯、ビリヤード台などが配置されている。男性的というよりも、退廃的な雰囲気の部屋である。

「この建物は、文官たちの仕事場なんだ。今日は君たちと話をしたくて遠慮してもらっているんだが、文官たちは夜になると、この部屋に集まることが多い。まぁ、いまは利用人数もかなり減っているけど」

「仕事が終わった後の息抜きということでしょうか？」

「それもあるが、文官の社交場という方が正確かもしれないね。商人との打ち合わせに使われることも多いから、この部屋の近くは大小さまざまな応接室になってる」

「つまりね、私たちのような女性が入れない部屋で、お金が動いてるってことよ」

「なるほど」

「うーん。別に僕たちは女性を排除しているってわけでもないんだけどなぁ……」

先ほどレベッカは『男性しか入れない』と説明したが、実際には愛人や娼婦を同席させることもある。いずれにしても、子供が入るような部屋とは言い難いだろう。

「では、悪だくみもここでするんですか？」

「さすがにここはすべての文官に開放されているから、悪だくみには向いてないかな。そういう時は、領都にあるしょ……」

「ロバート・ディ・グランチェスター！　それ以上サラさんの耳に入れたら、子供の頃のように耳を引っ張りますわよ」

レベッカがロバートの発言を遮るように叱責する。おそらくロバートは〝娼館〟と言いたかったのだろうと、サラは推測した。領都の花街には、貴族や裕福な商人向けの高級な店があるに違いない。銀座の高級クラブや赤坂の料亭のような役割を果たしているのではないだろうか。

もちろん空気の読めるサラは、理解したような顔はしない。あざとく、キョトンとした表情を浮かべておく。

「悪だくみは城外で行われるってことはわかりました」

「サラは、理解してそうでちょっと怖いんだけど」

ちょっとバレてる気もするが、気にしてはいけない。

「どうして伯父様は、ここに私たちを連れてきたのでしょうか」

「君たちにもここを使ってもらう日が来ると思ってるからさ。仕事を手伝ってもらうなら、遅かれ早かれそうなると思う」

「そんなに本格的に仕事させたいの？　てっきりロブの執務室で、秘書のような仕事をするんだとばかり思ってたわ」

「最初は僕もそう思ってたんだけどね、過労で文官が二人ほど倒れてしまってね。そんな余裕すらなくなってしまったんだよ」

『それはガチでブラックな職場だよ！』

「ロブ、あなた正気なの？　私はともかく、そんなところでサラさんを働かせるなんて。そもそも侯爵閣下はご存じでいらっしゃるの？」

「いや僕の独断だ。レヴィのことは薄々気付いてるとは思うけど、今の状況じゃ目をつぶるしかないだろうね」

「それじゃサラさんは？」

「レベッカ先生。祖父様は私の能力……というのも烏滸《おこ》がましいですが……をご存じありません。

完全に想定外かと」

「うん、僕もそう思う。だけど、できる人間を放置できるほど、今のグランチェスターには余裕がないんだ。計算を補助できるだけでもありがたいレベルなんだよ」

清々しいほどの開き直りである。レベッカは呆れたようにロバートを見つめ、次いでサラに視線を向ける。

「サラさん。こんなヒドイ仕事は断ってもいいのよ？　いえ、むしろ断るべきだわ。未成年のあなたにやらせるような仕事ではありません」

「微力でもやらなければ、その分仕事は遅れます。国の監査に間に合わなければ、グランチェスター家は没落してしまうかもしれません。私もグランチェスターの一員である以上、他人事ではないのです」

『今グランチェスター家に没落してもらったら困る。真っ先に私が放逐されることは目に見えてるもの。悠々自適な独立計画がいきなり頓挫《とんざ》しちゃうじゃない！』

「サラさん……」

「むしろレベッカ先生こそ当家の事情に巻き込まれた被害者ではないですか」

「確かにその通りね。……仕方ありません。教え子が頑張ると言ってる以上、ガヴァネスの私が見捨てるわけにはいきませんからね」

「既に文官たちには女性が働くことになると伝えてある。数名は訝しそうな表情を浮かべていたが、残りは猫の手も借りたいと思っているので性別など気にも留めないだろう」

「そこはちょっとくらい気に留めてくれても良いと思うんですけど……」

こうして、グランチェスター領に臨時で二名の女性文官が誕生することが決まった。ただし、パートタイムで。サラは勤労学生、レベッカはダブルワークなので、さすがに本業を優先するのは仕方ないところだろう。

「私は従兄姉たちから『ロブ叔父上は教育熱心』と伺っていたのですが、いきなり学習時間を削りにきてますよね？」

「あいつら全然勉強しないからさぁ、叔父としては心配して言うよね。あのままじゃグランチェスターの将来に不安しかないよ」

「その心配、私には向けていただけないのでしょうか？」

「むしろ僕の方が心配されてそうな気もするんだけどね」

貴族的優雅さと遥かなる山脈

さっそく翌日から本格的な教育が始まった。一般的なご令嬢にとって必須とされる教養科目は、会話術、立ち居振舞い、家政、ダンス、乗馬、裁縫である。

会話術には『正しい言葉遣い』『適切な言葉選び』『円滑な会話の進め方』などのスキルが求められるが、王侯貴族にとって正しい言葉遣いは、身分に大きく左右される。つまり、相手が目上、同格、目下のいずれかによって、言葉遣いが異なるのだ。

会話術と立ち居振舞いは、セットで学習することが多い科目でもある。相手の身分によって挨拶の仕方をはじめとする行動が大きく異なるため、言葉遣いと一緒に子供の頃から叩き込まれるのだ。食事やお茶などの飲食でも、身分によってさまざまなマナーがある。

『うーん、そう考えれば、従兄姉たちが私を平民といってイジメた理由も理解できないことはないわね。相手の身分を確認して、言葉や立ち居振舞いを変えないといけないんだもん。もちろんイジメはダメだと思うけど』

適切な言葉選びには、文学の知識や歴史の知識が必要で、流行や時事にも左右される。そのため、『よく使われる会話のフレーズ（基礎編・応用編）』といった参考書は、毎年飛ぶように売れる。

なお、未婚の貴族子女が特に気をつけなければならないのは、恋愛や結婚に関連するフレーズだ。参考書にはプロポーズと勘違いされる言葉を使ってしまったために、婚約破棄の違約金を支払う羽目になった侯爵令息の例などが紹介されていた。

もっとも難しいのは、会話を進める能力である。まったく興味がなく、共通の趣味なども皆無な相手と途切れることなく会話を続けるのは至難の業である。サラの前世でも、ビジネス用のコミュニケーションスキルを身に付けるのは容易ではなかった。

「うーん。サラさんは、まず貴族の身分制度を身体に叩き込むところからかしらね。そうすれば正しい言葉遣いは自然にできるようになるわ。まったく知らない人に出会っても、相手の仕草や言葉遣いからおおよその身分を推測できるようにならないとね。言葉選びは参考書よりも実際に文学や歴史に触れて学習すべきね。このあたりの教養は急ぐ必要はないから、ゆっくりやっていきましょう」

「はい。レベッカ先生」

家政は、家庭を管理する能力である。『ハウスキーピング』『献立の決め方』『パーティーの主催』などである。もちろん大半の貴族女性は掃除や料理を自分ですることはない。しかし、家令、執事、侍女、メイド、料理人など役割をもった使用人たちに適切に指示する能力が求められる。派生科目として『庭の設計』『生け花』『屋内への花の飾り方』『菜園の栽培計画』などもある。

これらの知識を網羅した管理能力を必要とするのが、パーティーの主催である。会場選び、会場の飾りつけ、料理や飲み物の手配、招待客選びと招待状の送付、座席決め、帰りのお土産選定など、多様なスキルが必要になる。また、パーティーの主催をサポートする能力を持った使用人は、どの貴族家でも引っ張りだこになるほど貴重な人材である。

「家政については、基礎から覚える必要がありそうですね。美しい文字で手紙が書けるよう、書き取りの時間は毎日とりましょう。文字は継続的に練習していないと、あっという間に書けなくなりますもの」

「では、レベッカ先生。書き取りの練習として、私と交換日記をつけませんか？　文字や文章の添削をしていただけますし、適切な言葉選びの練習にもなりそうです」

「それは良いアイデアね」

「ありがとうございます」

ダンスは、最低でもオーソドックスな三種類を身体に叩き込んでおく必要がある。その先は能力次第であるが、それほど多くは求められない。

乗馬についても、女性であればドレス用の横鞍《よこくら》で並足ができれば問題ない。女性でも乗馬用のズボンを穿いて馬にまたがり、レースや競技会に参加する人はいるが、まだまだ少数派である。

実は更紗時代にも乗馬経験はあった。母がダイエット目的で乗馬を習い始めたため、一緒に乗馬学校に通っていたのである。しかも、留学中に知り合った友人に牧場経営者の娘がいたため、夏休み中は牧場のアルバイトをしていた。広い牧場を見て回るには、馬が一番だと友人に勧められたこともあり、乗馬の腕前もぐんぐん上達した。

『牧場ってアップダウンは激しいし、舗装されたところばっかりじゃないし、迷った子を見つけるときは森にも入らないといけなかったんだよね』

裁縫は刺繍がメインだが、織物や編物を趣味とする女性も多い。織物をする女性の中には染色まで行う人もいるが、貴族女性の場合は指示だけ出して実際に染めるのは大抵使用人である。

「まずは刺繍を中心に、いろいろ体験してみましょうか。サラさんが楽しいと思える趣味に出会えると良いですね」

「そうですね。私も楽しめる趣味に出会えたらとは思いますが、まずは領の危機を乗り越えてからになりそうです」

「そうねぇ……」

レベッカとサラは同時にため息をついた。

「一日のスケジュールを大雑把に決めましょう。朝の六時に起床、身支度と朝食を済ませて八時からお勉強ね。昼食を挟んで、午後の一時から二時までお勉強。その後に執務棟に移動して、軽いおやつと休憩を取ったあと、午後三時から午後五時までお仕事のお手伝いにしましょう」

この世界の一日は前世と同じく〝ほぼ〟二十四時間であり、不思議なことに時間、分、秒といった考え方も前世と同じであった。一年は三百六十日だが数年ごとに閏月《うるうづき》を設けている。これは千年ほど昔の賢者が考えたシステムで、国には太陽、月、星、気象を観測し、暦と時間を管理する『天文省』という部署が置かれていた。

天文省は国内の各所に観測所を設けており、その記録は王都の天文省にいる専門部署に送られていた。こうした観測所には鐘が設置されており、一時間ごとに時を告げる鐘を鳴らすという役割も担っていた。

「それだと、お仕事は二時間しかできません。もう少し時間をとれませんか？」

「状況に応じて、午後はお勉強かお仕事のどちらかを選べるというのはどうかしら」

「それでも構いませんが、慣れるまではお仕事を多めにしたいです。残業は可能ですか？」

「サラさんは、残業禁止です。子供に残業などあり得ません」

どうにも前世のワーカホリック体質が抜けないサラは、五時に仕事が終わった後に何をすればいいのか悩み始めた。

実は、この世界には電気のような照明はなく、魔石灯と呼ばれるランプ、蝋燭、オイルランプなどを利用する。いずれも消耗品であるため、仕事は早朝に開始して日没前に終了することが多い。つまり深夜残業は経費が高くつくため、可能な限り定時で仕事を終えるのが普通である。

これは役所でも例外ではない。業務の開始時刻は夏場が朝の六時、冬場は朝の七時である。ただし、役人は残業せざるを得ないことも多く、城内に官舎が用意されている。

「お仕事が終わったら本邸に戻って、湯浴みをしてから夕食です。ロブと私は残業していても、夕食には必ず戻ります。夕食後は自由時間です」

「自由時間なら、お仕事しても良くないですか？」

「不正防止のため、書類の持ち出しは厳しく制限されています。それに、私が宿題を出しているかもしれませんよ？」

『あ、これは宿題出す気満々だわ……』

「えっと……、たくさん宿題だします？」

「ふふっ。夜の八時には就寝ですから、そんなにたくさんは出しませんよ」

「え、早くないですか？」

「サラさんの年齢では、それが普通です」

『確かに睡眠時間は大切だよね。これからの健康のためにも、ここは折れておくか』

「わかりました。レベッカ先生」

かくして、サラとレベッカのスケジュールが決定した。しかし、予定は未定であることを、二人は早々に思い知ることになる……。

翌朝、レベッカとの初回の授業は、優雅な歩き方とカーテシーの実技だった。歩いてお辞儀をするだけだろうと高を括《くく》っていたサラは、三十分もしないうちに厳しさを思い知ることになった。

「サラさん、顎を引いてください。目線はもう少し下げて。猫背になってはいけません。頭の先からつま先まで気を遣ってください。特に手の動きは指先まで優雅に」

ただ歩くだけでも普段意識していない筋肉が早々に悲鳴を上げ始める。さらにキツイのはカーテシーであった。

「もっと優雅に頭を下げてください。はい、そのままの姿勢を保ってください。王族をはじめとする、身分の高い方の前では、お許しをいただくまで頭を上げてはいけません。ふらついていますよ」

レベッカは大変に厳しい教師であった。

ランチも単なる食事休憩の時間ではなく、食事マナーのレッスンである。食事マナーは先に認められていたこともあり、きちんとしているつもりであった。しかしレベッカに言わせれば『裕福な商家か男爵家であれば問題ないレベルだが、上位貴族である侯爵令嬢としては優雅さが足りない』という。

王都邸の従兄姉たちは勉強が嫌いだったが、サボると侯爵からの叱責があるため、しぶしぶ授業を受けていた。クロエもお勉強は嫌いだったが、他人から『優雅ですね』と言われることが大好きだったので、マナーのレッスンは頑張っていた。

『これは気を抜けないわ。貴族社会で生きていくには重要だもの』

前世から学ぶことが好きなサラは、新しい知識やスキルを習得することに喜びを感じ、身体は悲鳴を上げつつも、この厳しい授業にも楽しんで取り組んでいた。そして、何事にも前向きなサラをレベッカも好ましく感じていた。

しかし、この師弟には大きな誤算があった。普通の八歳の少女は、ここまで厳しい授業は受けない。というより、そのくらいの年頃の子供は集中を切らさず長時間の授業を受けることに耐えられない。

レベッカは高い教養を持った淑女ではあるが、ガヴァネスとしては初心者で妹や娘もいない。つまり『普通』の八歳の少女がどういう生き物なのかといった知識や経験が圧倒的に足りなかった。もちろんレベッカにも八歳だった時期はあるのだが、なにせ小公子レヴィである。母親に引きずられるように無理やり淑女教育を急ピッチで詰め込まれたのは十歳を過ぎてからであった。

その結果、サラの『年齢』で受けるべき授業ではなく、サラの『現状』から足りない部分を補う授業を中心としたカリキュラムになってしまった。レベッカとサラは気付いていなかったが、初回の講習が終わった時点で、教養などの知識だけはクロエよりも先に進んでしまっていた。さすがに姿勢や仕草などは反復することで身体が覚えるものであるため不慣れではあるが、このペースでレベッカが指導していけば、あっという間に磨かれていくことになるだろう。

昼食後、執務棟に到着したサラは、机の上にうずたかく積まれた書類に呆然となった。隣のレベッカも同様に固まっている。

「やぁ、サラ、レヴィようこそ」

書類の山（というより既に山脈と化している）に埋もれつつも、ロバートは笑顔で二人を迎えた。

左右の机にはそれぞれ一人ずつ文官が着座しており、こちらは一瞬だけ顔を上げて会釈したものの、その後は黙々と作業を続けている。

「伯父様、まさかこの書類をすべて処理するのですか？」

「いや、これはほんの一部だ」

「「えっ！」」

どうやら、遥か彼方には書類でできた巨大山脈が聳《そび》え立っているらしい。

『マ・ジ・か・よ』

この時、サラとレベッカは貴族的優雅さを総動員し、アルカイックスマイルを浮かべることしかできなかった。回れ右をして見なかったことにしたいと、本気でサラは考えた。だが、この書類の山脈地帯にロバートとレベッカ、そしてこの草臥《くたび》れた文官たちを残していくのは人道的ではないと考え直し、書類の積まれた机へと歩を進めた。

「お手伝いするにあたって、いろいろとご説明いただかないと、どこから手をつけていいのかが皆目わかりません」

レベッカが至極真っ当な発言をすると、左にいた文官が顔を上げてロバートに尋ねた。

「ロバート様、本日からお手伝いに来ていただける方というのは、このお二方でしょうか。女性だとは伺っておりましたが、お一方は大変幼い方のようにお見受けするのですが」

「うんそうだよ。姪っ子のサラだ。もう一人はオルソン子爵令嬢のレベッカ嬢で、サラのガヴァネスでもある」

「レベッカ嬢はともかく、サラ様では書類を読むことすら覚束《おぼつか》ないのでは？」
「大丈夫。もしかしたら僕よりずっと優秀かもしれない」
「はぁ……」

この国の文官は数少ない知識層でありエリートなのだ。大半は貴族の子弟であるが、平民でもアカデミーを卒業していれば文官として働くことができる。甘やかされた貴族子弟よりも平民の方が優秀であることも多く、アカデミーの卒業成績次第では王府にある省庁の文官や有力貴族の文官として働くことができる。

もちろんグランチェスター家は有力貴族であり、働く文官たちも王府の文官には負けない能力を持っていると自負している。そんな彼らがレベッカとサラを見て、落胆してしまうのは仕方がないと言えるだろう。

サラには彼らの気持ちがよく分かった。前世でもプロジェクトが軌道に乗り始めて『即戦力となるアシスタントが欲しい！』と上司に要望したところ、大学を卒業したばかりの新人がやってきたときは、マジで上司に書類を投げつけそうになったものだ。

もちろん自分にも新人だった頃はあり、諸先輩方には大変お世話になった。ＯＪＴの重要性も理解している。しかし、だ、まったく余裕がない状態で、ヒヨコたちの面倒まで見なければならなくなったこっちの身にもなってほしかった。

とはいえ、さすがにこの空気のままでは仕事に支障がでてしまうだろう。サラは二人の文官に向かって、覚えたてのカーテシーを披露する。

「サラ・グランチェスターと申します。私のような子供が執務室の末席に就くことに不信感を抱かれるとは思いますが、どうか伯父の顔を立ててご寛恕《かんじょ》願えませんでしょうか。あくまでも臨時ですので」

さすがに文官たちも、子供の方から丁寧な挨拶をされれば、冷たい態度をとるわけにもいかない。しかも、相手は侯爵閣下の孫である。

「サラお嬢様、どうか顔を上げてください。私どもにそのように頭を下げられる必要はございません」

「その通りです。お嬢様。どうか、こちらの席にお座りください」

もう一人の文官も慌てて立ち上がった。二人はロバートの執務机に近い上座の席に着座していたが、その場所をサラとレベッカのために空けようと机の上を片付け始めた。

「おやめください。私もサラさんも執務のお手伝いです。上座を空けていただく必要はございません」

レベッカが慌てて止め、空いている席に腰を下ろした。サラもその隣へと足を進める。

「しかし……」

なおも言い募ろうとする文官をサラも押しとどめた。

「席の上下など些細な問題です。いまは全員で力を合わせてこの危機を乗り越えなければなりませんので」

まさに正論であるが、それを八歳の少女に指摘されている状況に、文官たちは戸惑いを隠せない。文官たちもサラが年齢通りの子供ではないことに薄々気付き始めた。だが、サラが年齢通りの子供ではないとしても、文官たちの視点ではサラもレベッカも即戦力になるようには見えず、自分も遠からず過労で倒れた同僚の後を追うことになるだろうと落胆した。

この世界の一般常識から考えると、そもそも貴族女性は外向きの仕事はしない。家で家政を担っているのが普通であり、例外はレベッカのようなガヴァネスと、神聖魔法が使える聖女くらいである。

もちろん平民であれば女性でも普通に外で働く。農家なら農作業をこなし、漁師の妻や娘であれば魚の干物加工などの作業の担い手となる。街に住む女性であれば針子、洗濯婦、商店や料理屋の店員、産婆、あるいは花街の芸妓《げいぎ》や娼婦になる。平民の女性が働かずに済むのは、ある程度以上の裕福な世帯に限られる。それでも女性が文官という職業に就くことはまずない。そもそも平民の識字率が低く、男性でも文官になるのはとても厳しい道のりだからである。まず、多くの職場ではアカデミー出身者しか文官として採用しない。アカデミーは女性の入学を認めていないため、この時点でほぼ女性が文官になることは不可能である。ただし、国法で定められているわけではないので、ごく稀に女性が文官になることもあった。その場合でも、優れた技術を持つ職人の代表や、成功した商会の会長など年嵩《としかさ》の女性が非常勤のような形式で採用されるくらいである。

一方のサラは、酷い顔色で目の下にくっきりと隈のある文官たちを見遣り、胸がキュッとしてしまう。前世でも頑張りすぎて潰れそうになっている同僚や部下には、ついつい手を貸してしまう癖があった。自分には関係ないのに放っておけず、炎上しているプロジェクトの手伝いを買って出たことは数知れない。

『この人たちを助けたい』サラは、心の底からそう思った。

「まずはすべての書類がどこにあるのか、それらがどのように分類されているのかを教えていただけますか？」

顔を見合わせた二人の文官は、さすがに当主の孫には逆らえないと思ったのか、ため息交じりに説明を始めた。

「現在、この部屋にあるのは六年前の定期監査後から今までの収穫量を記録した書類と、実際に王府に提出した記録の写しです」

「数字に食い違いはあるのですか？」

「監査直後はそれほどでもないのですが、三年前の記録はだいぶ食い違っているように見えますね」

「林業、工業、商業についての書類もあるのでしょうか？」

「林業の収入は農業の収穫と同等の扱いをされておりますので、この中に含まれております。鉱山もいくつか所有しており、魔石、貴石、金属を採掘しております。しかしながら、商工業を担当していた同僚が先日倒れたため、作業が途中のままになっております。申し訳ございません」

文官の説明を受けてサラは書類を眺めていくが、すぐに大きな問題に気付いた。書類のフォーマットが決まっていないのだ。領内の収入は、徴税官という下級文官が各地を訪れて確認するのだが、人によって書き方がバラバラである。

手紙のような書き方で文中に数字が埋もれているような書類もあった。しかも、無駄に文章が装飾的で読みにくい。タイトルすらつけられていないものもある。

『せめて最初に、これはなんの書類なのかタイトルくらいつけてよね！』

しかも、こうした報告書の山の中にひょっこりと陳情《ちんじょう》書が紛れていたり、物品購入の納品書や領収書が紛れていたりするので油断できない。

「あの、こうした書類は定型ではないのでしょうか。人によって書き方が違うようなので、非常に確認しづらいと思うのですが」

「何度か形式を定めようとしたことはあるのですが、アカデミーで教わった方法を変えられないと強固に主張する文官が多いのです。教授ごとに異なる形式を教えているため、派閥のような状態になっていて……」

『なにそれ、うざっ！』

「早急にグランチェスター領で使用する書類の形式を定めるべきかと。このままでは効率が悪すぎます。そして、グランチェスターで文官をする以上、この形式で書類を作成できないのであれば解雇も辞さないと申し送りをすることを提案いたします」

「そこまで強硬《きょうこう》にされるのですか？」

「書類の仕分けだけでこれだけの手間がかかるのです。その労力を削減すれば、その分人数は少なくて済みます。実際に数名を解雇すれば、文官たちにも本気度が伝わるのではないでしょうか」

このあたりまで会話すると、さすがに文官たちもサラが見た目通りの子供ではないことに気付き始める。ロバートの顔色を窺いつつも、サラの言葉に耳を傾けるようになっていった。そんな文官たちの様子を横目に、ロバートはニヤニヤと人の悪い微笑みを浮かべながら自分の仕事を片付けていく。

「基本的なことを伺うようで申し訳ございませんが、国税の算定基準をおしえていただけますでしょうか」

「利益の三割です」

「利益ということは、収入から必要経費を差し引いた金額ということですね？」

「仰る通りです」

「領が税金を納めるということは、領民が国に直接税を納めることはないという認識で合っていますか？」

「はい。国は領主に納税の義務を課していますが、領民への課税は各領主の権限です。これに関しては、王室でも口を挟むことはできません。その代わり領主は毎年自分たちの収入を申告し、納税しなければなりません。例外は他領との関所の通行料です。すべての領地で同額に定められており、全額を国税として納付しなければなりません。また、領主が勝手に通行料に上乗せすることも禁じられています」

「なるほど。ところで、気になったのですが、今期の申告期限と納税の期限はいつまでなのでしょうか？　間に合いますか？」

文官たちは怯《ひる》んだ様子を見せたが、顔を見合わせて諦めたように答えた。

「半年後です。正直、このままのペースでは絶望的ですね」

「そのような状態なら、ひとまず今期の申告と納税の作業だけ優先するしかないのではありませんか？」

「そうしたいのはやまやまなのですが、書類の仕分け作業すらままならず……」

なんと、書類の仕分けすらまだであるという。

「では最初のお手伝いは、書類の仕分けということになりそうですね。すべての書類を仕分けしなければ正しく現状を把握することができません。まずは帳簿の記入作業の手を止めて、全員で書類の精査と仕分けをしませんか？」

「はいっ」

会話しているうちに、文官たちは新しく赴任してきた同僚を見るような視線をサラに向けるようになっていった。いや、どちらかといえば、年若いグランチェスターの御曹司を代官に迎えたような気分になった。

このやりとりを見ていたロバートとレベッカは、サラの能力が想定していた以上に高いことを思い知らされた。

ロバートに至っては『これは僕より優秀だな』と、本気で思い始めていた。

仕分け仕分け仕分け

「レベッカ先生、帳簿に記入する必要がある書類と、そうでない書類を大きく分けてください」

「わかったわ」

左側の文官に向かって、サラは名前を尋ねた。

「すみません、お名前を教えていただけますか？」

「ジェームズです」

「ではジェームズさん、レベッカ先生が仕分けされた書類のうち、帳簿に記入しなければならない方から、今期のものだけを選《え》り分けてください。なお、過去の分については、年ごとに大きめの箱を用意しますので、それぞれの箱に放り込んでください。これは今期の作業が終わったら逐次《ちくじ》手をつけていきましょう」

「承知しました」

次に右の文官に視線を遣ると、彼は先に答えた。

「ベンジャミンです。ベンと呼んでください」

「ではベンさん、ジェームズさんが選り分けた書類を、さらに種別ごとに分けながら、月ごとに並べなおしてくださいますか？」

「種別ごとに箱を用意しても構いませんか？」

「もちろんです、急いで用意させましょう」

サラは部屋の隅で、ぽか－んとしたままのロバートを働かせることにした。

「伯父様。明らかに人手が足りません」

「それは、わかっているよ。だから君たちを呼んだんじゃないか」

「もちろんそうですが、単純作業の人員すら足りていません。ひとまず邸の執事やメイドたちにも手伝ってもらうべきでしょう」

「えっ、彼らに依頼するのかい？」

「当然です。特に家令や執事であれば、帳簿も理解できるため即戦力になるでしょう。その他にも文字を読むのが得意なメイドがいれば全員呼んでください」

これにはロバートも文官たちも驚きを隠せない。文官たちは自分たちがエリートである自覚をもってお仕事をしている。そして、そのサポートをするのも、同じくエリート文官の新人たちでなければならないと思っていた。

サラとレベッカの手を借りることは、ロバート《上司》からの命令なので否応はない。百歩譲って家令や執事に雑務を依頼するところまでは理解もできる、しかしメイドに執務の手伝いをさせるなど正気の沙汰ではない。

「サラ、さすがにメイドには無理だろう」

「それなら私のような子供と、そのガヴァネスに依頼するのもおやめください。文官の方たちだけで解決すればよろしいではありませんか」

「そ、それは……」

「できる人にできる仕事を頼むだけのことです。この程度のことで無駄な論議の時間を使いたくありません。それとも、今すぐ確保できる文官が他にもいるのですか？」

サラは書類を確認する手を止めることなく無造作に言い切った。更紗時代から仕事モードに切り替わると、感情の振れ幅が小さくなる。更紗をよく知らない人たちからすれば不機嫌に見えるらしく、『宇野さんなんか怒ってない？』と聞かれることも多かった。実際には仕事を完遂するため、極端な合理主義に走っているに過ぎない。即戦力として使える人材を確保したいだけなのだ。そもそも非常識さで言えば、サラやレベッカの存在の方がよほど非常識である。

だが、ロバートや文官たちはまだサラと接している時間が短いため、完全にサラを怒らせたと受け取った。サラの機嫌を損ねないために、言う通りにした方が良さそうだと判断した。

「わかった。必要な人員を招集することにしよう」

「あ、それと空の箱が大量に必要になりますので、運んできてもらってください。ついでに書類の運搬でも活躍してもらいましょう」

ロバートが指示すると、本邸から家令、執事二名、数名のメイド、そして箱を抱えた下男たちがゾロゾロと執務棟にやってきた。

家令と執事にはレベッカと同じ作業を依頼し、わかりにくい書類があれば四人で確認しあう体制を作った。二名のメイドをサポートに付け、仕分けした書類を箱に入れるように指示した。

ジェームズは書類の箱が届くたびに、今期とそれ以外を仕分ける。書類の中には間違って入れられた書類もあるため、差し戻しの箱も作っておく。この作業にはサポートのメイドを一人付けることで、ジェームズ自身が書類を仕分けするために動く必要はなくなった。ただ、ひたすら仕分けし、サポートのメイドに次の書類を持ってきてもらえばいい。

さすがに月別で種類ごとに書類を分ける負担は大きいため、ベンジャミンの作業にはロバートも参加することになった。こちらにも二名のメイドをサポートに付けている。

また、箱を運んできた下男たちも巻き込まれ、そのまま書類運搬の作業に従事してもらうことになった。

そしてサラ自身は、どのような書類があるのかをひたすらメモしていた。最終的には仕分けのための、書類一覧表にする予定である。また、それぞれの書類のフォーマットを決める作業も、なるべく早く始める必要があるとサラは考えていた。

この時点で既に夕方の四時近くになっており、サラが働ける時間はわずかとなっていた。

「伯父様、このように私が仕切ってしまって申し訳ございません」

「いや、それはまったく問題ないよ。驚くべき速さで仕分けが進んでるしね」

「ですが伯父様、私はレベッカ先生に残業が禁止されておりまして、夕方の五時には仕事を終えて本邸に戻らなければならないのです」

「そういえば、そういう約束だったね」

「そこで相談なのですが、最初の数日だけ特別に残業を許可してくださいませんか？」

それを聞いて、レベッカが慌てて口を挟む。

「サラさん！　それはダメよ。あなたの年頃なら、食事と睡眠はきちんと取らなければ健康を害してしまうわ」

「レベッカ先生、働き過ぎで健康を害するのは子供だけではありません。大人だって無理をすれば同じです。事実、すでに文官の方々が倒れていらっしゃいます」

「子供なら、なおのことよ」

「それは承知しています。そこで提案なのですが、こちらで手早く食べられるような夕食を本邸から届けてもらうのはいかがでしょう？　書類を汚さないように気を付ける必要はありますが、時間は節約できます。今日は自由時間も作業に充てましょう。宿題が出たのだと思うことにします」

レベッカは、ちっとも減った気がしない書類の山を見つめながら、ため息をついた。

「仕方ないわね。このままでは終わる気がしないもの。だけど就寝時間だけは絶対に守ってもらいます。これは譲れません」

「わかりました。レベッカ先生」

その後、一人のメイドが本邸に走って食事の指示を伝えると、文官を含む全員分の食事が執務棟に運ばれてきた。手早く食事を済ませつつ、サラは明日以降の予定を計画する。

「レベッカ先生、この仕分けが済むまでは授業をお休みにしてお仕事にしませんか。勉強が大切なことは重々承知しておりますが、緊急度ではこちらの方が上です」

「そうね。中途半端なままではお勉強にも身が入らないかもしれないわ」

「あ、それと伯父様。本邸から大勢の人員を借りていますので、このままではあちらの業務に支障が出ます。いまは緊急事態ですので、家令と執事には本邸の仕事を調整してもらうべきではないかと」

すると家令のジョセフがロバートに訴えた。

「お嬢様の仰る通りです。明日の午前中には体制を整えて使用人たちへの指示を出しておきますので、本日はお嬢様と一緒に本邸に下がらせていただけますでしょうか」

「そうか。わかったよジョセフ」

「伯父様、残業したいと言い出した私が言うのもなんですが、皆様の残業もほどほどにして仕事を切り上げませんか？」

「それでは間に合わなくなってしまうよ！」

「その結果、文官の方々が倒れられたのではないですか。このままでは、ジェームズさんやベンさんも倒れてしまいます。これから長丁場になることはすでに分かっているのです。長い目でみれば、無理をしない方が効率も良いはずです。私のような子供が言うのも烏滸がましいのですが……」

「サラ、ここまでしておいて、子供を前面に押し出すつもりかい？」

「ですが実際に私は八歳ですし」

「「はぁぁぁぁ？」」

二人の文官が目を見開いてサラの方に視線を向けた。

「すみません、サラお嬢様は本当に八歳でいらっしゃるのですか？」

「はい。そうです」

「てっきり妖精の恵みを隠していらっしゃるのかと」

「あはは、見た目通りの子供ですみません」

まさか『転生者で中身は君らより年上』とは言えないサラであった。

「いえ、優秀であれば女性も子供も大歓迎です。なにせこの状況ですので……」

「まぁそうですよね」

しみじみしたところで全員の夕食が済み、仕分け作業を再開した。結局、初日の作業はサラの就寝の三十分ほど前で終わりとし、続きは明日以降とした。

なお、今期分の書類仕分けが終わったのは三日後の夕刻だった。その日は全員が五時に仕事を終わらせ、城内の遊戯室で夕食がてら軽めのお酒を飲むことにした。

ただしサラだけはぶどうジュースで、就寝時間も厳守であった。

『むぅぅぅ。打ち上げを途中退場とは……』

サラは大いに不満であった。

至れり尽くせり

今期分の書類が仕分け終わったところで、過労でダウンしていた文官たちが無事に職場復帰を果たしたため、サラの午前中の授業が再開した。仕分けを手伝っていた家令と執事たちも、これ以上は本業を疎《おろそ》かにはできないと本邸の仕事に戻ったが、一部のメイドはこのまま手伝いとして執務棟での勤務を継続してもらうことにした。

『メイドさんたちマジ優秀!』

メイドたちの働きぶりは、サラだけでなくロバートや執務棟で長く働いていた文官たちを驚かせた。

まず彼女たちのスケジュール管理能力が素晴らしい。一日の始めにロバート、サラ、レベッカ、文官たちの予定と作業目標を確認し、適切なタイミングで必要な書類が手元に届くよう机に届ける。もちろん紙、ペン、インクの補充も忘れない。作業の進捗《しんちょく》を確認しながら、お茶や軽食を準備し、作業が遅れているようならスケジュールを再調整する。

できあがった書類を確認し、誤字脱字などをチェックしてから、ファイリング（薄い木の板の表紙をつけて紐で綴じる）をしていくのもメイドたちの仕事になった。間違いが見つかった場合、担当者に確認した上で彼女たちが修正することもある。しかも、この文字が美麗な上に読みやすい。文官の中にはメイドに書類の清書を頼むものまで現れる始末である。

要するに、メイドたちはとても優秀な秘書集団なのだ。もちろん本職はメイドなので、執務室の整理整頓はもちろん、淹れてくれるお茶のクオリティーも高い。ちょっと疲れたなと思ったタイミングで蒸しタオルが差し出され、肩や首をマッサージしてくれるなど至れり尽くせりである。

『そういえば前世でも、派遣のおばちゃんが、超いい仕事してたなぁ』

執務室で働くメイドたちを見ていたサラは、前世の会社でアシスタントとして働いていた超優秀な派遣のおばちゃんを思い出していた。残業をお願いしても『残業代儲かってウハウハ！』と明るくこなし、英語はカタコトしか話せないのに、海外からのお客様にも物怖じすることがなかった。接客に必要な最低限のフレーズは耳で覚え、一度でも会ったことがある相手には必ず『I、m happy to see you again.』と挨拶していた。耳コピなのでイントネーションもバッチリなのだが、彼女が会話の内容を文字で書けたかは疑問である。

そんな優秀なメイドたちにサポートされれば、作業効率が向上しないわけがない。無茶をして倒れればさらに状況が悪化することを学習した文官たちは、ダラダラと残業するのを止め、生活全体にメリハリを持つようになった。自然と文官たちの健康状態も良くなっていく。

実はレベッカも執務室のメイドたちに信頼を寄せていた。理由は作業に没頭するサラを定時になったら半ば強制的に机から引きはがし、本邸に送り届けることにあった。本邸勤務のメイドとも緊密な連携が取れているので、食事、入浴、就寝のタイミングもバッチリだ。サラの夜更かしや残業を決して許さないのである。

『躾に厳しいママがたくさんいるみたいだよ』と、サラは涙目である。

なお、マリアは本邸と執務棟を移動するサラに常に随行しており、サラの執務中はアシスタント業務もこなしている。まだ若いため、他のメイドのように秀でた能力を持っているわけではないが、メイド同士の連携に加わってサポート業務を学んでいる。このままいけば彼女もスーパー秘書の仲間入りだろう。

「執務室は男の仕事場って思ってたけど、メイドさんいい……」

ジェームズが思わず漏らした呟きに、ロバートや他の文官たちも激しく同意した。この後、執務棟専用メイド集団、すなわち秘書課が爆誕することになり、女性たちのあこがれの職業の一つとなる。

さらにグランチェスターの執務メイドを参考に、他領でも同様の仕組みが導入されるようになり、数年後には執務メイドを養成する学校も創設されて女性の職業の一つとして確立していく。はからずもグランチェスター領の危機は、女性の新しい職業を生み出すきっかけとなったのである。

『これって、出勤してきた文官たちに、「おかえりなさいませ、ご主人様」とか言わせると、モチベーション上がったりするんかな?』

サラの脳内はかなり残念仕様である。

見えてきた数字

今期分の仕分けが一段落したところで、いよいよ今期の帳簿付けである。

しかし、サラはとても気が重かった。仕分け作業で薄々気付いてはいたのだが、この世界には『複式帳簿』が無かったのだ。

グランチェスター領は広大な地領であり、取り扱い品目は幅広く取引先も多い。固定資産、流動資産、純資産、負債、収益、売上原価、各種経費など管理しなければならない科目(しかもこれらは、さらに細かい科目で管理される)も膨大である。にもかかわらず、帳簿が単式なのだ。

『単式帳簿が悪いわけじゃないけど、情報量が少なすぎて経営状態がわかりづらい。これは専門家じゃないと無理って言われるわけだわ』

領民から納められる税は、現金だけでなく小麦などの収穫物、鉱石や魔石などの鉱物、木綿布や毛織物などの加工物とさまざまな形で納付される。この時に必要になるのが、納税義務のある領民の名簿、納税額を算出するための収支記録、そして納税したことを証明する記録だ。

このあたりの手続きは、農作物を除き、それぞれの業種を管轄しているギルドが取りまとめるため、文官たちはギルドから記録を受け取る形で管理する。各ギルドに税として納められた動産は、ギルドの倉庫に一時的に保管され、備蓄に回されるもの以外はそのまま商家に売却して現金化される。わざわざ領の倉庫に運び込むような手間はかけないのが普通だ。

ただし、農業は直接グランチェスター領が管理しているためギルドを通すことはない。小麦を始めとする農作物はすべての領の倉庫に運び込まれる。

この世界に銀行というシステムはまだ存在していないが、商家との取引には手形を用いることが多い。領の文官たちは売買の記録と手形を受け取って処理するだけなので、実際に納税された動産を目にすることは稀である。どうやら、この中間層で先代の代官と会計官がやらかしたようだ。おそらくギルド側にも協力者がいたのだろう。

単式帳簿の問題点は、「用途」「収入」「支出」しかわからないことにある。

たとえば「〇年〇月〇日　××商会に小麦売却一〇〇〇ダル」と記載されていたとしても、それが手形なのか現金なのか、この帳簿だけでは理解できない。わかるのは、「いつ、何が、どこに、いくらで売れたのか」だけだ。

別の帳簿では手形の受け取りが記録されており、こちらを参照すれば「いつ、どの商会から、いくらの手形を受け取ったか」を確認することはできるが、現金取引だった場合には別の現金の帳簿を確認する必要がある。

こうした記録が勘定科目ごとに作成されており、一覧性に乏しく、複雑怪奇な会計処理が行われている。この状態で過去の不正を明らかにするのは、とても大変な作業となるだろう。

『会計ソフトとは言わないけど、せめてエク○ルが使えればなぁ……』

更紗時代、いかに楽をしていたのかを痛感しつつ、サラは山ほどある帳簿を並べて見比べることに一日でうんざりした。翌日には耐えられなくなり、せめて複式帳簿だけでも導入すべきだという結論に達した。

その日は宿題もなかったので、寝る前に簡単な簿記のテキストを作成し、翌日からロバート、文官たち、そして執務室メイドたち向けに複式帳簿の付け方をレクチャーした。優秀な頭脳をもった文官たちは、すぐに複式帳簿のメリットを理解した。最初のうちはサラに使い方を聞きに来ていたが、三日程で使いこなせるようになった。メイドたちも文官の指示に従って業務をこなすうちに、自然と学習していったようである。

そして一週間後、複式帳簿をマスターした執務室のメンバーは、とてつもなく恐ろしいことに気付いてしまったのである。それはサラの爆弾発言からはじまった。

「えーっと、いまグランチェスター領が発行している手形の総額は……一五〇〇〇〇〇ダラス⁉　ちょっと待って。手元にある手形は……やだ、八〇〇〇〇ダラスしかない」

この国の貨幣は一ダルが銅貨一枚で、物価のバランスが前世とはかなり違うのであまり正確とは言えないが、価値はおよそ一円だ。一〇〇〇〇ダルは一ダラス（金貨一枚）となる。つまり、現在グランチェスター領は一五億円ほどの手形を発行しているということだ。

グランチェスター領が発行した手形は、商業ギルドを通じてグランチェスター領に支払いの請求がくる。手形は請求されてから三日以内に支払わなければ、ペナルティーとして二年間は手形が発行できなくなってしまう。また、現金化できなかったことは商業ギルドを通じて国中に公表されるため、信用回復にはそれ以上の時間が必要になる。貴族家であれば、取り返しのつかないほどの不名誉だ。

サラの発言にジェームズも反応する。

「領の現金は五〇〇〇〇ダラスを少し超えたくらいしかありません。いま、一気に手形を現金化されたら、大惨事です」

手形の支払いは、現金や手形以外にも、小麦や鉱石など動産でも可能である。ただし、足元を見られて売却レートを安く見積もられてしまうため、可能な限りは避けることが一般的である。

さらに、実際に備蓄倉庫に赴いて正確な備蓄量を把握してきたベンも参戦する。

「手形の支払いを滞らせないためには、急いで現金か手形を用意しなければなりません。しかし、備蓄されている小麦、鉄鉱石、魔石、木綿布、毛織物の量は、通常時の半分を切っています。特に小麦が深刻で、飢饉《ききん》が発生すれば冬を越すのは難しいかと」

横領で既に備蓄が少なくなっている現状では、動産を売却しても解決するかは甚だしく疑問である。そもそもどれだけ売却すれば足りるのかもわからない上、領民が飢えてしまうかもしれない危険があるのだ。また、国は領内の備蓄に対しては税金を掛けていないが、備蓄を売却した際には、収入として納税の義務も発生する。

どう考えても、今のグランチェスターは債務過多に陥っている。サラとロバートは頭を抱えるしかなかった。

「なんということだ。ひとまず、父上に早馬を出そう。おそらくグランチェスター家の財宝をいくばくか売却することになるだろう。いや、父上は不名誉だと突っぱねるかもしれない。いっそのこと手形の現金化を控えるよう商家に依頼するか」

「伯父様、それは絶対におやめください。領の財政が悪化したことを悟られて逆効果になります」

ここでサラは疑問を口にする。

「手形の現金化はすべて商業ギルドで行われるのでしょうか？」

「グランチェスター領の役所には現金化の窓口がないから、必然的に商業ギルド経由になるね」

「商家や個人の取引では、商業ギルドを使わないこともあるのですか？」

「商業ギルドを経由すると手数料がかかるからね。発行した相手に直接持ち込むこともあるよ」

「ギルドの手数料ってどのくらいなんですか？」

「受取額の一割だね」

「はぁ⁇　それ、高すぎませんか？」

「まぁ商業ギルドにしてみれば、その手形を代わりに引き受けて発行者に請求するわけだから、回収できないリスクも込みってことかな」

『え、ちょっとまってよ。それって、一億円なら手数料だけで商業ギルドに一千万円支払わなきゃいけないわけ？　要するに手形の買取ってことでしょ？　一律で一割とか暴利過ぎだわ。グランチェスター領が不渡りだすわけないじゃない！』

「さきほど受取額の一割とおっしゃいましたが、手形を相殺したりすることはあるのでしょうか？」

「お互いが相手の手形を持っていれば相殺することもあるね。大手商家との取引であれば、相殺して発行する手形の金額を変えることもあるよ」

「相殺して、実際に受け取る金額が下がれば、手数料も下がるのですか？」

「下がるけど、相殺する際の手数料は別途かかるかな。こっちは取引毎に一律で一〇ダラスだ」

『手数料高いっ！』

「なるほど理解できました。まだすべての手形が持ち込まれたわけではありません。危機的状況であることを悟られないよう、通常通りに振舞っておくしかないですね」

「そうだね」

「ところで伯父様。先ほど財宝を手放すというお話をされていらっしゃいましたが、私はグランチェスター家の財宝目録をこの執務室では確認しておりません」

「グランチェスター家の私有財産だからね。これは代々のグランチェスター当主が管理する決まりなんだ」

「そちらの財宝は前任者に横領されていないのですか。確か財物も横領されたのでしたよね？」

「横領されたのはグランチェスター城の中でも比較的出入りしやすい建屋の中にあった美術品や家具だね。グランチェスター家の宝物庫は全体に魔法がかけられていて、当主自身か、当主の許可を得た代理人しか中には入れないんだ。ちなみに、不測の事態で当主がこの権利を行使できなくなってしまった場合には、王家が次の当主を指名して継承させることができる」

「なるほど。そういう仕組みなのですね」

「さすがに手紙を読んだら父上も財宝をいくつか売る気になるんじゃないかな」

だが、正直なところ、サラは財宝を手放して当座をしのぐことには乗り気になれなかった。

人の口に戸を立てることはできない。グランチェスター家が財宝を売却した事実は必ず王家や他家に知られるだろう。何かあったと勘繰ってくれと言わんばかりである。現金を作る理由を説明できない今の状況では、どう考えても悪手である。

確かに領の備蓄は足りておらず、ひとたび災害が起きれば領民は飢えてしまうだろう。しかし、まだ飢饉が起きたわけではないのだ。ここは神に豊作を祈りつつ、健全な状態に戻していく方が前向きである。

「伯父様、財宝を売って当座をしのぐことは、最小限にとどめるべきかと思います。どうにもならない場合の最後の手段として使うべきです」

「どういうことだい？」

「王家や他家に知られることなく財宝の売却ができるとは思えません。むしろ、堂々と売却していなければ、グランチェスター領で何かあったと勘繰られるでしょう」

「ううむ……」

「穀物の流通量を減らすこともできません。財宝の売却同様、外部に気取られる可能性が高いです」

「そういうものかい？」

「グランチェスターは、市場に小麦を供給する領です。一定以上の量を供給しなければ、国内の穀物価格が高騰し、市場の混乱を招きます。王室が見逃すとは思えません。売却量が減った理由を確認するために、査察が入ってしまう可能性があります」

どれだけ厳しくても、王家や他家に知られることなく備蓄量を増やす方法を検討しなければならないのだ。

『ん？　備蓄って必ずしも領の備蓄庫に置いておく必要ないよね。飢饉のときに倉庫を開放できればいいだけなら、領の持ち物である必要はないはず』

「伯父様、商家というか商会を作りませんか？」

「新しく商会を立てるってことかい？」

「そうです。備蓄に回す量はそのまま、領外に流通させる穀物は市場が混乱しない必要最低限に抑えます。そして残りはすべて新しい商会に売却するのです。領内の穀物業者は、この商会から必要量だけ穀物を購入するようにしましょう」

「ふむ」

「もし飢饉に見舞われてしまったら、この商会の倉庫を領民に開きましょう。対外的には商会に穀物を売ったことになりますから、これは備蓄ではありません。単に商会の倉庫にある備蓄を、商会が〝人道的な理由で〟領民に提供するというだけです」

「なるほど。商会に売却しているのだから、疑われることはないってことか」

「はい。ただ領の備蓄ではないので、売却益に見合った税を納めなければなりませんが」

「それは仕方がないだろうな。それでも変に疑われて査察が入るよりマシだ。ひとまず父上と相談するよ」

「商会が領から穀物を購入する際に発行する手形は、現金化せずに領に残しておいて、数年後に領の財政が健全化した際に、商会から穀物を備蓄用として買い取れば良いのではないでしょうか。その際の支払いは手元に残した手形で相殺できるはずです」

「なるほどなぁ」

ロバートをはじめ、文官たちも頷いている。

「ただ、問題がないわけではありません」

「というと？」

「十分な備蓄が用意できる前に飢饉が発生したら対処できないのです。安定して運用するには数年は掛かると思います」

「な、なるほど」

「そもそも次の収穫量がどの程度になる見込みなのか、おおよその見当はついているのでしょうか」

「収穫量は、収穫直前にならないとわからないものだろう？」

「正確な量という意味でしたらその通りですが、天候や育成具合を観察すれば、おおよその収穫量は予想できるはずです」

「占いの類か？」

「違います」

ロバートは文官たちの方を振り返る。すると、復帰した文官の一人であるポルックスが応えた。

彼は農業担当文官であり、かつては徴税員として各地の農家を回っていたこともある叩き上げであった。税金を誤魔化す者には容赦がないが、困窮している領民には自腹を切って食料や薪を届けるような漢気のある文官である。

「サラお嬢様の仰る通りです。最近の話ですので、まさかお嬢様がご存じだとは思いませんでした。以前から気象と小麦の収穫には密接なつながりがあることは知られていましたが、私の部下が『およその収穫量は気象から算出できる』と申しており、二年前から実証実験をさせております」

「なんだと！　報告されていないぞ」

「申し訳ございません。そうした報告を上げることすら難しいほど多忙な状況だったため、ついつい後回しにしておりました」

「確かにそうだな。それで結果はどうなんだ？」

「予想時期によって変動はありますが、それなりの精度で予想は当たっております」

「なんと」

これには、ロバートだけでなく他の文官たちも驚きを隠せない。

「ポルックスさん、予想ができるのはその方だけなのでしょうか？」

「そうですね。その者が言うには『気象記録と収穫量を関連付けるには、天文の知識と数学の素養が必要』とのことで、彼が言うことを理解できる者が他にいないのです」

確かにその通りだろう。前世でも、農作物の収穫予想には高度な知識と技術が必要であった。更紗は先物取引市場に関連する業務を担当していた時期もあり、その情報にどれだけの価値があるかをよく知っていた。

「ポルックスさん、その方と会わせてください。なるべく早く」

「承知しました」

ひとまず、収穫予想が可能な文官と明日には会えるように手筈を整えた。もちろん、このスケジュール調整も執務棟メイドが素早く手配した結果である。

「どれくらいの備蓄が必要で、現在どれくらい足りていないのかについては確認できているのでしょうか？」

「はい。それは終わっております」

領の蔵を直接確認して備蓄量を確認してきたベンは、種類ごとに必要量と現在の備蓄量を比較した紙を提示する。小麦のほか、豆、米（なんとこの世界には米があった！）など保存のきく食糧に加え、薪などの燃料も備蓄されている。

なお、災害時用に毛布や布なども備蓄されていたはずなのだが、知らぬ間に売却されていたらしく、倉庫には虫食いで使えなくなった毛布しか残されていなかった。

「ひとまず小麦以外で、必要な備蓄の購入を始めましょう。飢饉や災害に見舞われないことを祈りつつ、できる範囲の備蓄しかできませんね」

すると、ベンジャミンが新しい提案をしてきた。

「備蓄している食料品はどうしても劣化しますので、食べられなくなる前に一部を売却します。この売却先も、先ほどおっしゃられた商会にするというのはいかがでしょう」

「それはどうしてですか？」

「足元を見られて、ほぼ捨て値で売却しているのですが、意外と人気があるんですよ。ただ、販売価格を見てると、ぼったくりだよなぁと思いまして」

「なるほど。領が直営する商会は利益を求めるものではありませんしね、良いかもしれません」

ロバートは嘆息しながら「はぁ……。この国随一の穀倉地帯を持つグランチェスターが、なんとも情けないことだ」と呟いた。

「嘆いても仕方がありません。今は急いで小麦以外で現金収入を増やす算段をすべきでしょう。領内の鉱山、あるいは森林での材木伐採などを検討すべきでは？」

「大森林の開拓はグランチェスター家の悲願ではあるけど、あそこには強い魔物が生息していて、大森林で林業を生業にしている領民はいないんだ。手前にある狩猟場付近の森だけは、グランチェスター家の直轄地になっていて、グランチェスター家の遠縁にあるウォルト男爵が管理しているけどね」

「グランチェスター領は、ご先祖様が大森林を開拓した土地だと習いましたが、今は開拓していないのですか？」

「よく勉強しているね。その通りだよ。グランチェスター領の大部分は、かつて大森林の一部だったんだ。それをグランチェスター伯爵が開拓し、その功をもって陞爵《しょうしゃく》したんだ。だが今は大森林側の開拓はしていない。禁止しているわけではないが、領が力を入れていないから誰もその地域を開拓してないんだ。比較的温暖な地域での開拓事業は盛んなんだけどね」

「再び大森林の開拓を進めることはできないのですか？」

「それだけの余力がないんだよ。魔物を駆除するのは、腕利きの猟師か冒険者なんだけど、領が開拓を推進していないから猟師があまりいないんだ。それにグランチェスター領の冒険者ギルドはかなり小規模なんだよね」

「それは、手詰まりですね。すぐに解決できる問題ではなさそうです。ご先祖様はどうやって開拓したんでしょう？」

「もう五百年以上前の話だから、どこまで本当のことなのかはわからないけど、当時のグランチェスター伯爵は〝ゼンセノキオク〟とかいう彼の独自魔法で開拓に成功したらしい。それまで伯爵とは名ばかりの貧乏貴族だったそうだが、彼のお陰でグランチェスター家は侯爵となった。だからグランチェスター家では彼を始祖と呼んでいるのさ」

「は？？？」

「まぁ、歴史なんて話半分に聞いておけばいいよ」

ロバートは苦笑いしているが、サラはそれどころではない。

『待って、前世の記憶ってこと？　ご先祖様は転生者なの⁇』

「伯父様、始祖様の記録、特に日記などは残されているのでしょうか？」

「図書館の特別室にあるよ。グランチェスターの一族しか閲覧できない決まりで、当主の許可が必要だ。たぶんサラなら大丈夫だと思うけど、父上に許可をもらっておくよ」

「ありがとうございます」

『ひとまず許可待ちか。ご先祖様の記録を見れば、なにかヒントになることが書いてあるかもしれない』

とはいえ、すぐに何かできるわけでもないので、優先度は低めに設定しておく。

「いずれにしても、備蓄も現金も心許《こころもと》ない状態で、どれだけ収穫できるかわからない農作物にだけ頼るのは危険です。今期の作業を終えたら、不正会計があったと思われる過去の帳簿を精査することになります。もし、過去の過少申告が明らかになれば、次の監査が入る前に修正して不足分を納付しなければなりません。そうなったとき、全額を即金で支払えると言い切れますか？」

「そ、それは……」

ロバートは口ごもり、文官たちも俯くしかない。

「発行した手形の額面の方が領の資産より多く、備蓄も圧倒的に足りないのです。現状、グランチェスターは破綻寸前であると自覚すべきです」

実際にはそこまで酷いわけではない。商家が結託して一斉に手形を現金化しようとしたところで、王室や他家の目を気にしなければ、グランチェスター家の財産を切り崩せば済む話だ。一時的に貴族家としての評判が落ちたとしても、王室とてそう簡単に領地替えなどができるはずがない。それに、備蓄が少なくても、災害や飢饉が発生しなければ大きな問題には発展しない。仮に追加の納税が必要になったとしても、グランチェスター家の財政が大きく傾くとは考えにくい。サラが敢《あ》えて厳しい指摘をしたのは「収穫が終わればなんとかなる」というロバートを始めとした文官たちの甘さに危機感を抱いたからである。

ロバートは無自覚にグランチェスター家の財産をあてにしており、困ったら家の財産を使うことを安易に提案する。そしてロバートをはじめとする文官たちは、小麦の収穫を『尽きることのない財源』であるかのように振舞っている。

広大な穀倉地帯を持つ領地の管理者として、その考えが大きく間違っているとは思わない。だが、彼らには『リスクヘッジ』の視点があまりにも欠落していた。大規模災害が起きて畑が破壊されてしまうかもしれない、あるいは小麦に病気が発生してしまうかもしれないといったことをきちんと想定していないのだ。飢饉のときに放出する備蓄だけでは十分ではない。もし飢饉が数年続いた場合、どれくらいの期間であれば領民を支えられるのかを真剣に考えたことはあるのだろうか。

『基本的にグランチェスター領は豊かだから、文官も危機意識を持てないでいるのね。伯父様もお金に困った経験がないお坊ちゃまだろうし……』

この世界にも、ノブレスオブリージュという考え方は存在する。つまり、領主は領民を守るべき義務を負っているのだ。しかし、この甘さで領民を本当に守っていけるとは、サラは到底信じることはできなかった。こうした甘さこそが、グランチェスターの最大のリスクに思えるのだ。

もしかすると、アレがないかもしれない

『別の収入源を開発して、小麦への依存度をもう少し下げなければ。できればすぐに現金収入を得られる手段はないものかしら』

まだグランチェスター領に来て日も浅く、この土地の特徴をそれほど知っているわけではないサラは、ロバートや文官たちに尋ねてみることにした。

「備蓄対象になっていないグランチェスターの特産品はありますか？」

ポルックスは、すかさず答えを返す。

「エルマですかね。毎年、最上級品質の果実を王室にも献上しております。晩秋から冬場に人気の果物として王都でも知られていますが、果実ですので備蓄対象にはなっておりません。ちなみに、色や形が悪いものはジャムとして加工したり、搾り汁を瓶に詰めて販売しています」

するとロバートが口を挟んだ。

「搾り汁からは、エルマ酒もできるんだ」

「エルマってお酒になるんですか？」

「うん。搾り汁を発酵させて作るんだけど、素朴で美味しいよ」

「それは王都でも販売しているのですか？」

「いや、どちらかというと庶民の酒だから、領内でしか飲まれていないんじゃないかな」

「どうしてですか？　もったいない」

これにはポルックスが答えた。

「過去にも王都でエルマ酒を販売したらどうかという話もあったのですが、エルマ酒を入れた瓶が破裂してしまう事故が多発して断念しました」

「もしかして、エルマ酒は発泡しているのでしょうか？」

「そうですね。泡立つものと、泡立たないものがあります」

「うっかりすると酢になっちゃうやつもあるしな」

『あぁなるほど。シードルみたいなものね。酢ってことはアップルビネガーってことか。それはそれで上手くすれば特産品になるかも』

フランス語でリンゴ酒を意味するシードルは、サイダーの語源でもある。発泡性と非発泡性のものがあるが、日本では発泡性の方が一般的だ。密封した状態で発酵させると、その過程で発生した炭酸ガスで樽内の内圧が増し、シードル内に溶け込んでいくことから発泡酒となる。

しかし、金属のタンクでもない限り、それほど強炭酸のシードルにはならない。一般家庭で造られているのなら、無炭酸か弱炭酸であろうことは予想できる。とはいえ、保存状態があまり良くない場所で保管すれば、瓶が割れる事故は避けられないだろう。更紗のいた世界ですら、ビールなどが爆発する事故が時折ニュースとなっていた。

『ん？　シャンパンみたいに、二次発酵を瓶でやるのはどうかな』

更紗はかなりの酒好きだったことに加え、会社の業務としてワインをはじめとする酒類の輸入なども手掛けていた。

「たぶん瓶の強度や色に問題があったか、保存状態が良くなかったことで爆発したんじゃないでしょうか。製造、流通、販売の過程で品質管理を徹底したらいけるんじゃないかと」

「瓶の強度ですか……。質の良い瓶を使うことが前提となると、その分値段が上がってしまいます。

エルマ酒は庶民の酒ですので……」

「庶民のお酒と思っているのはグランチェスター領の人だけですよね。他領であまり嗜《たしな》まれていないのであれば、希少価値は感じていただけると思います。瓶についても、販売した瓶を買い取る制度を作ってみてはいかがでしょう？　その分、次回の購入の値段を下げれば、再販率も上がると思います」

「なるほど」

「とはいえ、それを引き受けてくれる商家がいるでしょうか……」

「前回販売を検討してくださった商家に、まずは話を持ち込んでみてはいかがでしょうか？」

そこまで話したところで、更紗の記憶がサラの脳内を刺激した。

「ところでエルマ酒は蒸留しないのですか？」

「蒸留とは、あの錬金術師たちが薬を作るときにやるアレでしょうか？」

どうやら、この世界での蒸留は、錬金術師の専売特許らしい。

『ん？　ってことはこの世界に蒸留酒はないってこと？』

サラはちょっぴりお酒の匂い、もといお金の匂いをかぎつけた。どうやら前世の商社マンの血が騒ぎだしたようである。

「突然で申し訳ないのですが、領内の錬金術師ともお会いしたいです。手配をお願いできますか？」

「ま、待てサラ。なんで錬金術師なんだい？」

「思いついたばかりですので、実際に出来るかどうかはわかりませんが、エルマ酒を蒸留して新しいお酒を造ろうかと思います」

「酒を蒸留だと？」

ロバートやポルックスは、驚いて目を見開く。

「せっかくのエルマ酒ですから、これで収入を得たいではありませんか。しかし、現状では輸送や保存に課題があり限定的にしか商品化できません。私はこの問題を解決したいのです」

「蒸留すれば解決するのかい？」

「それはやってみなければわかりません。ですが、やってみる価値はあると思います」

『リンゴといえばカルヴァドス！　飲みたい！　超飲みたい！』

更紗はカルヴァドスも大好物であった。正式にカルヴァドスを名乗れるのは、フランスのノルマンディー地方で造られたものだけなので、本来ならばアップルブランデーもといエルマブランデーと呼ぶべきではあるのだが、サラの脳内ではすっかりカルヴァドスだった。

仮にうまくいったとしても、サラの年齢を考えればあと数年は口にすることすら許されないだろう。だが、熟成期間を考えれば悪くない。

『ひゃっふー。酒飲みの血が騒ぐぜ！』

エルマ酒の話を横で聞いていた商工業担当文官のカストルも、負けじと特産品をアピールする。

「数年前に発見された魔石鉱山からは、かなり質の良い魔石が採掘されています。採掘量はまだ少ないですが、拡張を検討してみても良いのではないでしょうか」

ロバートは頷きつつも、厳しい表情を浮かべた。

「確かに魔石鉱山からは、火属性や土属性の魔石が採れてるね。でも、全体に採掘量が少ないし、周辺は魔物が出没する危険地域でもある。採算という点では微妙じゃないかなぁ」

「伯父様、不勉強で申し訳ございませんが、魔石とはどのようなものなのでしょうか」

「いまさらサラに不勉強とか言われると、こちらが恐縮してしまうのだが……」

サラの疑問は、レベッカがロバートの後を引き継いで回答した。

「まだサラさんは魔法の授業を始めていないのですから知らなくて当然ですね。魔石とは、その名前が示す通り、魔法を内包した石のことなの。魔法には『火』『水』『風』『土』『木』『光』『闇』という七種類の属性があるのだけれど、魔石はこのうちのいずれか一種類の属性を帯びているわ。魔石があれば、その属性に適性がない人でも、魔石の属性魔法を使用することができるの」

実際にはどのカテゴリーにも属さない『無』属性もあるが、魔石として存在するのは七種類のみだ。

「それは、魔力をほとんど持たない平民でもでしょうか？」

「ええ、そうよ。たとえば弱い火の魔石は、平民の家庭でも火種として利用されているわ」

「それは便利ですね！」

この世界には魔力の多い人と少ない人が存在する。魔力の量は遺伝的要素が強く、貴族は魔力の多い者同士で婚姻することも多い。平民でも魔力が多ければ貴族家の養子となって、貴族と婚姻するケースもある。逆に貴族として生まれながら、魔力が少ない場合は肩身が狭い思いをする。

「でもね、魔石の魔力を使い切ってしまうと、魔石はただの石になってしまうの。だから平民は一つの魔石をとても大事に使っているわ」

「消耗品なのですね。ところで魔石は高いものなのですか？」

「含まれている魔力量や、魔力の質によるわね」

「魔力の質、ですか？」

「質が高いと、より高度な属性魔法を使用できるの。平民が火種に利用する火属性の魔石なら小さなファイアーボールを出せる程度だけど、これが特級ならインフェルノみたいな上位魔法も使えることもあるわね」

『大型爆弾と一緒ってこと⁉　ナニソレ魔石怖い！』

「ただ質が良いと魔力量も少ないことが多くて、実際に大量の魔力を必要とする上位魔法を使える魔石はほとんど存在しないわ。あったとしても王室に献上されて国宝のような扱いになるわね」

サラはそこで少し考えた。魔石でできることが怖いなら、人が魔法でやったって怖いのは変わらない。魔力が高い人はそれだけで歩く破壊兵器ではないか。

「レベッカ先生、強力な上位魔法を使える人ってどれくらいいらっしゃるのでしょうか」

「うーん。宮廷魔導士のほとんどは上級魔法を使えると思うけど、最上級魔法となると今は魔導士長くらいしか使えないかもしれないわ。あとは国王陛下も最上位魔法を使えるはずよ」

「それって、いつでも攻撃できる武器をお持ちということですよね」

「最上位魔法は詠唱にとても時間が掛かるの。確かインフェルノには二日くらい掛かるって聞いたことがあるわ。しかも、詠唱中はずっと集中してなくてはならないらしくて、その間は食事もお手洗いもいけないそうよ」

『え、なんかちょっとキタナイ』

サラは誤解しているが、実は最上位魔法の詠唱中は身体の代謝機能が極端に低下するため、トイレに行きたくなることはほとんどない。詠唱直前からトイレを我慢している状態でもない限り、それほど困ることはないのだ。

「つまり、よほどのことがない限り最上級魔法は使われないということですね」

「その通りよ。それに最上級魔法は膨大な魔力を必要とするから、国王陛下でも魔力が空っぽになってしまうんですって。王室のしきたりで、王子が立太子する際には最上位魔法を使って国民に魔力を示す儀式があるのだけど、今の国王は立太子の儀式の後、魔力枯渇で三日も起きられなかったそうよ」

やや話題が横道に逸れてしまったため、ロバートが口を挟んだ。

「まぁそういうわけで魔石は貴重ではあるんだが、魔石鉱山の周辺は通常の獣以外にも、魔物がたくさん生息していて、かなり危険な位置にあるんだ。採掘量もあまり多くないので、冒険者ギルドに依頼するだけの価値があるかどうか……」

「事前に魔導士ギルドに依頼した調査結果からは、埋蔵量も期待できるとのことでした」

「うーん。今は手元《てもと》不如意《ふにょい》だからね。現状の困難を乗り越えてからでなければ、資金を投入することもままならないんだよ」

ロバートの言うことは正しい。今のグランチェスター領では、鉱脈を拡げるための資金を調達することも難しいのは確かである。

「でも伯父様、余裕ができたら是非とも手をつけたい分野ではありますよね」

「確かになぁ」

カストルは嬉しそうな顔を浮かべている。

「可能な限り早めのご対応をお願いいたします。実は鉱山周辺では良質な薬草が採取できるので、貧しい女性や子供たちが危険を顧みずに摘みに行くことが多いのです」

『え、いま薬草って言った？』

「ちょっと待ってください。つまり魔石鉱山付近は、魔石だけではなく薬草も採取できる重要な場所ということですよね？　しかも質の良いお薬を作れるんですよね？」

「はい。サラお嬢様の仰る通りです」

「伯父様は、ご存じだったのですか？」

「いや、薬草については知らなかった。そもそも薬草摘みは領民たちが片手間にやる小遣い稼ぎだから、領が管理するようなことでもないしね」

「何を仰っているのですか！」

サラはロバートに向けて一喝する。

「命の危険がある場所にもかかわらず、領民たちがお金を稼ぐ手段として薬草を摘んでいるのです。しかも、作られるのは領民の命や健康を守るお薬ではありませんか。これを保護しないで、何を保護するというのですか。今すぐ魔物を駆除すべきです。薬草と魔石の両方の採取に役立つのですから、一石二鳥ではありませんか」

「う、わかった。まずは冒険者ギルドに依頼を出そう。その結果次第で、グランチェスター騎士団を出動させるかどうかを決める」

サラの迫力にロバートはたじろぎ、ひとまずやってみることにした。レベッカや文官たちも同様に驚いたが、中でもカストルは感動に目を潤ませてサラを見つめている。

グランチェスター領では、何よりも小麦が優先されるため、カストルの担当している商工業の諸問題は、後回しにされがちであった。しかしサラはカストルの報告に重きを置き、代官であるロバートに真っ向から反論してくれたのである。カストルにとって、サラが女神に等しい存在となった瞬間でもあった。


翌日、サラが授業を終えて執務棟に向かうと、見知らぬ文官が入り口近くに控えていた。ポルックスが立ち上がって、その文官を呼び寄せる。

「サラお嬢様、この者が収穫量を予想する部下です」

「早速お越しくださったのですね！」

「ワサトと申します。平民ですので、無作法な振舞いがあるかもしれませんが、ご容赦いただけますよう」

「ご安心ください。私も祖父様が偉いだけの平民です。ちょっと前まで小さな商店で店番をしていました」

この発言に慌てたのは周りのメイドたちである。

「お嬢様、なんということを！」

しかし、サラは態度を崩さない。

「事実ですから。侯爵家の一員として礼節を忘れるつもりはございませんが、祖父様の威を借りて居丈高な振舞いをするつもりもございません」

「そうは申されましても……」

メイドたちは互いに顔を見合わせて困惑し、ワサトもぽかーんとした顔をしている。

「ワサトさん、平民の小娘と話をするのはイヤですか？」

「いえ、まったく。かえってホッとしているくらいです」

「では早速お話を始めましょう」

ワサトは気を取り直して、小麦の収穫量を予想するための要素について説明を始めた。

「小麦の収穫量は気象に大きく影響されます。雨量や日照時間も重要ですが、予測する際に主に確認するのは気温です」

「必要な気象記録は、天文省のものを使用されているのですか？」

「はい。基本的にはその通りです。ただ、私の実家は小麦農家ですので、畑の真ん中で気温を計測し、兄が定期的に記録してくれています」

「素晴らしい！　まさに実学ですね。ところで今年の収穫量はどの程度であると予想されていますか？」

「現段階での予想では、平年通りかやや多めになるかと」

「良かったわ」

しかし、ワサトが示した資料を見ると、表に数字が書かれているだけでグラフなどはなく、計算式などもわかりづらい。これを他の人に共有するのは確かに難しいだろう。

「この知識をワサトさんしか使えないのは領の損失だと私は考えております」

「あ、ありがとうございます」

「ですがこのままでは、他の方に伝わりにくいですね。定期的に収穫予想の報告書を作成して、公開するようにしましょう。ゆくゆくは小麦以外の農作物についても、収穫予想ができるようにしたいですね。それと、例年の値との比較をわかりやすく示すために提案したいのが、〝グラフ〟という表現方法です」

サラはワサトに向けて折れ線グラフ、棒グラフ、パイグラフ、または複合型のグラフの書き方をレクチャーした。近くで見ていたロバート、レベッカ、文官、果てはメイドたちも興味津々でサラの説明を聞いている。

昔とった杵柄《きねづか》ではあるが、更紗は資料作りがとても得意であった。報告書もプレゼン資料もお手の物である。相手に伝わりやすい書き方、見やすい表やグラフなど資料の書き方についても説明を始めると、ワサトだけでなく他の人たちもメモをとりはじめた。

『新人研修を受け持った時のことを思いだすわね』

グラフと資料作成のレクチャーを受けたワサトは、早急に収穫量予想に関するレポートを作成すると宣言し、慌ただしく自分の執務室へと戻っていった。

なお、この時に記述したレベッカやメイドたちのメモをベースに作成された『グラフの描き方』という文官向け教科書は、後にアカデミーで使用する数学の教科書にそのまま取り入れられるほど秀逸なものとなった。

メイドたち同様にグラフの有用性を即座に見抜いたベンジャミンは、策定中であった書類の基本フォーマットにもグラフを盛り込んでいる。こちらも数年後には〝グランチェスター様式〟として、王府や他領でも利用されることになる。

しかし、これらの二つよりも大きなセンセーションを巻き起こしたのは、数日後にワサトが提出した収穫量予想のレポートと、その算出方法を記した論文であった。数年間はグランチェスター領の技術として秘匿していたが、国王からの要請で技術を公開することとなり、瞬く間に国中へと伝《でん》播《ぱ》していった。天文省には収穫量予想専門の部署が設立され、小麦のみならずさまざまな農作物が対象となっていく。

もっとも、そんな大事になるとはまったく予想していないサラは、執務の終了時間が迫っているとメイドたちに急かされ、慌ただしく本邸へと戻る支度をしていた。そんなサラにジェームズとベンジャミンが近づき、明日は錬金術師ギルドと冒険者ギルドの担当者と会えるように手配すると告げた。

「どちらの担当者と先にお会いになりますか？」

とベンジャミンが質問する。

「え、錬金術師ギルドはわかるのですが、冒険者ギルドとは？」

これにはジェームズが答えた。

「冒険者ギルドには、鉱山周辺の魔物の駆除を依頼することになります」

「騎士団を派遣するのではないのですね」

「それは最終手段とお考えいただければと存じます。彼らは基本的に外敵から領を守るために存在しておりますので」

「武力を使う仕事にも、棲み分けがあるのですね」

「仰る通りです。冒険者ギルドに依頼を出すにあたっては、どこまでの範囲を対象とするかなどを事前に取り決めておく必要がございますので」

「そういうことですか。では両方一緒にお呼びください」

「「は？」」

これには、ジェームズとベンジャミンの両方が首をかしげる。

「お嬢様、何故一緒なのですか？　酒の蒸留と魔物の駆除はまったく別ですよね」

「薬草について錬金術師から話を聞きたいからです」

「しかし薬草から薬を生成するのは薬師であって、錬金術師ではありませんが……」

『あれ？　薬師と錬金術師は違う職業なの？　更紗時代のラノベを参考にし過ぎかなぁ』

内心焦りつつも、それぞれの職域をきちんと知ることも大事と思い直し、それぞれから話を聞く方が良いだろうとサラは判断した。

「では薬師の方も一緒に呼んでください。それと、ポルックスさんとカストルさんも、会議に参加してください。長時間になりそうなので、午前中の執務は切りの良いところまで進めておいてください。ね」

それぞれの机で作業しているポルックスとカストルに声を掛ける。

「「承知しました」」

両名とも一瞬だけ顔を上げて返事をしたが、すぐに顔を落として作業に戻った。普通の令嬢相手であれば叱責されるレベルの粗略な対応であるが、サラの扱いに慣れてきた文官たちにとっては普通である。

そこにロバートが声を掛ける。

「僕たちはいらないのかい？」

「伯父様、ジェームズさん、ベンさんも参加できるのであればお願いしたくはあるのですが、執務が溜まっておりますのでお願いしていいものかどうか……」

「いやぁ、サラが面白そうなことしそうだしさ、気になって執務に集中できないと思うんだよね」

この発言に近くにいた文官とメイドたちが一斉に頷いた。一部は書類を見ながらなので、サラは更紗時代に見た『赤べこ』を思いだした。

「私、そんな風に見えます？」

「そんな風にしか見えないよ！」

「ひどいっ！」

サラは順調に執務棟メンバーに馴染んでいるようだ。いや、執務棟メンバーの方がサラに慣れたというべきかもしれない。

薬師、錬金術師、冒険者

翌日、サラとレベッカがメイドに案内されて会議室に入ると、既に他のメンバーは全員着席していた。大きな会議机の片側にロバート、ジェームズ、ベンジャミン、ポルックス、カストルが並んで着席しているが、もう片側にはサラの知らない三名が座っている。おそらく薬師、錬金術師、冒険者の各ギルド代表者であろう。

部屋の隅にはメイドたちも控えており、二名が書記として小さな机に向かっている。既に他のメンバーにはお茶が用意されていたが、サラとレベッカが入室したことを確認すると、すかさずメイドの一人がハーブティーを用意する。

なお、ギルド関係者の正面に位置する席には誰も座っていないところを見ると、ここがサラとレベッカの席ということらしい。

「お待たせして申し訳ございません」

ギルド代表たちはレベッカとサラが着席したことに驚きを隠せない。

「あの……こちらの方々は？」

白いローブ姿で線の細い男性が声を上げる。

「君は薬師のアレクサンダーだっけ？」

「はい。薬師ギルドの副長を務めております」

「僕の隣にいるのは、弟の忘れ形見である姪のサラだ。その隣はサラのガヴァネスでオルソン子爵令嬢であるレベッカ嬢だ」

「さ、然様でございますか」

すると、その隣でフード付きのローブを着た背の高い男性が質問する。

「錬金術師ギルドのテオフラストスと申します。本日は急ぎのご用向きとお伺いしておりますが、サラお嬢様は会議の見学をご希望でいらっしゃるのですか？」

「いや君たちを呼んだのはサラだ。見学なのは僕たちの方だね」

「「「は？」」」

これにはギルド関係者三名が同時に驚いた。今まで黙っていた体格の良い男性も声を上げる。

「失礼ながら我々も暇なわけではございません。貴族とはいえ、このような小さいお子様の遊びに付き合えというのはあまりにも……」

「君は冒険者ギルドのジャンだっけか」

「然様にございます」

「僕は君たちを子供の遊びに付き合わせるつもりはない。こちらの話を聞く前からその態度はいかがなものかと思うよ」

驚いたことに、普段は柔和なイメージのあるロバートが苛立ちをあらわにした。身体からは威圧のようなものさえ感じる。

「ちょっとロブ。魔力が漏れているわ。サラさんが驚いてしまうじゃない」

レベッカは慌ててロバートを窘《たしな》めた。

「これは失礼。魔力がうまくコントロールできなかったようだ。ごめんよサラ。大丈夫だったかい?」

「私は大丈夫ですが、皆さんは大丈夫ですか?」

魔力による威圧を正面から受けたジャンは、少々顔色は悪くしているものの姿勢を崩すほどではない。しかし、両隣にいたアレクサンダーとテオフラストスは、真っ青な顔で脂汗《あぶらあせ》を滲ませている。だが三名ともギルドを代表している自負心からか、弱音を吐くことはなかった。これはさすがと言えるだろう。

ちなみに魔力の多い人間が魔力を魔法に変換せずに体外に放出すると、このような威圧になってしまう。指向性を与えられない魔力は、周囲の魔素にランダムな影響を与え、様々な現象が発生する。魔力属性や反応する魔素によって起きる現象が異なるため、特定の効果を起こすことは難しいのだが、ロバートのように魔力の多い貴族や騎士などは意図的に威圧を起こすことができる。ロバートはサラのために怒ってくれたようだ。

『これが威圧か。初めて体験したわ。おそらく伯父様はわざとやったよね』

「も、申し訳ございません」

ジャンが慌てて頭を下げた。グランチェスター城で当主の孫娘を侮る発言をしたことを咎められたのだから、慌てるのも当然ではある。

「この通りの容姿ですから、ギルド関係者の皆様が驚くのも無理はありません。こちらとしても皆様のお時間を無駄に拝借するつもりもございませんので早速始めましょう」

相手の態度など意に介さず、サラは地図を広げて魔石鉱山の場所を指し示した。

「冒険者ギルドに依頼したいのは、魔石鉱山周辺の魔物駆除です。この周辺です」

「魔物駆除ですか」

「はい。まずは、どのような魔物が生息しているかを調査する必要があるでしょうか？」

「いえ、この周辺に出没する魔物でしたら、おおよそ把握しております」

「それは冒険者ギルドで資料になっていますか？」

「資料というほどではありませんが、冒険者が魔物を倒した際は、魔物の種類と場所を報告させています。また、目撃情報なども随時受け付けており、その情報をもとに魔物を駆除した際には、情報料を支払っています」

「その情報が冒険者たちに共有されているのですね？」

するとジャンが眉間にしわを寄せて厳しい顔をした。

「共有……と言っていいのか。報告をギルド職員が書き取ったメモは残していますが、そもそも文字を読める冒険者が少なく、基本は自分たちが慣れた場所で決まった獲物を倒していますね。職員や他の冒険者同士のやりとりで、新しい狩場を探すこともありますが、ガセも多いんでうまくいけば儲けものくらいに思ってるんじゃないかと」

「それはもったいないですね。正確な情報を共有できれば、多くの冒険者の方々にとって有益でしように」

「討伐依頼などを出すことはありますか？」

「小麦畑の近くにマッドボアなどの害獣が出没すると、討伐依頼がでます。必要に応じて討伐隊を組織することもありますね」

「討伐した魔物は、その後どうなるのでしょうか」

「魔物によって異なります。解体して素材を買い取ることもあれば、その場で焼却処分にするものもあります。たとえばマッドボアであれば、肉は食用に、皮や牙などは武具の素材として買い取ります。しかし、沼などに生息するポイズンフロッグは肉にも毒があって食用にはなりませんので焼却します。しかし、討伐したことを証明しないと報酬を支払えないため、後ろ足を持ち帰らせています」

「なにっ、ポイズンフロッグを焼却してるだと!!」

するとと横にいた薬師のアレクサンダーが大きな声を上げた。

「お、おう」

「馬鹿野郎。あれの心臓は貴重な薬の素材なんだぞ。なんてもったいない」

「そうなのか？」

「そうだ。他にも抽出した毒から解毒剤も作られる」

これにはテオフラストスも同意する。

「ポイズンフロッグは錬金術の素材にもなる。粘液や指の間の被膜はよく使われる」

「なんで早く言わないんだよ」

「そもそもグランチェスター領にポイズンフロッグが生息していることを知らなかった」

『これは組織を縦割りにしてる弊害ね。情報が共有されてないから連携できてないわ』

ギルド関係者たちは声を荒らげて揉め始めた。このまま放置すると、収拾がつかなくなりそうだ。

サラはパンッと手を打って彼らを止めた。

「はい。皆様、そこまでにいたしましょう。どうやら、皆様は〝情報〟の価値を正しく認識されていないようですね」

「情報の価値ですか？」

ジャンが不思議そうな表情を浮かべる。

「はい、その通りです。まず、冒険者ギルドは、グランチェスター領のどのあたりに、どのような魔物が生息しているのかという情報をお持ちです。しかし、それらの魔物がどのような価値を持っているのかを正しく知らないため、冒険者たちが本来受け取るべき報酬ごと焼却してしまっているのです」

「報酬ごと焼却……」

「そして、これらの魔物にどのような価値があるのかという情報を持っているのは薬師ギルドと錬金術師ギルドです。もしかしたら、職人の皆様にとっても有用な素材があるかもしれません。つまり、冒険者ギルドは一刻も早く領内に生息する魔物の情報を公開し、冒険者たちの収入を増やす努力をすべきなのです」

「な、なるほど」

「より情報を増やすためには、冒険者に対しても情報提供料を支払うべきかと存じます。とはいえ闇雲に報酬を支払っていると、正確ではない情報を報告してくる人も出るでしょう。具体的な証拠がない目撃情報については、支払方法や金額の検討が必要かもしれませんね」

「それはこちらで検討いたします」

ジャンは深々と頭を下げる。

「薬師ギルドや錬金術師ギルドも同様です。どういった素材が必要なのか、情報を積極的に発信していますか？」

これにはテオフラストスが答えた。

「錬金術はさまざまな素材を扱うため、これらの素材の扱いになれた商家から錬金術師ギルドがまとめて購入しています。まとめて買うことで割引もありますので、ギルドに加盟している錬金術師であれば、ギルドショップから格安で購入可能です。在庫状況から不足しがちな素材は早めに注文するようにしています」

「それは『何が必要なのか』という情報を積極的に発信することなく、商家の勧めるままに購入していることと同義ですね。既存の取引がある商家は『錬金術師が必要とする素材の傾向』という価値ある情報を持っているということです。要するに既得権益です」

「そういうものなのでしょうか？」

「今、テオフラストスさんが仰ったではありませんか。『素材の扱いに慣れた商家から購入する』と。つまり、錬金素材に関連する情報と、それらの情報に基づいた素材入手経路を持たない商家の立場から見れば、新規参入が困難であるということに他なりません」

「な、なるほど」

サラはレベッカ直伝の貴族的な微笑を浮かべつつ、「皆様はお話し合いが足りていないようにお見受けいたします」と述べ、ゆっくりと息を吐き出した。

「専門の商家が活躍することは悪いことではありませんが、特定の商家にばかり集中するのは危険です」

ロバートや文官たちはこの問題点に気付いているような顔をしている。レベッカはサラと同じように貴族的に微笑んでいるが、おそらく気付いているだろう。だが、ギルド関係者はよくわかっていないようで、お互いに顔を見合わせている。

「理由をお伺いできますでしょうか？」

テオフラストスが尋ねると、他のギルド関係者も身を乗り出すようにサラの答えを待った。

「競争原理が働かないからです。他に競争相手がいなければ、素材の価格を商家が好きに決められます。他では買えないのですから、必要なら売り手側の言い値で買うしかありません」

「なるほど」

「これは素材を売りたい冒険者や狩人などにとっても他人事ではありません。特定の商家しかその素材を扱わないのであれば、買ってくれる商家の付け値で売るしかありません。足元を見られてしまうとは思いませんか？」

「仰る通りですね。事実、そのような事案はいくつもあります」

ジャンもショックを受けたような顔をする。

「市場は競争によって健全に保たれるべきです。そして情報は、その競争で優位性を保つ武器になるものなのです。たとえば、ある素材を扱っている商家が一軒しかなく、その素材を一〇ダルで冒険者から買ったとしましょう。その素材が錬金術師ギルドで必要不可欠な素材であることを知っている商家は、一〇〇〇ダルの値段でギルドに売るかもしれません。もし一〇ダルで素材を売った冒険者が錬金術師ギルドに直接売ることができれば、一〇〇ダルで取引できたかもしれません。これって冒険者にとっても、錬金術師ギルドにとってもお得ですよね。ですが、それを実現するには、錬金術師ギルドがどんな素材を必要としているかの情報を冒険者に共有する必要があるのです」

『この場に商業ギルド関係者を呼ばなくて正解だったかも。私、絶対嫌われるよね』

そこにアレクサンダーが発言した。

「商家からの購入については薬師ギルドも同様なのですが、使用頻度の高い薬草については、冒険者や領民からも積極的に購入しています。流行《はや》り病や大規模な災害があれば、一気に素材が不足するため、冒険者ギルドに採集依頼を出すこともございます」

どうやら緊急度の高い分野においては、情報共有も行われているようだ。

「それは素晴らしいですね。不勉強で申し訳ないのですが、薬師ギルドはお薬を作ることを目的としたギルドなのでしょうか？」

「病気や怪我の治療に用いる薬品の調合、および実際に治療行為に従事する者を総称して薬師と呼びます。実は薬品を調合する者たちの多くは、錬金術師ギルドにも加入しています」

「治療を行うのは聖職者かと思っておりました」

「仰る通りですが、光属性の治癒魔法が使える聖職者は非常に少なく、治療にかかる費用も安くはありません。そのため平民の多くは、薬師が処方する薬を利用します。もちろん患者の症状を確認して、適切な薬を処方することが重要であることは承知しています」

『要するに前世でいうところの、薬剤師と医師がまざったような職業ってことか』

アレクサンダーの説明にテオフラストスも答える。

「もともと薬師は錬金術師から分かれた職業であるため、錬金術師を兼ねている者も多いのです。使用する素材にも共通のものがありますし、錬金術師が開発した新しい薬の有効性が確認されれば、そのレシピが薬師ギルドに公開されることもあります」

「そのあたりは情報の共有や連携ができているのですね」

これにはアレクサンダーが反論する。

「いえ、レシピの多くは秘匿されます。よほど簡単なレシピか、影響が大きいために王室から圧力がかからない限り、新薬のレシピは公開されません」

「それは、薬師ギルドでも同じではないか！　去年話題になった解熱剤のレシピは未公開だぞ」

「そもそも錬金術師ギルドが、解熱剤を何に使うんだよ」

「それをもとに別の薬ができるかもしれないじゃないか」

思ったほど円滑に連携できているわけではないらしい。

「そういったお話は後程関係者だけでお願いします。今は時が惜しいので」

アレクサンダーとテオフラストスが振り向くと、サラが微笑みを浮かべて自分たちを見つめていた。しかし、目は全く笑っておらず、威圧がでていないことが不思議なほど妙な迫力がある。

「「も、申し訳ございません」」

この時のジャンは、思った。

『やべぇ、ロバート卿より、サラお嬢様の方がこえぇ』

魔物との戦いで常に相手の力量をはかりながら戦う冒険者にとって、こうした感覚は馬鹿にできないのだ。なお、ジャンが一番怖いのは、同じ冒険者でもある妻である。

「情報の共有方法については、別途改めて検討いたしましょう。実は討伐依頼を出したい理由は、魔石鉱山だけではないのです」

「というと？」

「その周辺で薬草も採取できるのです」

「なんと！」

ギルド関係者たちは互いに顔を見合わせ、アレクサンダーは慌てて地図を覗き込んで魔石鉱山の位置を確認する。

「これは薬師ギルドでは確認できていない情報ですね」

「錬金術師ギルドでも同様です」

これについては、カストルが説明する。

「この魔石鉱山が発見されたのは、ごく最近なのです。いまのところ少量の火属性と土属性の魔石を採掘できていますが、どの程度有力な鉱脈なのかはまだわかっていません。周囲には魔物が多く出没するため、調査があまり進んでいないのです」

「ふむ」

「鉱員たちは採掘時に怪我をすると、周辺の薬草で治療するのだそうです。些細な怪我であれば山を下りる手間をかけられないというのが理由ですが、結果として多くの鉱員が薬草の知識を持っています」

「それは興味深い話ですね。薬師ギルドも鉱員の方々と交流すべきかもしれません」

どうやらギルド関係者たちも、情報共有や連携の重要性を理解してきたようだ。

「この魔石鉱山は採掘を始めたばかりで採掘量が少ないため、鉱員たちの収入はあまり多くありません。そのため鉱員は収入を補うため、周辺に自生している薬草を採取し始めたのです。中には妻や子供などの家族を連れて山に入り、自分が採掘している間に薬草を採取させる鉱員もおります」

これにはサラが反応した。

「待ってください。鉱員の方々は採掘した鉱石の分しか収入がないのですか？」

「はい。領内の鉱山から採掘した鉱石や魔石は、すべて領政府が買い上げます。それが何か？」

カストルには、サラが何に疑問をもったのか理解できていない。

「それでは鉱員の方々は、採掘量の多い鉱山にばかり集まってしまうのではないかと」

「ああ、そういうことですか」と、カストルは納得して解説した。

「それぞれの鉱山で採掘できる鉱員は、明確に定められています。鉱山ごとに採掘できる鉱員の人数は定められており、領からの認可を受けた鉱員以外の採掘は違法です。採掘権は毎年見直されますが、前年の更新が優先されるため、採掘権をもった鉱員の人数が減らない限り新規に参入はできません。そのため新たな鉱山が発見されると、その採掘権を求めて領の内外から鉱員たちが殺到します」

「なるほど」

「しかし、実際にどの程度の埋蔵量があるかは、掘ってみなければわからないため、博打のようなものですね」

「最低補償はないのでしょうか？」

「新たな鉱山では埋蔵量も明確ではないので、鉱員を集めるために最低賃金を補償することはあります。今回の魔石鉱山にも補償はありますが、微々たる金額です」

「つまり生活に困窮するほど少ない、ということですね？」

「仰る通りではありますが、あまり高く設定してしまうと、働かずに補償された賃金だけを受け取る不届き者もおり……」

「理解しました」

『そういえば前世でも給料泥棒としか思えないヤツがいっぱいいたなぁ……』

「とはいえ、女性や子供が命の危険も顧みずに薬草採取をしなければならないとは、魔石はそれほど少ないのでしょうか」

「どうやら、かなり硬い岩盤にあたったらしく、採掘に苦労しているという報告は受けております」

「採掘に使用する道具などに工夫はできないのでしょうか？」

「基本的に採掘に使用する道具は鉱員の私物で、どのような道具を使うかも鉱員に任せています。こちらで用意することはありません」

「それは道具を買うことすらままならない人は、鉱員になれないということですか？」

「道具を有料で貸し出す業者はおります。新たに鉱員になった者、あるいは道具を破損してしまった者は、こうした業者から道具を借り、お金が貯まったら新しい道具を購入します」

「ちなみに、借りた道具を壊してしまった場合は？」

「一般的には破損した道具を業者に返して、あらかじめ業者に預けておいた保証金をそのまま業者に支払う形になりますね。保証金は業者や道具の状態によっていろいろですが、ひと月分の使用料くらいが相場のようですね」

『硬い岩盤か……魔法で解決できたりはしないのかしら……』

「ところで魔石鉱山近くの薬草とは、どのような種類があるのでしょうか」

サラが沈黙して考え込んでいると、しびれを切らしたようにアレクサンダーがカストルに向かって質問を投げ掛けた。

「一覧はこちらにあります。これまで採取された量の多い順に記載しておりますが、実際にそれぞれの薬草がどのくらい自生しているのかの調査はできておりません。採取した薬草の一部をこちらにも用意しておきました」

カストルがメイドの一人に声を掛けると、メイドは薬草が入った小さな木箱をテーブルの上に並べ始めた。

「こ、これほどの質とは……」

それぞれの薬草を手に取りながら、アレクサンダーとテオフラストスは感心しきりである。

「それは今朝採取した薬草です。鮮度の良い状態を確認していただきたかったので、取り急ぎ騎士団に馬で運んでもらいました」

「これだけの薬草が領内に自生していたとは驚きです。中には外国からの輸入に頼っているものもありますので、大発見と言っても過言ではないでしょう。すぐにでも薬師ギルドから採取依頼を出して薬づくりをしたいところですね」

カストルの説明にアレクサンダーは興奮して鼻息が荒くなっている。もちろんテオフラストスも負けていない。

「種類の多さもそうだが、それぞれ含有している魔力量が素晴らしい。錬金素材として最上級ですよ！」

「いやいや、これだけの薬草を錬金素材などもったいない！」

「何をいう。魔力回復ポーションや、エリクシルの素材にもなるような魔力量だぞ」

「そんなものより、まずは領民の健康の方が大切だと思わないのか⁉」

『また始めたよ。ある意味仲がいいのかもしれないけどさ……』

「そこまでにしてください。まだ安定した採取の目途すら立てられていないのです。そういう議論は後程なさってください。ジャンさん、冒険者ギルドに討伐依頼を出したい理由がご理解いただけましたでしょうか？」

「はい。サラお嬢様の仰ることは理解できました」

「早速討伐依頼を出したいとは思うのですが、その予算については薬師ギルドや錬金術師ギルドとも相談したいところですね」

「それは、討伐報酬を我々のギルドも負担せよということでしょうか？」

アレクサンダーがサラに質問すると、サラは満面の笑みを浮かべて答えた。

「当然ではありませんか。貴重な薬草が自生する場所の安全を確保するための必要経費ですもの」

「し、しかし……」

「私共も魔石を安全に採掘するための資金を惜しむつもりはございません。ですが、より多く経費を負担していただけるギルドの方に、より多くの薬草を卸すのは当然ですよね？」

「もし、負担しなかった場合には……」

「こちらは〝お願い〟する立場ですので、報酬を負担しないからといって罰したりすることはありません。ですが、討伐報酬用の費用を捻出するため、薬草はすべて領で買い上げ、それなりの手数料を乗せた上で〝競り〟にかけます。場合によっては他領に販売するかもしれません」

サラは、ここぞとばかりにレベッカの授業で習った貴族的な微笑みを浮かべるが、言っていることはかなりえげつない。しかもギルド同士の諍《いさか》いを微妙に煽る腹黒さである。これには、ギルド関係者たちも顔を引きつらせながら同意するしかなかった。

こうしてサラは討伐報酬の大部分を薬師ギルドと錬金術師ギルドに押し付けることに成功したのである。

素晴らしきかな競争原理！

「そうだ、テオフラストスさんには別のお願いがあったんでした」

「は、はい!? な、なんでしょうかっ」

テオフラストスをはじめとするギルド関係者は、サラが発言するたびに動揺するようになってしまった。

『ちょっとやり過ぎたかな？』

「別にテオフラストスさんを食べたりしませんので、そんなに構えないでいただけるとありがたいのですが」

「も、申し訳ありません！」

テオフラストスはダラダラと冷や汗をかいているようだが、あまり気にしても仕方がないので、話を進めることにした。

「蒸留釜を作れる職人と、私の実験に協力してもらえる錬金術師の方をご紹介いただけませんか？」

「蒸留の実験でございますか？　サラお嬢様は錬金術も嗜まれるのでしょうか？」

するとガヴァネスのレベッカが口を挟む。

「サラさんは、まだ八歳です。ご存じかと思いますが、この年齢の貴族女性が錬金術を学ぶことはございません」

「「「は!?」」」

「そ、それは大変失礼いたしました」

サラの年齢には、テオフラストスだけでなく、ギルド関係者が一斉に驚いた。文官やメイドたちにとっては自分も通った道なので、『まぁ驚くよね』と同情的な気持ちになる。

「驚かせてしまったようで申し訳ありませんが、ご紹介は可能でしょうか」

「はい。どちらも可能ですが、蒸留釜はどの程度の大きさを必要とされますか？」

「まずは樽一つ分を蒸留できる程度の大きさのものを。その後はもっと大きなものを作りたいのですが、このあたりの試行錯誤にもお付き合いいただける職人さんもいらっしゃいますか？」

テオフラストスは顎に手をやってしばし考え、ふと思いついたようにサラを見つめて問いかけた。

「お嬢様は、若い女性の職人や錬金術師の見習いでも受け入れてくださいますか？」

「技術や知識があるなら、年齢や性別は問いません。自分で言うのもなんですが、私自身が八歳の小娘ですから」

「実は私の娘は錬金術師なのです。といっても、女性ですからアカデミーに通わせることはできませんし、正式な錬金術師としてギルドに登録することもできません。ですが、幼少の頃からずっと私の傍で錬金術を学び、実力はそこらの錬金術師よりもずっと高いことは私が保証します」

「ギルド長であるテオフラストスさんが保証してくださる程の実力なのでしたら、私は構いません」

「それと、蒸留釜の製作ですが、こちらについても娘の友人に依頼していただけないでしょうか」

「そちらも女性の方なのですか？」

「はい。彼女は鍛冶師の娘で、父親から鍛冶師としての技術を受け継いでいるのですが、鍛冶師ギルドも、やはり女性の職人は受け入れておりません。これまでは父親の手伝いという名目で依頼をこなしてきたのですが、その父親も去年亡くなってしまいまして。今では農家の手伝いなどで生計を立てている状態なのです」

「その方の腕前などはどうなのでしょうか」

「父親が亡くなる前の数年間は彼女が仕事を代行しており、評判も良かったようですね。なにより娘が使っている蒸留釜は、彼女に作ってもらったはずです」

テオフラストスの提案に、サラはしばし考えこむ。

『要するにギルドに未登録の錬金術師と鍛冶師だけど、腕は確かってことね』

「伯父様、ギルド未登録の職人を雇うことに問題はありますか？」

「サラが雇いたいなら好きにしていいよ。特に法に触れたりはしない」

ロバートは鷹揚に答えた。

「そもそもギルドに所属するメリットって何があるんですか？」

「先ほども申し上げたかと存じますが、ギルド経由で素材を安く購入できます。他にもギルド経由で依頼を受けることができますし、ギルド内で秘匿されている情報を閲覧することもできます」

テオフラストスが答える。

「なるほど、それならまったく問題ないですね。ではテオフラストスさん、娘さんと友人の方に私の希望を伝えていただけますか。できれば早めにお会いしておきたいです」

「承知いたしました」

「あの……サラお嬢様。女性の薬師には興味ございませんか？　実験のお手伝いができるかもしれません」

テオフラストスとのやり取りを横目で見ていたアレクサンダーも、おずおずと質問してきた。

「アレクサンダーさんにも、娘さんがいらっしゃるのですか？」

「いえ私は独身です。近所に住んでいる娘なのですが、家が貧しく幼い頃から薬草を採取して、直接私の家まで売りに来ていたのです。そのうち私の製薬を横から観察するようになり、手伝いまでするようになりました」

「それはアレクサンダーさんの直弟子ではありませんか」

「それが、薬師ギルドの規則には、アカデミーの製薬課程の成績で優以上を修めていないと弟子にできないというものがあるため、彼女は手伝い以上にはなれないのです」

「わざわざ推薦されるということは、そのお嬢さんは優秀なんですね？」

「アカデミーを卒業した他の弟子よりも優秀です。彼女が男性だったら、私が学費を払ってでもアカデミーに行かせたと思いますね」

『なんてもったいない！　錬金術師と薬師がいるなら、化粧品もイケそうじゃない？　異世界チートの定番商品じゃない』

「是非ともご一緒したくはありますが、アレクサンダーさんの優秀な助手でいらっしゃるのでしょう？」

「私のそばにいても、彼女は助手以上の立場にはなれません。彼女の能力を考えれば、それではあまりにも惜しいのです」

すると傍らに控えていたレベッカが反応した。

「サラさん。女性だからという理由で好きなことを諦めてしまう女性はとても多いのです。もしその方が本気で望まれるのであれば、私たちが手を貸して差し上げるべきではありませんか？」

「レベッカ先生の仰る通りですね。私のような微力な小娘でもお役に立てるのであれば、ご一緒させてくださいませ」

「慈悲深いご令嬢方に、深くお礼を申し上げます」

『どうしよう慈悲深いとか言われちゃったよ！　心の底から欲にまみれてるのにっ』

サラの良心がちょっとだけ痛んだ。あくまでも〝ちょっとだけ〟だが。

「ところで気になっていたのですが、私が以前住んでいた町には、薬師ギルドに所属していない薬師さんもいらっしゃいました。それって違法なんですか？」

「いいえ、違法ではありませんが、ギルドに登録していない薬師の薬は、薬師ギルドで買い取ってはいけないという規則があります」

「それでは薬を作っても売れないではありませんか」

「薬師自身が直接販売することは違法ではありません。ただし、ギルドに未登録の薬師であることを購入者に伝える義務があります」

「なるほど理解しました」

『あれれ、そもそもこの世界の〝薬〟ってカテゴリー自体がかなり曖昧だよね。医薬部外品とかあるのかしら？？　まぁいいや。なんか出来そうになったら、その時に相談しよう』

「それと伯父様、城内で錬金術の実験ができる場所を確保したいのですが」

「城の東側に錬金術の実験をしていた塔があるよ。建物自体は百年以上前のもので、設備もちょっと古いけど、そこなら好きに使っていいよ。今でも使えるかどうかわからないけど、古い蒸留釜も残ってるんじゃないかな」

「も、もしかしてそれは、パラケルススの実験室のことでしょうか？」

テオフラストスは食い気味にロバートに尋ねる。

「うんそうだよ。あぁそうか、君はパラケルススの子孫なんだっけ」

「曾孫《ひまご》にあたります。私の名前は曾祖父から受け継ぎました」

「それは、どういうことだい？」

「パラケルススは錬金術師としての呼び名でして、テオフラストスが本名なのです」

「へぇ、それは知らなかった」

「伯父様、パラケルススさんは、どうして城内で錬金術の実験をされていたのですか？」

「彼は賢者の石を作りたかったらしい」

「賢者の石……ですか？」

これについては、テオフラストスも苦笑いをしながら説明した。

「曾祖父は宮廷錬金術師として長年王都で働いておりましたが、晩年になって賢者の石の研究にとりつかれてしまったのです。賢者の石は、我々錬金術師にとっておとぎ話のようなものです。どんな金属も金に変える、人を不老不死にするなどと言われていますが、現実にそのようなものが存在するとは思えません」

「そうなのですね」

「先代のグランチェスター侯爵は、このパラケルススの論文にいたく感銘を受けて、彼をこの領地に招致して実験室を作ったんだ。当時としては最先端の技術を取り入れていたらしいよ」

「先代の頃とは言え、テオフラストスさんの曾祖父様ということは、かなり高齢だったのではありませんか？」

「そうですね。百歳は確実に超えていたはずですが、妖精の恵みのおかげで、見た目はかなり若かったようです。この地で孫よりも若い嫁と再婚しておりますし」

「そ、それはお元気なことですね」

「そのような経緯で我が一族はグランチェスターの領民となり、この地に錬金術師ギルドの支部を設立いたしました」

実は錬金術師ギルドの支部は、グランチェスター領にしかない。王都の錬金術師ギルドはアカデミーの敷地内にあり、ほぼ研究機関である。アカデミーで錬金術を専攻している学生は、上級学年になると教室よりも錬金術師ギルドにいることが多くなる。その理由は、教授がギルドから動かないからだと言われている。

「それは素晴らしいですね！」

「まぁパラケルススが湯水のように資金を溶かしたことは間違いないね」

「伯父様、研究開発に費用がかかるのは仕方ありません。ところでパラケルススさんは、何故錬金術師ギルドではなく城内に実験室を作ったのでしょう？」

「おそらく実験結果を秘匿するためだろうね」

「サラお嬢様、曾祖父が城内で行った実験はすべてが秘匿されているのです。錬金術師ギルドはおろか家族でさえ知らないのです」

『潤沢な資金を使った実験ですものね、そう簡単には公開しないか。ちょっとロマンを感じるなぁ』

「でも、もう時間も経っていますし、祖父様から許可をいただいて公開しても良いのではないでしょうか？」

このサラの提案に、テオフラストスとアレクサンダーは目を輝かせて頷いた。

「……これは言っていいのかわからないんだけど、現グランチェスター侯爵は錬金術に全然興味が無くてね、パラケルススが残した記録を受け継いでいないんだ」

「「「「えぇぇぇえっっ!!」」」」

ロバートが申し訳なさそうに答えると、サラ、レベッカ、テオフラストス、アレクサンダーの四人は声を揃えて驚いた。

「曾祖父様とパラケルススさんは、湯水のように資金を溶かしてさまざまな実験をされたのですよね。その結果を失っているのですか!?」

「失ったというか……、城内のどこかには隠されているはずなんだけど、先代の遺言には場所が書いてなかったんだよね」

「なるほど。先代侯爵閣下は馬車の事故でご逝去されておりましたね」

これにはテオフラストスも納得したようだ。

「パラケルススさんは、いつお亡くなりになったのですか？」

「それは誰も知らないのです。まだ先代侯爵閣下がご存命でいらした頃、忽然《こつぜん》と姿を消しました。家族や知人宛の書置きすら残されていなかったため、誘拐ではないかと当時は大騒ぎになったそうです」

「当時は優秀な魔導士や錬金術師が誘拐される事件が多くてね、たぶんパラケルススもそうだったんじゃないかな。かなり捜索したんだが、手がかりすら見つけることができなかったらしい」

「そんな、若いお嫁さんもいたのに気の毒な……」

すると、テオフラストスはニヤリと笑いを浮かべ、「その嫁は今でも存命でして、我が家の逞《たくま》しき長老として女帝のように君臨しております」と説明した。

まぁ、いろいろ引っ掛かりはあるものの、サラは錬金術の実験室、実験者、機器製造職人をまとめて手に入れたのであった。


会議が終わってギルド関係者が執務棟を後にすると、ロバートと文官たちはこらえ切れずに笑い始めた。

「わははは。やっぱりサラはタダ者じゃないね」

「討伐報酬の予算を大幅に削減しましたね」

「ギルド長たちの顔色もすごかったですね。完全にサラお嬢様に呑まれてましたよ」

「お子様と思って舐めてかかるから」

「最初は僕たちもそうだったじゃないか」

「確かに！」

その様子を横目で見ながら、サラはため息をついた。

「私が子供らしくないことは認めますが、ちょっと酷くないですか？」

「サラ……酷い目にあったのは、たぶんギルド関係者たちだよ」

「そうですね、サラさんは自覚したほうが良いと思いますよ」

「領のために良いことをしたつもりだったのに、まったく褒められていないのは何故なんでしょう」

この件に関しては、ロバートとレベッカも味方してくれないらしい。

『むぅぅぅぅ』

その夜、お風呂に浸かりながら、サラはゆるゆると考えていた。

『やりすぎちゃったかなぁ。なんか内政チートっぽくなってきちゃったよ。やりすぎると王室とかに目を付けられて面倒なことになるかもしれない。少し自重した方がいいんだろうな。でも独立するまで、グランチェスターを没落させるわけにはいかないしなぁ……』

レベッカから貴族令嬢としての淑女教育を受けても、やはりサラは自分自身が貴族になりたいとは思えなかった。むしろ、淑女教育を受けたからこそ、職業どころか伴侶さえ自分で選ぶことのできない理不尽さに苛立ちを覚える。とにかくこの国は男性優位の社会であり、家のことを女性が決めることはできない。貴族家の一人娘であっても、婿を取れば爵位は婿が継ぎ、家のことは婿に従わなければならないのだ。おかげで、財産を奪われた挙句に捨てられる貴族女性も少なからず存在する。

「サラお嬢様、髪を洗いますので目を閉じていただけますか？」

マリアは瓶に入った液体を手に取り、サラの髪をわしゃわしゃと洗い始めた。

『このシャンプーって泡立ち控え目だなぁ』

これまであまり気にしていなかったが、更紗時代のシャンプーと比べると泡立ちはだいぶ控え目だ。コンディショナーやトリートメントはなく、洗い上がりは若干キシキシする。そのため、ある程度乾いたところで、髪用のオイルと馴染ませて艶を出すのがこの世界の貴族流ヘアケアだ。

すると、マリアは髪と同じ液体を使って、サラの体を洗い始めた。やわらかい布を使ってサラの体を擦っていく。

『あれぇ、シャンプーとボディーソープって一緒だったの⁉』

やはり泡立ちは控え目だ。匂いは気にならないが、香料も感じない。

『子供用に香料とか使わない優しい洗剤かしら？』

平民として暮らしていた頃、サラはシャンプーもボディーソープも使っていなかった。そもそもお風呂に入る習慣がないのだ。顔や手足は水で毎日洗っていたが、全身を洗うのは週に一度くらいだった気がする。石鹸のようなものも使っていない。

夏には川で水浴びをしながら身体を洗い、ついでに洗濯もしていたが、冬場はお湯を沸かしてたらいに注ぎ、やわらかい布で髪や身体を拭う程度だ。この世界の平民はそれが普通である。

しかしグランチェスター家に引き取られ、毎日の入浴に慣れてしまうと、平民時代の生活に戻れる気がしなくなるから不思議なものである。もっとも、これには更紗の記憶も大きく影響していることは否めない。

『貴族女性として生きるのはイヤだけど、やっぱりこの快適な生活は失いたくないよねぇ』

平民として暮らしていた頃に比べると格段に快適な今の生活に慣れてしまうと、この生活を失いたくないと考えてしまうことは仕方がないだろう。特にお風呂やトイレなどの水回りの設備レベルがまったく違う。ちなみに、グランチェスター城のトイレは水洗である。いまさらおまるや汲み取り式トイレの生活には戻りたくないとサラは強く思っている。もちろん、メイドを始めとする使用人が、あれこれと身の回りの世話をしてくれることも、快適な生活の一部となっており、やはり失い難い。

『この生活を維持する必要がどれくらいなのか、改めて算出しておかないとダメだな』

サラはどれくらいお金を稼ぐ必要があるのかを、改めて検討するべきだと考えていた。

風呂からあがると、数人のメイドが髪をタオルドライする。乾いたタオルを大量に使って丁寧に乾かし、最後に少量のヘアオイルを馴染ませれば完了となるが、サラは『あー、ドライヤーあればもっと早いのになー』と思わずにはいられなかった。

髪が乾けば、次は晩餐のための着替えに入る。

『目が覚めたら着替えて朝食、執務棟に行く前に着替え、入浴後は晩餐用の服に着替え、寝る前に寝間着に着替える。なんで貴族ってこんなに着替えるんだろ……』

実は成人になると、着替えに必要な時間も増えるため、一日のかなりの時間を着替えに費やすことになるのだが、この時のサラはまだそのことを知らない。

朝食と昼食はサラとレベッカの二人になることが多いが、夕食はなるべくロバートも交えて三人で摂るようにしている。これはサラが正式な晩餐のマナーを身に付けられるよう、レベッカが提案したためである。可能な限り正餐の形式を取っており、会話も貴族的な言い回しをしなければならない決まりである。

毎回異なる課題を設定しており、「ロバートがホストでサラとレベッカがゲスト」「サラがホステスで、ロバートとレベッカは嫌味な貴族」などバラエティー豊かである。

本日は「料理に文句をつけるロバートの相手をしつつ、他のゲストを不快にさせないようにする」という課題である。そのため、夕食のメニューもサラが決めていた。

「サラさん、こちらの羊肉の香草焼きは素晴らしいわ」

「そう仰っていただけて光栄に存じます。レベッカ様は子羊《こひつじ》がお好きだと伺っておりましたが、料理長が是非ともこの一皿をお出ししたいと申しておりましたの」

「本当に美味しいわ」

「ふん、この肉は焼き過ぎで硬いじゃないか。それに香草が多すぎて肉本来の味がわからん」

「ロバート卿、大変申し訳ございません。羊はお気に召さないようでしたら、子牛のステーキなどはいかがでしょうか?」

「この料理が不味いだけで、羊が嫌いなわけではない」

「まぁ！　ロバート卿は意地悪ですわね。サラさん気にすることはなくてよ。十分に美味しい子羊だわ」

「香料を苦手とされる殿方が多いことを失念しておりました。それに事前に焼き加減をお伺いすべきでした。ロバート卿、未熟な私をご容赦いただけませんでしょうか」

サラは目を潤ませながら、下からロバートを見上げて謝罪する。いまにも涙が零れそうになっている。

「こら、サラ、その目線は卑怯だ。罪悪感でいっぱいになるだろうが」

ロバートは両手を上げて降参する。

「まぁ、若いうちには使える手よね。サラさんは演技派ねぇ。自分がどう見られるかまで計算してるんだから」

「ですが『使える手はすべて使え』と教えてくれたのはレベッカ先生ではありませんか」

「やりすぎだよ……。レヴィ、僕はサラが怖くなってきたよ」

「このくらいで驚くなんてロブもまだまだね」

このように、サラは恐るべき速度で社交術を身に付けていくのであった。

魔法の訓練開始！

いよいよ魔法を勉強する日がきた。その日は朝からサラのテンションは爆上がりで、ソワソワとレベッカが朝食のテーブルに現れるのを待っていた。

『異世界転生といえば魔法!!』

サラは前世の記憶が戻って以来、魔法をきちんと習う日を心待ちにしていた。水属性の魔法が発現していることは、ロバートやレベッカにも明かしてはいないが、異世界転生の定番として、チート級の魔法使いになるのではないかと勝手に期待していたりする。

王都のグランチェスター邸で基礎理論の本を読み、水属性の魔法であれば些細なイヤガラセくらいはできるようになった。しかし、レベッカから『魔法の中途半端な独学は危険』という注意をうけているため、サラはこの日まで魔法の練習をずっと我慢していたのだ。

本当は『ちょっとくらい教本を読みたいなぁ』と思っていたが、なにせ授業と業務でスケジュールはびっちりで、本を読む時間すら捻出できなかったのだ。

この世界では、大多数の人間が多かれ少なかれ魔力を持って生まれる。しかし、魔力を持っていても、魔法を発現するとは限らない。魔法の発現とは、魔力に属性や指向性を持たせることができる能力が開花したことを意味する。

魔法属性は、『火』『水』『風』『土』『木』『光』『闇』という七つの属性に分けられている。そしてこれら七属性に分類できない魔法を『無』属性の魔法として定義しているため、正確には七つ以上の属性がある。

魔力さえ持っていれば魔道具や魔法陣を使うことはできるが、魔法を発現していれば、こうしたアイテムを持っていなくても魔法を発動できる。ただし、発現していない属性の魔法を使うことはできず、魔力量に応じたレベルの魔法しか使えない。

貴族は平民に比べると魔法の発現率が高い。遺伝的な要素も関係しており、同じ家系からは同属性の魔法が発現しやすい。そのため貴族は積極的に魔法が使える人間を取り込む風潮がある。王族や上位貴族の大半は魔力発現者である。

グランチェスター家では、侯爵とその子息三人が魔法を発現している。アーサーも魔法発現者だったことを、サラはロバートから聞くまで知らなかった。兄弟は三人とも火と風の属性魔法が発現したが、一番高いレベルの魔法を使えたのはアーサーだったらしい。

小侯爵夫人の実家も魔導騎士を多く輩出することで有名な家であった。夫人自身は魔法を発現していないが、魔力量が多かったことからグランチェスター家に嫁いだのだという。

ところが従兄姉たちは三人とも十歳を過ぎても魔法が発現せず、それが原因でたびたび夫婦喧嘩になっているらしい。ロバートによれば『兄上の魔法だってショボいんだから、義姉上だけのせいにするのは気の毒』だそうだ。

この日の朝食はコンサバトリーに用意されていた。食事も勉強の一環であるため、食事場所は一定ではない。翌日の朝食と昼食の場所やメニューについては、前日の夜にマリアを始めとする使用人に伝えられるらしいが、サラが知るのは当日の朝である。

コンサバトリーにレベッカが入ってくると、サラは立ち上がってカーテシーでレベッカを出迎えた。

「少々性急ね。もう少しゆっくり顔を上げるように」

サラの立ち居振舞いをレベッカは、即座に注意する。

「申し訳ございません。今日から魔法の授業を受けられるので、わくわくが止まらないのです」

「ふふっ。やっとサラさんの子供らしい顔を見れた気がするわ」

「マナーなんか全部無視して、急いで食事を終わらせたいくらいです」

「サラさんがリスのように可愛く頬を膨らませるところを見たい気もするけれど、ガヴァネスとしては看過できないわね」

食後のハーブティーの途中で、レベッカがサラに尋ねた。

「ところでサラさん。水属性の魔法はいつ発現したのかしら？」

「ぐっ……」

サラはハーブティーを噴き出しそうになるのを慌てて堪《こら》えた。

「その反応は不合格ね。動揺を相手に気取られてはだめよ。素知らぬ顔ができるよう、もう少し訓練しましょう」

「はい。ところで魔法が発現していることに気付いてらしたのですか？」

「サラさんに会う前に私の友達が教えてくれたわ。もちろん妖精のね」

レベッカは涼しい顔をしてサラの質問に答えた。

「妖精には発現した魔法属性が見えるのですか？」

「私のお友達のように、人間に恵みを与えた妖精の中には、相手の持つ魔法属性が見える子が稀にいるの。発現していなくても、潜在的に持っている属性もわかるのよ」

「それは貴重な能力ですね」

「ふふ。でも、これは秘密よ」

「どうしてですか？」

「簡単に言うと、王室か教会に囲い込まれちゃうからかな。今、この国でこの能力を持っているのはたぶん私だけなんじゃないかしら」

「あぁ……、なんとなくわかります」

『そりゃそうよね。そんな貴重な能力を持っているなら、放っておかれるはずがない。下手したら聖女扱いされちゃうよね』

「そんな素晴らしい方が、私のガヴァネスなんですね。でも私に打ち明けても良かったのですか?」

「稀有な能力者という意味では、サラさんも負けてないですからね」

「私は子供らしくないだけだと思いますが」

「まだ気付いてないのね」

レベッカはいたずらっ子のような微笑みを浮かべて爆弾発言をした。

「サラさん、あなたは全属性の持ち主よ。いまはまだ水属性しか発現できていないようだけど、訓練次第ではすべての属性を使いこなせるようになるはず。この国で全属性を使える人なんて、王室でも二人しかいないわ。国王陛下と王太子殿下ね」

「うぇぇぇぇぇぇぇ⁉」

「ふふっ。その反応も不合格ね。サラさんの属性は、今のところ私しか知らないわ」

「ロブ伯父様にも黙っていてくださったのですね」

「ええ、相手の魔法属性がわかることを隠している私が、サラさんの秘密を他の人に勝手に明かすわけにはいかないもの。誰に打ち明けるかはサラさん自身が決めるべきよ」

どうやらレベッカ同様にサラも、かなりのチートだったらしい。そして、自分の最大の秘密を打ち明けることで、サラの秘密を守ることを約束してくれているのだ。

「実はサラさんのガヴァネスを引き受けたのは、サラさんが全属性を持っていることを知ったからでもあるわ。王室や貴族の世界を知らない平民育ちのお嬢さんが全属性持ちだなんて、鷹の前に生肉を投げるようなものですもの」

「確かにそうかもしれませんね」

「まぁ、実際に会ってみたら、全然心配しなくても大丈夫そうでしたけど」

「そんな……。私のような幼い小娘に何ができるとおっしゃるのですか？」

「全然大丈夫だってことを理解したわ」

そしてサラとレベッカは、城内にある魔法訓練場に二人きりで籠り、魔法の基礎訓練を開始した。

全属性をいきなり発現させるのは難しいと考えたレベッカは、グランチェスター家に馴染みのある火と風の属性の発現を目標にした。

「魔法の基礎理論では、『魔法は属性の本質を理解することで発動する』と書かれていることは知っているわよね？」

「はい」

「サラさんは池に落ちて水魔法を発現したのでしょう？　それは池に落ちた時に〝水〟というものの本質をサラさんが理解し、自分が行使できる力だと認識したからよ。それは他の属性でも同じ」

「属性の本質ですか？」

「でも属性の本質の捉え方は人によって違うから、他の人に教えることは難しいわ。ある錬金術師は〝火が燃えるのは何故か〟という理論を研究しているうちに、火属性の魔法が発現したそうよ」

『燃焼の原理から火の本質を捉えたってことか。更紗の超適当な記憶によれば、燃焼って化学反応か核反応よね。可燃物、酸素、熱源……。うーーーーーん？』

更紗の学生時代にやった理科の実験を思い出しながら試してはみたが、水属性のようにすんなりと発現はしない。

「難しいです……。水は感覚的に捉えてしまっているので、論理的に説明できるようなものじゃないんですよね」

「アーサーは『火の玉を遠くに飛ばすことをイメージしてる』って言ってたわね。だけど、その飛ばす火の玉をどうやって生み出しているのかって聞いたら『なんとなく』としか答えてくれなかったけど」

「それは、随分と大雑把ですね」

「ええ、だからアカデミーではイメージ力を高めるために、詠唱によってより高度な魔法を使う授業もあるそうよ」

「詠唱、ですか？」

「目の前で先生や先輩が、詠唱して魔法を使ってくれるんですって。詠唱する言葉を祝詞《のりと》というのだけど、祝詞と一緒に魔法の効果を身体と精神が記憶するのよ」

「レベッカ先生も詠唱されるのですか？」

「詠唱しなくても魔法は使えるけれど、詠唱したほうが威力も大きくなったり安定したりするわね。

と言っても詠唱できるのはアーサーとロブが教えてくれたものだけだけど」

「見せていただいてもいいですか？」

「ええ、いいわよ。でも火と風の属性は、あまり得意ではないからあまり期待しないでね」

すると、レベッカは的に向かって掌を翳《かざ》し、「我は希求する。火の精霊サラマンダーよ、虚空から炎を顕現させよ。ファイア！」

中二病的な詠唱と共に的の辺りで小さな炎が発生し、小さな焼け焦げを作って消えた。

『ダメだ。詠唱は聞いてる方が恥ずかしくてダメージ受けそう。しかも威力が祝詞の仰々しさと釣り合ってない。ショボすぎ！』

「えっと……、ファイアだけじゃだめなんでしょうか？」

「アーサーは無詠唱でもできたけど、私は練習しても火と風はダメだったわ。光の治癒魔法ならかなり上位まで無詠唱でも使えるのだけど」

「魔導騎士団の方が魔法を使われるときって、たぶん詠唱されるんですよね？」

「一部には無詠唱の人もいるそうよ。魔導騎士団の団長や副団長は無詠唱のはずね」

「とっさに魔物や敵が現れた時に、詠唱してたら死にません？」

「だから魔導騎士団は剣でも戦えるように訓練してるんですって。でも、基本的に魔導騎士団は遠隔攻撃が中心だから」

「なるほど」

『でも、無詠唱でもいけるってことは、結局のところ具体的にイメージできるかどうかってことなんじゃないのかな？』

今度はあまり難しいことを考えず、指先に火の玉を生み出して、遠くに飛ばすことをイメージしてみる。すると、微かに身体の中の魔力が移動するのを感じた。

『この感覚は水属性の魔法を発動するときに似てる』

などと考えたのが悪かったのか、サラの指先から迸《ほとばし》り出たのは〝火〟ではなく〝水〟であった。辛うじて火をイメージしていたせいかぬるま湯で、前世の水芸のように細く長く上に向かって噴き出している。扇子の先から出したら完全に宴会芸だ。

「レベッカ先生、水しか出ません」

「水というよりお湯ね。もう少し熱ければ、お茶を淹れるのに便利そう」

「むぅ」

ひとまずお湯の噴出を止め、サラは自分の出したお湯でびっしょり濡れた髪をかき上げながら軽く頭を振った。その様子を見たレベッカは、雨に濡れて不機嫌になった猫のようだと思ったが、サラの集中力を乱すべきではないと率直な感想を口にしなかった。

サラは改めて〝火〟や〝燃焼〟をより鮮明にイメージしていくと、先程よりも多くの魔力が身体の中を勢いよく駆け巡り始めたことに気付いた。が、思ったように魔法が発動しない。苛立ったサラは、前世でしばしば利用した着火道具を思い出した。

『あんな風にカチッと着火してくれてもいいじゃない！』

するとサラの指先に、小さな火の玉が生まれた。ちなみに、サラがイメージしたのは前世でキャンドルに火を灯す時に使っていた着火道具だ。キャンプ用品のメーカーが作ったちょっとおしゃれなデザインの製品で、強風でも着火できる高性能な製品だった。

それはともかく、どうやら火属性の魔法も発現できたらしい。

一度発現してしまうと、次からはイメージするだけで簡単に火を生み出すことができるようになった。

それまで鍵が掛かっていた扉を開けたかのように、魔力がスムーズに流れるのがわかる。発現前は燃焼の仕組みを理解しても着火できなかったはずなのに、今なら燃焼力を高めるため、魔力を燃料として火の強弱をコントロールすることもできるようになっている。

最初に魔法で生み出した火は、サラがイメージしたままの大きさや勢いであったことから、より具体的にイメージすることを心掛ける。

魔法で好きな大きさの火を生み出せることに気付いたサラは、次にこの火の玉を風属性の魔法で飛ばすことをイメージする。最初は風に煽られて火は消えてしまったが、風属性の魔法は意識しなくても発動できるらしい。しばらくすると、サラのイメージそのままに、火の玉が的に向かって飛んで行った。かなりの速度であったため、木製の的の上半分が吹き飛んでしまった。

「レベッカ先生！　できました！」

「優秀過ぎて怖いわ。いきなり二種類の属性を発現して無詠唱とは」

結局のところ、現象をイメージできることが重要らしい。その現象が発生するメカニズムなどの小難しい理屈は端折っても魔法は発動するのだ。だが、イメージが曖昧なままだと、結果も曖昧なものになり、不発に終わってしまうこともあった。

それからサラは、遺憾なく中二病的なイメージ力を発揮した。さっきまで詠唱を恥ずかしがっていた癖に、脳内でさまざまなアニメやゲームの魔法をイメージし、『巨大な火の玉』や『渦を巻く炎』などの攻撃的な魔法を次々と発動させたのだ。

「サラさん、ほどほどにしてね。訓練場が壊れちゃうわ」

驚きというより呆れの表情を浮かべ、レベッカはサラに声を掛けた。しかし、とんでもなくハイテンションになっているサラの耳にはまったく入っていない。

その後、土属性も発現させることに成功したためゴーレムを作ろうとしたところ、何故か出来上がったのは埴輪《はにわ》だった。

「サラさん、コレはなにかしら。なんだかくねくね踊ってるようなのだけど」

「ゴーレムを創ろうと思ったのですが、ちょっとした失敗です」

『これは前世でハマったゲームの敵だ。なんかレベル下がりそう。むぅ……。ゴーレム、ゴーレムっと』

サラが必死になってゴーレムをイメージした結果、出来上がったのはジ◯リのロボっぽい造形のゴーレムだった。しかし、先ほどのくねくね踊る埴輪のせいか、こちらのゴーレムも何故かドジョウ掬いのような謎の振り付けで踊っている。

『こ、これは……部長が得意だった宴会芸！　くぅぅ◯ルスって言いたくなってきたぁぁ』

結局、サラは魔力が枯渇して昏倒するまで魔法で遊びまくり、二日ほど目を覚ますことはなかった。

天使はいつか羽ばたいていくだろう―SIDE レベッカ―

私の生徒サラ・グランチェスターは、私の想像を遥かに超えた存在だ。

久しぶりにロブから手紙が届いたとき、私の妖精は『待ち人からの手紙だね』と囁いた。だが、私は別にロブからの手紙を待ったりはしていない。用事がなければ手紙をよこさない男などに用はない。封を開けて中身を読むと、予想通り用件だけを書いた味気ない内容で、貴族の手紙として如何なものだろうかと思わざるを得ない。

「ねぇフェイ」

名前を呼ぶと、「なんだい？」と私の妖精はくるくると私の周りを飛び始めた。

「私にアーサーの娘のガヴァネスをやってほしいんですって」

「アーサーって、馬から落ちたロブの弟かい？」

「彼は馬から落ちたのではなくて、馬車が崖から落ちたのよ」

「それは知ってるよ。だけど、ぼくたちが出会ったとき、あいつ馬から落ちて気絶してたじゃないか」

「ふふっ、そういえばそうだったわね」

ずっと昔、ロブとアーサーと三人で遠乗りした日のことを思い出した。あの日、アーサーが落馬したおかげで、私は光属性の治癒魔法が発現し、光の妖精のフェイにも出会ったのだ。

「レヴィがとんでもない魔力で乱暴に光属性の魔法を使おうとするから、木の上で昼寝してたぼくはびっくりして落っこちそうになったんだよなぁ」

「だって、魔法の発現は初めてだったのだもの。そこは許してほしいわ」

「怒ってるわけじゃないよ。レヴィに会えてぼくは楽しいしね」

「それは良かった」

フェイはくるくると回るのをやめ、レベッカの右肩に腰かけた。

「ガヴァネスってことは、アーサーの娘の先生になるってことだね」

「そういうこと。アーサーは駆け落ちして平民として暮らしていたから、その子もずっと平民として育ってたはず。きっとグランチェスターの家は居心地悪かったでしょうね」

「ロブがその子に意地悪してるのかい？」

「ううん、侯爵閣下とエドの一家が住んでる王都の邸にいたんですって。これからグランチェスター城に来るらしいわ。王都の邸から体よく追い払われたんじゃないかしら」

「あいつら、ヤなやつばっかりだからなぁ」

「まぁロブなら上手くやれるでしょ」

「でもさ、レヴィの生徒になる子の方がクソガキで、手に負えなくて邸から放りだされたのかもしれないよ？」

私はその可能性を少しだけ考えてみたが、即座に否定した。

「アーサーが生前くれた手紙では、いい子だって書いてたし、そもそもアーサーとアデリアが育てた娘が悪い子になるとは思えないわ」

「ふーん。じゃぁ、ぼくがちょっと見てくるよ。妖精の道を通ればすぐだしね」

するとフェイは何もない空間に裂け目を作り、その中にスルスルと潜っていった。どういう仕組みなのかさっぱりわからないが、これが妖精しか通ることのできない妖精の道だという。

ここは王都の郊外にあるオルソン邸で、王都のグランチェスター邸まで馬車で半日ほどの距離があるのだが、フェイが妖精の道を使えば十分で往復できるらしい。

一時間ほどすると、先程と同じような裂け目が開き、フェイが慌て気味に顔をだした。

「レヴィ大変だ。あの子は全属性を発現しそうだ」

「えっ！」

「すでに水属性は発現してるみたいだったよ」

「でも、あの子は王家の血筋じゃないはずよ。そりゃグランチェスターにお輿入れした王女様も昔はいたはずだけど……」

「うん。顔はアーサーとアデリアそっくりだから、あの二人の娘なのは間違いない」

「それはさぞかし美少女ね」

「そうだね。妖精のぼくから見ても、間違いなく美しい子だった。それに魔力の輝きが半端じゃないんだ。あの子はきっと妖精たちにも愛されるよ」

「それは……その子にとって幸せなことなのかしら」

「失礼だなぁ。レヴィはぼくが友達なのが不満なのかい？」

フェイが憤慨したように、私の頭の周りをすごい速度で回り始めた。

「やめてフェイ。目が回っちゃいそう。私はフェイとお友達になれて、とても幸せよ。だけど、それは私の周囲が、私を守るために能力を隠してくれているからでもあるわ」

「ふむ」

回るのをやめたフェイは、レベッカの目の前で停止し、足を組んで椅子に座るようなポーズを取った。

「フェイのおかげで私は緩やかに年を重ねるわ。でも、それって他の貴族女性から妬まれることでもあるのよね」

「バカバカしい」

「人間ってそういう生き物だと思ってちょうだい。それに私は貴重な光属性の魔法の発現者で、治癒魔法の使い手でもあるわ」

「いいことじゃないか」

「そうね。だけど王室や教会からしてみれば〝長い年月に渡って治癒魔法を使い続ける貴重な人材〟ってことになるわ」

「人間の大好きな聖女ってやつだね」

「そうそう。でも、私は聖女なんて興味ないし、王室にも教会にも囲い込まれたくない」

「利用されたくないってことだね」

「そういうこと。だけど、アーサーの娘……名前はサラっていうのだけど、彼女は平民育ちだから王室や教会から自分がどう見えるかを知らないはず。それにエドは、きっとサラを自分のために利用するわ」

「あー、あいつならやりかねないな」

グランチェスター三兄弟とは長い付き合いだけど、正直エドワードだけは仲良くなれる気がしない。いつも上から目線でジロジロと私を眺めまわし、嫌味しか言わないいけ好かない男である。

「私はこの依頼を引き受けることにするわ。アーサーの娘だもの、守ってあげなくちゃ」

「ロブに会いたいからじゃなくて？」

「まぁ久しぶりに会いたいなぁとは思うけど、それだけよ」

「ふーん。レヴィは素直じゃないね」

「ちょっと！」

数日後にグランチェスター城で会ったサラは、とても聡明な子だった。丁寧な言葉遣いはおそらくアーサーが教えたのだろう。少し直すだけで侯爵令嬢として恥ずかしくないレベルになるのは間違いない。貴族的な言い回しはできないまでも、ウィットに富んだ会話の選び方は年齢に見合わない教養を感じさせる。

しかも天使のような優れた容姿をしており、数年もすれば微笑みを浮かべるだけで王都の貴公子たちを骨抜きにしてしまいそうだ。

数学的な才能にも驚いたが、そんなことより実務をコントロールする能力の高さには舌を巻いた。私やグランチェスター三兄弟など足元にも及ばないだろう。もしかすると、侯爵閣下よりも高いかもしれない。

そして極めつきは魔法の能力だ。サラは魔法の授業初日に複数の属性を発現させ、それらを組み合わせた魔法を次々と披露する。中にはレベッカが見たこともないような魔法もたくさんあった。しかも、普通の子供であればとっくに魔力が枯渇しているはずなのに、そんな気配すら見せずに嬉々として魔法を打ちまくっている。

「ねぇフェイ、私は何を見せられているのかしらね」

「ぼくに聞かないでほしいね」

「あの子、自分のまわりにたくさんの妖精が集まっていることにいつ気付くかしらね」

「それほど時間は掛からないだろうね」

「フェイはいかないの？」

「ぼくはレヴィの友達だからね」

「ありがとう」

サラには能力を持つことの危険性をじっくりと教えるつもりだったが、ちょっと警告をしただけで、あの子はすんなりと理解した。おそらく私が手を貸さなくても、自分で理解して対処していくことができるだろう。

魔力が枯渇し、訓練室の床に大の字になって伸びているサラを見ていたら、ふとした予感が過った。

『この子はグランチェスター領だけにおさまることはできない。この国ですらこの子には狭く窮屈な存在になってしまうでしょう。いつかサラは、この狭い世界から飛び立っていくのでしょうね』

そしてレベッカは、部屋の外に控えていたメイドたちを呼んでサラを運ばせつつ考えていた。

『だけど、きっと私たちは一生の友人になるわ。今は生徒と教師だけど、まるで同世代の友人みたいに感じるもの』

そして、その通りになったことを何十年も経ってから気付くことになる。

令嬢は趣味について考察する

寝込んだ直後であることを考慮し、その日は体力を使わない裁縫を習うことになった。

「これは、なんとも独創的ね」

まずは刺繍のレッスンということで基本的なステッチを習ったところ、手先は不器用ではないことが確認できた。だが、『いざハンカチに刺繍!』となったところで思わぬ問題が発生した。綺麗なステッチで刺繍された〝猫〟は辛うじて四足歩行だろうと思われる謎生物で、〝花〟に至っては〝ヒトデ〟か〝星〟のような謎のイガイガになった。

要するにサラには、絵心がまったくなかった。なにせレベッカが下絵を描けば、大変美しい仕上がりになるのだ。

レベッカが急遽、絵画のレッスンに切り換えてみたところ、結果は惨憺《さんたん》たるものだった。花を描かせてみればロールシャッハテストの図形を思わせる謎のシミになり、マリアを椅子に座らせてデッサンすれば悪霊の呻き声が聞こえてきそうな呪いの絵画となった。このままでは異端審問にかけられてしまいかねないため、レベッカはサラに絵画を教えることを諦めた。

『チートでなんでも解決するわけじゃないことはよくわかったわ』と、サラはしみじみと実感した。

思い返せば、更紗の美術の成績だってかなり酷かった。なまじ他の科目の成績が良いだけに、何故美術を選択したのかと美術教師を嘆かせたこともあった。

「レベッカ先生、貴族女性は趣味を持つべきだというお話でしたが、刺繍を趣味にするのは難しそうです。絵画に至っては、先生の頭痛が増すだけな気がします」

「普通の貴族女性は、たくさん暇があるから趣味に没頭するの。そして、同じ趣味を持った他家の令嬢や奥方と集まって交流を深めていくんだけど……」

「そもそも今はそんな時間なさそうですね。この後も執務が待っていますから」

「確かにその通りね。サラさんは忙しすぎるわ」

「それはレベッカ先生も同じではありませんか。今日も伯父様と一緒に帳簿付けの続きですよね？」

「ええ、その予定よ」

「まずはこの困難を乗り越えなければですね」

「本当にそうね」

サラとレベッカは顔を見合わせて、微苦笑を浮かべた。

「社交のために一通りこなせることは承知していますが、レベッカ先生が本当にお好きな趣味ってなんですか？」

「あまり女性らしくないのだけど、乗馬かしらね。遠乗りするのが好きよ」

「素敵ですね。私も乗馬を習いたいです」

「では一緒に遠乗りに行けるようになりましょうね」

「はい。是非！」

前世でも馬に乗るのは好きだったので、おそらく今世でもサラの趣味は乗馬になるだろう。さすがに貴族のご令嬢が「酒の飲み歩き」を趣味にするわけにもいかない。

前世で趣味を聞かれたときは無難に〝読書〟と答えていたが、この世界の本はかなり高価なので、平民育ちのサラが趣味と言うには無理があった。

すでに植物紙や印刷技術は発明されているのだが、技術革新があまり進んでいないのか気軽に買える値段とは言い難い。やたらと凝った装丁の本が多く、貴族家では本も資産として扱われている。グランチェスター城にも図書館はあるが、学術書や辞典が中心な上に、歴史や兵法書などに偏っていた。羊皮紙に描かれた古い地図などもあるので、歴女的な視点では面白いと感じるが、貴族令嬢の趣味としては些か無骨だろう。

もちろんこの世界にも物語や絵本は存在している。しかし、貴族や稼ぎの良い商家でさえ数冊あれば良い方で、大量に所有していればコレクター扱いだ。

『ペーパーバックみたいな安い本は流通してないのかしら。物語作家がいないのかなぁ？』

などとつらつら考えているうちに、昼食の時間となり、昼食後は執務の時間となった。

執務室ではロブと文官たちが待ち構えていた。

「サラ、もう大丈夫なのかい？」

皆、心配そうにこちらを見ている。どうやら魔力枯渇で倒れたことを心配されているらしい。

「はい。大丈夫です。ご心配をおかけしました」

するとジェームズが小さな花束をサラに手渡した。

「サラお嬢様、魔法の発現おめでとうございます。でもご無理はなさらないでくださいね」

「わぁ。綺麗ですね。ありがとうございます。無理しない程度に訓練頑張りますね」

「あ、ジェームズ抜け駆けするなよ」

「まったくだ。伯父の僕でさえまだお祝いを言っていないのに」

すかさずベンジャミンが突っ込み、ロバートも同意する。

「サラお嬢様、こちらの花束を活けてまいりますね」

マリアは花束を受け取って部屋を出て行き、しばらくすると背の低い小さな花瓶を机の上に置いた。緑と青がうっすらと混ざりあったガラスの花瓶は、とても美しかった。

「花も綺麗だけど、この花瓶も美しいわね」

「実は、その花瓶もジェームズさんから頂いたんです」

「え、そうなんですか？」

「またジェームズかぁ。ずるいなぁ僕もサラにプレゼント用意しないと」

するとジェームズは少し照れたように、「その花瓶は私の婚約者がサラお嬢様に差し上げてほしいと渡されたものでして……」と答えた。

「まぁ、わざわざ婚約者の方が私のために？」

「結婚式の打合せのために、婚約者の家を訪れたのです。その際にサラお嬢様の魔法が発現した話をしたところ、これを是非渡してほしいと言われまして。彼女の手作りなのです」

「え、この花瓶を手作りされているのですか？」

「彼女の父がガラス職人でして、彼女も子供の頃から色々作っているそうです。まぁ女性の趣味としては行き過ぎかもしれませんが」

改めて花瓶を見てみると、装飾は控え目だが緩やかな曲線が優美な作品であった。

「これを趣味と呼ぶのは婚約者の方に失礼です。本当に美しい作品ですね」

「はは。そうですか。彼女にも伝えておきます」

「ジェームズさん、お世辞ではありません。本当に素晴らしいです。レベッカ先生は、どう思われますか？」

ロバートの横に座っていたレベッカも、サラの机の上の花瓶を矯《た》めつ眇《すが》めつし始める。

「これは確かに趣味の域を超えているわね。芸術作品だと思うわ」

「やっぱりそう思いますよね！」

「や、そこまでは……」

ジェームズが慌てて答えたが、口許が緩んでいる。婚約者が褒められてうれしいらしい。

「婚約者の方に、お礼をお伝えください。本当に気に入りました」

「はい！　きっと喜ぶと思います」

『私もこんな高尚な趣味ができるといいなぁ……』

などと内心考えつつも、サラは目の前の書類の山を今日も黙々と片付けていくのであった。

グランチェスター侯爵襲来

その日は珍しく、ロバートも一緒に朝食のテーブルに着いていた。

「サラ、父上がこの城に来るらしい」

「遅かれ早かれお越しになるとは思っておりました。いつでしょうか？」

「予定では明後日だそうだ」

「では、侯爵閣下が滞在されていらっしゃる間は、サラさんと私は執務室に行かないようにするわね」

当然サラも〝普通〟の貴族の常識は理解しているので、レベッカと目を合わせて頷いた。

「本来なら堂々と君たちの働きぶりを父上に説明すべきだとは思うけど、さすがに理解してもらうのは難しそうだよなぁ」

「それは仕方ないことだと思います。祖父様にバレて禁止を言い渡されるより、知られていないうちにこっそり終わらせる方が良いと思います。言うことを聞かなかったわけではないので！」

「サラ、貴族的な言い逃れが上手くなってきたね」

「レベッカ先生の薫陶《くんとう》の賜物《たまもの》です」

「サラさん、物凄く人聞きが悪いから止めてくださるかしら？」

レベッカは貴族的な微笑みを張りつけているが、よく見ると蟀谷《こめかみ》には青筋が浮いている。

「も、申し訳ございません」

慌ててサラは謝罪した。

「とはいえ、私たち抜きで祖父様に状況説明は可能ですか？」

「私はともかく、サラさん抜きでとなると、ロブはきっちり全体を頭に詰め込む必要がありそうね」

「幸い、もうすぐ今期の帳簿は付け終わる。決算の準備も順調だ」

「よかった順調なんですね。では祖父様には今期分の貸借対照表と損益計算書をご覧いただきましょうか。決算処理前ではありますが、グランチェスター領の経営状況が把握できるはずです。執務メイドに手伝ってもらえれば、今日か明日には何とかなるかと思います。レベッカ先生、申し訳ないのですが書類の準備ができるまで、授業をお休みさせていただけますか？」

「仕方ないわね。でも、侯爵閣下がいらっしゃる間は、執務をお休みしてお勉強しましょうね」

「できれば魔法がいいです！」

「サラさん、子供みたいね」

「はい、子供です」

実際にサラは八歳の子供なのだが、レベッカやロバートを含め、周囲は事実を忘れてしまいがちである。主な原因は、仕事中のサラが『頼れる先輩オーラ』を出しまくっていることにあるのだが、おかげでサラの子供アピールは執務室の鉄板ネタとなっていた。

「執務メイドたちのおかげで過去分の書類仕分けもほぼ終わったわ。さすがに過去の帳簿と照会する作業は彼女たちの手には余るから、他の方にお願いしないといけないのだけど、ロブはやれそう？」

「そこは他の文官に任せるかな。父上に状況を説明する内容を頭に叩き込まないといけないから。本当はサラに依頼したいところだけど、父上がいるときはさすがになぁ」

『すっかり私を文官の頭数に入れてるわね。臨時のお手伝いのはずなんだけどなぁ』

「伯父様、今期の決算が終わったら、私は執務から手を引きますよ？」

「え？」

「本来は私のお仕事ではありませんもの。もちろんわからないことがあればお答えしますし、どうにもならないときはお手伝いもします。ですが、私は文官ではありません」

「いや、しかし」

「私も同じよ。今はサラさんのガヴァネスとしてお手伝いをしてるだけですもの」

「そんなぁ。レヴィまで僕を見捨てるのかい⁉」

「本来あるべき形に戻るだけのことよ」

「祖父様の帰領は、良い契機になりそうですね」

レベッカとサラは揃って優美に微笑み、ロバートの懇願を有耶無耶にした。


朝食後、身支度を終えてレベッカやマリアと共に執務棟に向かうと、執務室のメイドたちが連れだって執務室の扉の前で困惑していた。

「皆さま、どうされたのですか？」

サラが声を掛けると、執務メイドを取りまとめているイライザが振り向いて答えた。

「グランチェスター侯爵がお越しになっているのです」

「え、明後日の予定ではなかったのですか？」

「はい。私共もそのように伺っておりましたが、つい先程ふらりと単騎で入城され、そのまま執務室まで直接お越しになられたようでございます」

グランチェスター侯爵は朝に到着し、騎乗したまま執務室まで来たようだ。執務棟の前庭では、大きな黒鹿毛が草を食んでいる。

『あのあたりの芝生食べちゃっていいのかなぁ？』

馬の銜《ハミ》をわざわざ外しているので、おそらく構わないということなのだろう。

サラが暢気《のんき》に馬を見物していると、レベッカは貴族家の令嬢らしく「それで、あなた方は侯爵閣下にお茶も出さず、ここで何をされているのですか？」とメイドたちに状況説明を促した。

するとイライザは困惑した表情を隠さず「実は私共は侯爵閣下から人払いされております」と答えた。

「祖父様が人払いをされたのですか？」

「然様でございます。正確に申し上げますと、文官の方々に『執務室に女を侍らせるなどふざけておるのか』と一喝され、私共に『貴様らのような酌婦紛いのメイドなどいらぬ。出て行くがよい』と仰せになったのでございます」

「なんですって！」

サラは言葉を失った。グランチェスター侯爵は執務室の超優秀秘書たちを、その仕事ぶりすら見ずに侮辱して追い出したということだ。真面目に仕事をしようとしていた彼女たちは理不尽な言葉の暴力にさらされたのだ。サラはブチキレた。

鼻息も荒く執務室に突撃しようとしたが、レベッカがサラを引き留めた。

「サラさん、まずは深呼吸をなさってください。今のあなたには優雅さが足りません」

「こんな時にまでお説教ですか！」

「こんな時だからこそ冷静にならなければなりません」

「できません！」

「いいえ、必ずそうしていただきます。侮辱された彼女たちのためにも、サラさんは優雅に振舞わなければならないのです。貴族には貴族の流儀があり、女性には女性の戦い方があります。ここで粗暴な態度をとってしまえば、侯爵閣下はあなたのことを下町育ちの下品な女としか扱いません。言葉に耳を傾けることすらせず追い出すでしょう」

レベッカはサラの前にしゃがみこみ、目線を合わせてにっこりと大変優雅に微笑んだ。

「私も侯爵閣下の言葉には憤りを覚えております。私たち女性陣がここで成し遂げたことは誇るべきことです。理解するだけの視野を持たない相手など、こちらから憐れんで差し上げればよろしいのです。余計なモノをぶら下げているからといって、優れた能力を持っているとは限らないということに気付いていらっしゃらない気の毒な方なのですから」

なんとレベッカは、まだ幼女であるサラの前で微笑みながら猛毒を吐いた。驚きのあまり、サラは急速に頭が冷えていった。

「レベッカ先生のおかげで冷静になれました。ありがとうございます。まさか下ネタを交えた毒を吐かれるとは思ってもみませんでした」

「え、それはちょっと酷くありません？」

「だってその通りですもの。それとも、修辞学の授業をおさらいしたほうがいいでしょうか？」

それまで周りでオロオロしていたメイドたちも、二人のやり取りにこらえ切れず、くすくすと笑いだした。

「サラお嬢様、私共のために憤っていただき感謝いたします。私共は高いご身分の方々から見下されることには慣れておりますので、それほど気分を害してはおりません」

「そうなのですか？」

「はい。どちらかというと、ロバート卿や文官の方々が、侯爵閣下にきちんと説明できるのか、資料を過不足なく用意できるのかといったことが心配で……」

「なるほど。確かに心配になりますね」

「サラさんとメイドたちで文官を甘やかすから」

「レベッカ先生だって、伯父様をかなり甘やかしてましたよね」

「だって計算が遅いんですもの！」

「きっと余計なモノをぶらさげているせいです」

これには全員が我慢できずに、大きな声で笑い始めた。

『間違いなく作業効率はダダ下がりでしょうね』

お掃除と探検

グランチェスター侯爵の急襲によって、サラ、レベッカ、執務室メイドたちの今日の予定は白紙になった。サラとレベッカの二人だけであれば、なんらかの授業を行えばいいと思うのだが、執務室メイドたちの時間は非常にもったいない。本邸の仕事はすでに別のメイドたちに割り振られているため、戻っても単純な作業を手伝うくらいしかできない。

「レベッカ先生、せっかくですしメイドさんたちと一緒に、パラケルススの実験室を見てみません？　おそらく資料はたっぷりあるでしょうし、絶対に掃除は必要ですよね」

「面白そうですわね。もしかしたら勉強の役に立つ資料もあるかもしれません。どうせなら、一緒にお仕事する予定の方々にも声を掛けてみたらどうかしら。錬金術師、薬師、鍛冶師の女性たちでしたよね」

実はレベッカは、子供のころから探検が大好きだった。伝説の錬金術師の実験室など、探検先としては最高ではないか。そして、専門知識をもった仲間がいれば探検がより楽しくなりそうだと考えたレベッカは、参加者を増やすことを提案した。

「貴族から急な誘いだと断れなくて迷惑になったりしませんか？」

「無理しないで良いってことも一緒に伝えてもらえば大丈夫よ」

「予定が空いているといいですが」

さっそくサラは、三名の女性に向けてお誘いの手紙をしたため、届けてもらうことにした。

「サラお嬢様。長く使われていないお部屋ですので、動きやすい服にお召し替えになられた方が宜しいかと」とマリアが着替えを提案すると、レベッカも頷いて自分も着替えてくると部屋に戻っていった。その間、執務メイドたちも掃除のための支度と、書類を整理する空箱の用意を始めるという。

サラが簡素なワンピースの上にフリルのついたエプロンを着けて玄関前に戻ると、既に着替えが終わったレベッカが待っていた。レベッカもシンプルなドレスとエプロンを着用している。

玄関を出ようとしたところで執事に呼び止められ、サラを訪ねて六名の登城がある旨が告げられた。

「六名ですか？　お呼びしたのは三名なのですが」

「それぞれ保護者の方が同伴されるそうです」

「なるほど。確かに初めての登城でしたら保護者同伴も不思議ではありませんね。では到着したらパラケルススの実験室までお越しいただくよう、手配をお願いいたします」

「かしこまりました」

専門知識を持った人は多い方が整理も捗るだろうと判断し、サラは六名の登城を認めた。

『それにしても保護者の方々は仕事忙しくなかったのかなぁ。やっぱり貴族の呼び出しでビビらせちゃった？』

パラケルススの実験室は本邸からかなり離れた塔の中にあった。やや先細りになっている方形《ほうけい》の塔は五階建てで、グランチェスター城の中では比較的低い塔だ。しかし敷地面積は広く、内部には部屋がいくつもあるという。

　最上階は物見用に四方に壁がない吹《ふ》き曝《さら》しのフロアとなっている。かなり古い時代に建てられた塔らしく、煉瓦造りであるにもかかわらず、絡まった蔦《つた》のせいで全体に茶色がかった緑色に見える。

　サラとレベッカは塔まで馬車で移動し、メイドたちと掃除道具、空箱、お茶道具など必要なものを乗せた荷馬車が後を追った。

『まさか城内を馬車で十分走らないと到着しないとは思わなかったわ』

　塔に到着し、カギをレベッカから渡されたメイドが扉を開けようとしたところで、ガタガタと勢いよく幌《ほろ》のついた荷馬車が塔の車寄せに入ってきた。

「あら、あれはテオフラストスさんですね。随分早いお越しですね」

　御者を務めていたのは、先日執務棟の会議室で会った錬金術師ギルドのテオフラストスだった。その隣に座っているマッチョな男性は、おそらく鍛冶師の同伴者だろう。メイドたちの荷馬車の後ろに停車すると、荷台からもゾロゾロと人が降りてきた。

「こんにちは。テオフラストスさん、アレクサンダーさん。他の方のお名前を教えていただけますか？」

　まずテオフラストスが前に出て三名を紹介する。

「サラお嬢様、この度は娘たちをお呼びくださり誠にありがとうございます。こちらが娘のアリシアと鍛冶師のテレサです。隣の無骨な男はテレサの兄弟子だったフランですが、こちらの蒸留釜を作った鍛冶師の曾孫にあたります」

「まぁそんな繋がりがあったのですね」

アリシアとテレサは同じ年の十七歳で幼馴染。テレサの兄弟子であるフランは五歳年上の二十二歳で、親方であったテレサの父が亡くなった後、別の鍛冶師の下で働いているという。自分の工房を持つべく、必死に貯金しているところなのだそうだ。

次にアレクサンダーが進みでて自分の弟子を紹介した。

「こちらが私の下で助手をしているアメリアです。今年で十九歳になります」

サラは彼らに向かって「みなさまはじめまして。サラ・グランチェスターです。今後ともよろしくお願いいたします」と優雅なカーテシーで挨拶した。

「それにしても皆様、私が急遽お呼びしたことはご迷惑でしたでしょうか。まさか保護者同伴でお越しになるとは思わず、貴族が居丈高に命令したかのように思われたのではないかと心配で」

「お気になさらないでください。お話を頂いてからというもの、私とテレサはいつお呼びいただけるかと、毎日ソワソワしてお待ちしておりました」

「はい。何を置いても即座にお伺いするつもりでした。同伴者も必要ないと言ったのですが、フランが自分も連れていけとうるさくて」

「それはうちの父も同じです。一人でも大丈夫ですのに『パラケルススの実験室をこの目で見る』と騒ぐものですから」

アリシアとテレサが答えると、テオフラストスとフランが横で慌て始めた。

「そこまでは言ってないぞ、アリシア！」

「オレもテレサが心配だっただけで」

くすくすと女性陣が笑っていると、アレクサンダーも答えた。

「実は私も好奇心が抑えられずにアメリアに同行してしまいました。パラケルスス師は薬学でも功績を残された方ですので」

「サラお嬢様からのお召しは、心の底から嬉しく思っております。実はアレクサンダー師は、いつお城からお呼びがかかっても良いようにと、新しいローブまで用意してくださったのです。本当に感謝の念しかございません」

「そう言っていただけるのは私も光栄ですが……どうしましょう、何年も使っていない部屋ですので、新しいローブを汚してしまうかもしれません」

するとアレクサンダーがにっこりと笑いながら「大丈夫です。また新しいローブを買い与えますのでご心配なさらず」と答えた。

『なんかこの二人、師匠と弟子にしちゃ妙に距離が近くないか?』

などと余計な勘繰りをしつつ塔の扉に向かった。なお不便なので塔に名前を付けてほしいと乞われたサラは、「実験室のある塔」なのだから「実験塔」と提案したところ、全員に反対されたため、「少し考える時間をください」と言葉を濁した。

塔の正面玄関の扉は蝶番《ちょうつがい》が錆付いていたらしく、鍵を開けてもギシギシと音がするだけでまったく動かなかった。男性陣が協力して押してみたが、古い木製の扉の方が壊れてしまいそうだったため、フランが荷馬車から道具箱を持ち出し、蝶番ごと扉を外すことで解決した。後で修理もしてくれるらしい。

広い玄関ホールには、家具らしきものが何もなくガランとしていた。古い建物ではあるがガラス窓があり、木製の雨戸が取り付けられていた。雨戸の方は取り換えた方が良さそうだが、割れている窓ガラスは無かった。

「蒸留釜は実験室にあるそうなのですが、実験室は複数あるようなので、どこにあるかまでは正確にわかりません。資料室と図書室が三階にあり、パラケルススの寝室も同じ階にあったそうです。居間や食堂は二階にありますが、厨房などは一階のようですね」

イライザは塔の見取り図の写しを取り出し、辺りを見回しながら説明を始めた。

「使用人部屋もありますか？」とテレサが質問すると、イライザは見取り図を確認して「四階は使用人に割り当てられていたようです」と答えた。

それを聞いてサラも見取り図を覗き込む。

「あら浴室もあるのですね」

「主人用の浴室が三階に一つ、使用人用の浴室が地階に二つありますね。おそらく男女で分けるためでしょう。それとは別に客室が五つ用意されており、それぞれに小さな化粧室と浴室が備えられております」

客室を五部屋と言わないのは、それぞれに寝室、居間、侍女や侍従のための小さな部屋が用意されているためだ。

「ひとまず、順番に見て回りましょうか」とレベッカが提案する。

「では、私たちは掃除に取り掛からせていただきます。もし優先して片付けたい部屋がございましたら、お声がけください」とイライザが応じた。今日はマリアもお掃除要員である。

さっそくメイドたちは、するすると動き出した。パタパタと窓を開け放ち、荷馬車から次々と掃除用具を取りだして持ち場に散っていく。メイドたちが乗ってきた荷馬車の御者とその横に座っていた少年は、それぞれ桶を二つ持って井戸へと水を汲みに向かっている。どうやら彼らもお掃除要員のようだ。

ドアを外したフランは、「蒸留釜を見つけたら教えてくれ」とテレサに声を掛け、ドアの修理を始めた。

『みんな手際いいなぁ』

メイドたちの作業を横目で見つつ、サラはレベッカと三名の新しい仲間および保護者二名を引きつれて、塔の探検を開始した。

順番に見て回ろうにも、塔の内部はかなり広いため、まずは資料室と図書室のある三階へと上がることにした。メイドたちもその行動は予測済みであったらしく、三階には多めの人数が割り当てられていた。

一階から三階は非常に天井が高いようで、階段を上るのも一苦労であった。ただ、緩やかなカーブを描く階段を上っていると、窓から差し込む日差しのラインがキラキラと光って綺麗だった。

『待った！　これは埃が舞ってキラキラしているだけだ！』

メイドと下男はパタパタとせわしなく動き回り、ゴミを次々と運び出しつつ、経年劣化でボロボロになったカーテンやリネン類を回収している。

三階に到着すると、イライザが報告にやってきた。

「お嬢様、図書室と資料室は内部で繋がっておりました。というより、資料室は図書室の一部という使われ方をしていたようですね」

「確かに書類、資料、書籍の分類って難しいよね」

資料室側の扉から中に入ってみると、丸まった羊皮紙が無造作に棚に突っ込まれていた。板の表紙を付けて紐で括られたものも積みあがっている。

壁という壁に書棚が作りつけられ、図書室との仕切りも天井まである書棚であった。ところどころに明り取りのための小さな窓はあるが、書棚に直射日光が当たらないような配置になっている。壁や天井には、燭台ではなく魔石ランプが置かれているところから、おそらく夜でも資料の読み書きができるようになっているのだろう。

北側の壁にある書棚の下部は引き出しになっており、引き出してみると中には未使用の魔石がいくつも入っていた。他にもなんだかわからない標本やサンプルがゴロゴロと収納されているのだが、見ただけでは正体が何かはさっぱりわからない。

「テオフラストスさん、アリシアさん、こちらの標本のようなものってなんだかわかります？」

「こちらは鉱物類ですね。隕石も含まれているようです」とテオフラストスが答えると、横にいたアリシアは「父さん、こっちは化石だわ」と答えた。

テレサも「これはアダマンタイトだ。こんなに大きなものはなかなか見ないんだが」と、標本棚に興味津々である。

アリシアやテレサはともかく、テオフラストスまで一緒になってキラキラと目を輝かせている。よく見ると、控えめながら、アレクサンダーやアメリアまで一緒になって、標本棚を見ているではないか。

『そんなに面白いのかしら？』

専門知識があるわけではないので、なんとなく彼らの熱意に付いていけていないサラは、彼らを置いてレベッカと二人で図書室の方に向かうことにした。

「こ、これは！」

資料室と図書室の仕切りにも作り付けの書棚が使われているため、その向こう側にぐるりと回り込むと、その先には圧巻の景色が広がっていた。

図書室は二階から三階の中央部分が吹き抜けになっていた。床から天井まである書架がいくつもあり、二階部分にはいくつかの扉が見える。それは図書室などという規模ではなかった。

「レベッカ先生、これは図書室ではなく図書館だと思いませんか？」

「ええ、私もそう思う。本邸の図書館よりも規模が大きいわね」

「こんな場所を閉鎖しておくなんて、とんでもないことだわ」

装飾的な柱や作り付けの書架は、長い年月を経て艶やかな飴色になっている。

「どんな木材を使うと、こんなに美しい柱にできるのでしょうね」

触ってみると滑らかな手触りであったが、まだ掃除前だったことから、サラの手はバッチリ汚れてしまった。このままでは本を触ることはできそうにない。ちょっと顔をしかめると、近くにいたメイドが心得たように水差しと洗面器を差し出した。

「サラお嬢様、こちらで手を洗ってくださいませ。ハンカチと手袋もご用意がございます」

「ありがとう」

二階部分に下りて扉を一つ開けてみると、そこは実験室だったようだ。部屋の中央に木製の大きな作業机が置かれ、実験道具が乗っていた。壁側にも書き物机が置かれて、その脇には書架もあったが、ここには資料は残っていなかった。

『パラケルススの資料は隠されていたんじゃなくて誰も整理しなかっただけだったのかもしれないわね』

他にも実験室と思われる似たような部屋が三つほどあり、そのうち二つに蒸留釜が置かれていた。一つは、更紗のいた世界ではポットスチルと呼ばれる単式蒸留釜のように見える。二メートルほどのそこそこ大きなモノなのだが、何を蒸留していたのかはわからない。もう一つは、小さいが複雑な水蒸気蒸留装置のように見える。いずれも銅のような金属製に見えるのだが、実際には専門家に見てもらうべきだろう。

ひとまずサラは吹き抜けの広い部屋まで戻り、「蒸留釜ありましたよー」と大きな声で皆に声を掛ける。

すると、資料室にいた五人がゾロゾロと図書館に移動し、先程のサラとレベッカのように驚いて辺りを見回しはじめた。

「ここ、凄すぎます！」アリシアが興奮して叫ぶと、アメリアも「素晴らしいですね」と感動で目を潤ませている。無言の保護者二名も、心なしか鼻息が荒そうだ。

しかしテレサは図書館に驚きつつも、蒸留釜が気になって仕方ないらしい。兄弟子にも知らせるべく、サラよりもさらに大きな声で「フランーーーーー。蒸留釜あったよー」と叫んだ。

すると「いまいくー。何階だー」という返事があった。

幸い二階部分にも出入口があったため、サラもそちらの扉を開けて「フランさーん、こちらからお入りください。二階でーす」と声を掛けた。

これらのやり取りをみたメイドたちは、掃除の優先順位を図書館と実験室に切り替え、人数の割り当てを変更したらしい。よく見ると執務室のメイドさんではない人や、先程はいなかった下男も混ざっているので、気付かないうちにヘルプを呼んだに違いない。

やってきたフランは、蒸留釜を見るなり「これは手入れが必要ですね。分解してから工房に持ち帰って、洗浄と整備をしたいです」と言い出した。

しかし、これにはテレサが真っ向から反対した。

「ちょっとフラン。サラお嬢様から蒸留釜の仕事を依頼されたのは私よ。仕事を横から奪うようなことしないで頂戴！」

「これは俺のひい爺さんが作ったんだぞ」

「そんなこと関係ない。そもそもフランは私の付き添いでしょ」

『あ、ちょっと面倒なことになってきたぞ』

「お二人とも落ち着いてください。まず私が依頼したのはテレサさんですので、蒸留釜に関するお仕事は彼女にお任せしたいのです。そもそもフランさんには、他にもお仕事があるのではないでしょうか？」

「ほら見なさいよ」

「ですが、私は知識のある先達の意見を聞くことも大切なことだと思います。まずはテレサさんのお父様の工房に運んで、テレサさんの作業をフランさんに監修していただくのはどうかしら？」

「俺はそれでもかまいません！　この蒸留釜がどうなるのかをこの目で見られれば満足です。料金も必要ありません」

「もちろんフランさんにも監修料はお支払いします。グランチェスターは職人への報酬を惜しむような吝嗇《けち》ではありません」

『仕事には正当な報酬があるべきだもの！』

女子力とイーグルアイ

図書館や実験室を見て回っているうちに、かなり時間が過ぎてしまったらしく、昼食の時間をイライザが知らせにきた。

「サラお嬢様、まだ塔の中は埃っぽいかと存じますので、本日の昼食は庭でお召し上がりになってはいかがでしょうか」

「お庭ですか？」

「はい。まだまだ手入れは必要ですが、先程下草を刈り込んで庭の方にテーブルと椅子をご用意いたしました」

「そうなのね。皆さんの分もあるのかしら？」

「はい。本邸のシェフたちから大量のピクニック用バスケットが届いております」

「気を遣ってくれたのね。後でお礼を言わなくちゃね」

「もったいないお言葉でございます」

庭に出ると、木陰になっている部分にテーブルセットが用意されていた。手軽につまんで食べられるような食事が、山のように置かれている。

ゲストの六人は、サラやレベッカと同じテーブルで食事することに恐縮していたが、実際に食事を始めてみると意外に会話が弾み、自然とリラックスしていった。

「それにしても、パラケルススさんはこの塔で、随分いろいろな実験をされていたようですね。伯父様はパラケルススの資料は失われたと仰っていましたが、単に整理されていないだけなんじゃないかって気がしてきました」

「私もまったく同じ意見よ。もう一度仕分け作業をやらないといけなくなった気がするわ」

サラとレベッカは顔を見合わせてため息をついた。そこにアリシアがすかさず口を挟む。

「よろしければ資料や標本などの整理を私にお任せ願えませんか？」

「アリシアさんに？」

「はい。ここは錬金術師にとって楽園です。私はここに住み込んでパラケルスス師の研究を引き継ぎたいです!」

しかし、これにはテオフラストスが反対した。

「なんだとアリシア! 住み込みなど絶対に許さんぞ」

「お父さんは羨ましいだけでしょ!」

「たしかに、物凄く羨ましいが、それとこれとは話が違う。こんな広い塔にお前だけで住むつもりか」

『そうか、物凄く羨ましいのか……』

サラは錬金術師の思考を面白いと感じた。彼らの表情は玩具を前にした子供のようにも見える。平静を装っているが、よく見ればアレクサンダーとアメリアも同様に目をキラキラと輝かせていた。

「お一人なのがダメということでしたら、私もこちらに住まわせていただいてもよろしいでしょうか。もちろん、アレクサンダー師から許可を頂ければですが」

「え、アメリアもここに? あ、いや、それはどうかな」

「でしたら私もここに住み込みで働きます。うちの工房はここから馬車で三十分くらいなので通えますし、設置した蒸留釜のメンテナンスもできます」

「おい、テレサ! お前の母さんはどうするんだよ」

「母さんは一人でも大丈夫よ。この前も若い冒険者とデートしてたし?」

『え、モテモテの未亡人ってこと? その話詳しく聞きたいぞ』

サラは意外と下世話なことを考えていた。それはともかく、女性陣はとってもやる気が漲《みなぎ》っているらしい。正直なところ、サラも図書館を見てから興奮がおさまらないので、その気持ちは理解できる。

「まだ掃除も終わっていませんし、リネン類などの用意も全然足りていません。住めるようになるには時間が掛かると思いますが大丈夫ですか？」

「大丈夫です。私たちにも用意する時間は必要ですし、食事や洗濯など必要なことは自分でできます。それに身の回りの必要なものは自宅から持ち込みますので、ご心配には及びません」

「うーーーん。ひとまず私が勝手に許可できることではないので、一度伯父様か祖父様に確認してみることにします」

「「「承知いたしました」」」

食事が一段落したところで、アリシアがサラに尋ねた。

「ところでサラお嬢様は、何を蒸留される予定なのでしょう？」

「いくつか考えてはいるのですけど、最初はエルマ酒を蒸留してみようかと」

「えっ！　お酒を蒸留するのですか？」

「はい。私は新しいお酒を造りたいのです」

これにはレベッカ以外のメンバーが全員驚いた表情をした。

「やっぱり驚きますよね。私もサラさんから聞いた時には、かなり驚きましたもの。正直申し上げれば、その新しいお酒というものについても私は半信半疑なのです」

話を聞いたことがあるレベッカですらこの反応だ。

「蒸留することで酒精を高めた後、数年掛けて熟成させたいのです。きっと私がお酒を飲める頃になったら、美味しく頂けると思うのです」

「はぁ……」

『そりゃ蒸留酒に触れたことなかったら、そういう反応になるよねぇ』

「しかし、酒の蒸留ということであれば、薬師の領分かもしれませんね」

と、アレクサンダーが口を挟んだ。その隣でアメリアも頷いている。

「薬師の方々はお酒を蒸留されるのですか？」

「はい。蒸留によって酒精を高めたものを薬として使うことは一般的ですね」

「あぁなるほど」

「サラお嬢様は、ご存じなのですか？」

「傷口に掛けて消毒などに利用されるのかと思ったのですが、違いますか？」

「仰る通りですが、他にも数種の薬草を漬け込んで薬酒を造ることもございます。じつは薬酒はアメリアの得意分野なんです」

「得意というほどでは……」

『そういえば昔はジンを薬として飲んでたって聞いたことあるな』

「アメリアさんは、どんな薬酒を造っていらっしゃるのですか？」

「疲労回復に役立つものや、ご婦人向けには冷えの症状の改善につながるものなどをいくつか」

「それは素晴らしいですね。もしかして、お酒を使わないハーブティーなどもお作りになられます？」

「はい。いくつかは」

「ハーブティーには美容に良いものもありますよね」

「そうですねぇ。血行を良くし、むくみを取るなどのブレンドはありますね。後は美肌効果があるものもありますし」

サラとアメリアの発言に、女性陣が一斉に注目し始めた。近くに控えているメイドたちが全員傾聴している様子が伝わってくる。

『メイドさんたちの目線が地味に怖いっ！』

「よろしければ、アメリアさんは、こちらで女性向けの美容製品開発を研究していただけませんか？」

「美容ですか？」

「薬師の方々は男性ばかりですので、女性向けの製品が少ない気がするのです」

「ですが、私は薬師として美しさよりも、人を癒す研究をしたいのです」

『あ、メイドさんたちがっかりしてるよ！』

「アメリアさんの高い志は理解しました。ですが、私は女性の美は〝健康〟によって作られるものだと思っております。疲れを癒し、質の良い睡眠をとり、身体に良い食事をとらなければ、肌を美しく輝かせることはできませんし、体型を維持することもできないのではないでしょうか。それにご婦人特有の病気などは男性の薬師の方には相談しにくいものですし……」

「確かにサラお嬢様の仰る通りかもしれません！　私はこれまで、女性であることを少なからず悔しいと感じておりました。アカデミーに通うこともできず、薬師ギルドに登録することもできません。ですが、女性である私だからこそできる道があることを、サラお嬢様は示してくださるのですね」

アメリアは感激したように目を潤ませ、拝むようにサラを見つめている。ふと横を見ると、アリシアとテレサも同じような目をして、小声でぶつぶつと何か言っている。

「女性だからできることもあるんだ……」

「私にも男と同じ仕事はできる……ううん、私《女》だからできる仕事がある」

『いやぁぁ、そんな高尚なこと考えてないよぉ。単にお金になりそうな気がしただけなんだよぉぉ』

サラの良心がチクリと痛んだ。しかし、傍らに控えているメイドたちが獲物を狙う鷲の目をしているのを見て、心がスンと静まった。

『あ、うん。これ絶対お金になるわ』

秘密の花園

食事が終わって皆で塔に戻ろうとしたところ、サラは視線の先に小さな扉があることに気付いた。まだ雑草などの処理が終わっていないため端の方しか見えないが、整形された金属製の門扉に見える。

「ねぇイライザ、あそこはなぁに？」

「さぁ、この見取り図には描かれておりませんね」

どうやら誰も把握していないらしい。

「中を見てみたいです」

「まだ庭の処理が終わっておりませんので、今すぐは難しいかと」

「では雑草がなくなれば、見に行っても良いのですね」

「そうですね。下男に申しつけて、あのあたりまで草を抜かせますね」

『ほほう……、これは魔法の出番ね！』

サラは風属性で刃物を生成し、門扉まで一直線に雑草を根本付近からカットした。次に土属性で根っこから掘り返して地面を均《なら》し、伐採した雑草を風属性の魔法で庭の隅の方に集めておく。

「これくらいでいいかしら？」

「……はぁ、おそらく大丈夫かと」

イライザは呆れつつ了承した。

「では行きましょう」

サラが周りに声を掛けると、レベッカ以外は全員ドン引きしていた。

「サラお嬢様は、魔法を発現されていらっしゃるのですね」とテオフラストスが呟くと、アレクサンダーも「しかも無詠唱であの威力ですか……魔力制御も完璧ですね」とため息交じりに台詞を被せた。

「私もグランチェスターの端くれですもの、おかしくはございませんでしょう？」

『いや絶対おかしいわっ！』

その時、サラ以外の全員の気持ちが一致した。

確かに貴族であれば複数属性の魔法を発現していてもおかしくはないのだが、八歳の子供であればそよ風を吹かせる程度が限界だ。英才教育を施す上位貴族の子供でも、せいぜい突風を起こすくらいしかできない。

しかも魔法強化や魔力制御はアカデミーで学習する内容であるため、貴族でも女性はあまり強い魔法は使えないというのがこの世界の一般常識である。独学で魔法の威力を高める貴族女性もいないわけではないのだが、魔法学の学術書はとても難解であり、子供が読めるような内容ではない。

とはいえ執務室のメイドたちはサラの〝奇行〟には耐性がついており、ギルド関係者も前回の会議室での一件からサラが普通ではないことを理解していた。そして三名の新しい仲間たちは、完全にサラに心酔しており、レベッカは当然知っていたので今更驚くはずもない。

ここで取り残されたのはフランなのだが、彼は基本的に『貴族のことを無理に理解しようとするな』という思考をするため、おかしいことには気付いていてもツッコミを入れたりはしない。


かくして、サラと愉快な仲間たちは、ぞろぞろと扉の前まで移動した。実際に歩いてみると、サラが魔法で均した土は畑のように柔らかく、歩くにはやや不向きであった。道にするなら踏み固める必要がありそうだが、農家なら喜びそうな魔法であった。

扉は錆びついていて動かなかったが、フランが軽く力を加えたところ、メキッと音がして倒れるように外れてしまった。

「も、申し訳ありません。後で修理しておきます」

「古くて劣化してたのでしょう。フランのせいではありませんので、気にしなくて大丈夫ですよ」

扉を越えた先は正面には背の高い生垣があり、左に石を敷いた小道が緩やかな曲線を描いて続いていた。長年手入れがされていないので生垣からは枝が伸び、小道には雑草が生え放題になっている。

サラは先程よりも弱い力で枝や雑草を刈り、小道を先に進んだ。他のメンバーは驚き疲れて無反応だ。

小道を抜けた先には、荒れ果てた庭園らしきものが広がっていた。いろいろな植物が好き勝手に繁殖して雑木林になっているが、かなり広い空間だ。離れた場所には東屋のような建築物もあるが、そこに至る道は植物で塞がっている。

しかし、日差しが強いせいか、とにかくキラキラと眩しくて目を凝らすのが難しい。

突然アメリアが前に進み出て「こ、これは凄いです！　ここで薬草やハーブを栽培していたのですね！」と叫んだ。

「え？」とサラが声を発する前に、アレクサンダー、テオフラストス、アリシアが走りだし、それぞれが植物の観察を始めていた。どうやら薬師と錬金術師には興味深い場所のようだ。

「これはジュニパーですね。グランチェスター領では栽培されていないと思っていました」

「ベラドンナに狐の手袋だと？　毒薬も作れそうだな」

「カモミールもあります！」

アレクサンダーが陶然《とうぜん》とため息を漏らす。

「薬師ギルドでさえ入手困難な植物もありますね。植生も全然違う植物が、このような場所で栽培できるとは驚きです。一体どのような方法を使われたのでしょう」

サラには単なる雑木林にしか見えないのだが、どうやら凄いものらしい。するとサラの後ろを歩いていたレベッカが、サラに向かって話し始めた。

「ここは妖精に守られているようね。どうやらパラケルススには、たくさんの妖精のお友達がいたようだわ。彼らはパラケルススに、この庭園を守るようにお願いされたんですって」

「レベッカ先生は、妖精とお話しできるのですか？」

「もちろんよ。お友達とはおしゃべりしたいもの」

「わぁ、羨ましいなぁ」

レベッカの発言を聞いたテオフラストスとアレクサンダーは、くるりとレベッカの方に向き直った。二人とも表情が強張っている。

「オルソン家のご令嬢が妖精の友であるという噂は本当だったのですね」

「高位の治癒魔法を使えると聞いたこともあります」

するとレベッカは優美に微笑みながらも、目がまったく笑っていない〝貴族的〟な表情を浮かべて二人に向き直り、「ですが、それを直接本人に問いただすのは無礼であることは承知してますわよね？」と言い放った。

「はっ、申し訳ございません」

貴族令嬢に対してとても無礼な行為をしてしまったことに気付いた二人は、慌てて深々と頭を下げた。

「気を付けていただけるのであれば今回は許します。ですが二度目はありません」

これまで目立つサラの隣で控え目に立っていたため気付かなかったが、レベッカは大人しいだけの貴族令嬢ではない。締めるべきところはきっちり締めてくる。それはガヴァネスとしてサラを導く態度でもあるが、子爵令嬢としての矜持でもある。

たまたま今回は許してもらえたが、『謝れば許してもらえるだろう』などの甘い考えは決して持つべきではないことを、二人はきっちりと思い知らされることになった。なお、隣にいたフランは、やはり貴族のことにはノータッチである。貴族相手に仕事をすることが多い平民にとって極めて重要なのは、こうしたスルーのスキルなのだ。

レベッカはサラに向き直って、先程の会話の続きを話し始めた。

「妖精たちは、ここを『秘密の花園』と呼んでいるそうよ」

「なんか可愛いですね」

大人たちのおかげで微妙な空気が流れていたため、サラは努めて明るく振舞った。

「妖精たちが言うには、ここにある植物は自由に使って構わないけど、繁殖分は残しておいてほしいのですって」

すると近くにいたアメリアが、「本当ですか⁉」とレベッカの発言に反応した。

「ええ、大丈夫よ」

「それにわからない植物があれば、名前や効能を教えてくれるって」

「それすごいです！　ああ、私も妖精さんとお話しできるようになりたいですっ」

アメリアは大興奮中だった。さきほど保護者たちが妖精関連でやらかしたことなど、頭のなかからすっぽり抜け落ちている。保護者たちは一斉に背中に冷や汗をかきはじめ、空気が読めるサラもちょっとだけ緊張した。

しかし、レベッカは「その気持ちはわかるわ」と鷹揚に答えただけで会話を終わらせたため、関係者一同はほっと胸をなでおろした。

妖精の友達

「サラさんと、それにそちらのお嬢さんたちとも、少しお話しさせていただきたいのだけど構わないかしら？」

「はい。私は大丈夫ですが、皆さんは大丈夫ですか？」

「「「承知しました」」」

次にレベッカが空中に向かって小さな声でつぶやくと、植物たちがざわざわと動き始め、東屋に続く細い道ができた。

「そちらの方々は、ここでお待ちいただけるかしら？」

レベッカは保護者たちにも声を掛ける。当然だが、先程のやり取りをしたばかりで彼女に逆らう勇者はいない。メイドたちもレベッカの指示を正確に読み取ってすっと後ろに下がっていった。

サラたちが東屋に到着すると、先程の道が再び植物で閉ざされた。サラは内心『モーゼかっっ！』と思ったが、口には出さないでおいた。

到着した東屋は蔦に蔽《おお》われており、小さな椅子とテーブルの周りにも雑草が生い茂っていた。サラは水属性の魔法で植物から水分を抜いて乾燥させ、火属性の魔法で焼き払った。さらに燃えカスを風属性で吹き飛ばし、再度水属性で椅子とテーブルを水洗いする。

『うん、魔法便利だわ』

レベッカの出エジプト記もどきより、よっぽどいろいろやっているのだが、サラ自身にはあまり自覚がない。

「短期間に驚くほど上達したわね。でも、あんまり他の人には知られない方が良いわ。お嬢さんたちも、秘密にしておいてもらえるかしら？」

三人は顔を見合わせて頷いた。

「では本題に入るわね。私に妖精の友達がいることはさっき話した通りよ。ちょっとお見せするわね」

レベッカはにっこりと微笑んで両手を前に差し出した。すると、レベッカの掌の辺りに、キラキラとした光が集まり始める。

「サラさん、よく見てごらんなさい。あなたにも見えるはずよ」

サラはレベッカに促されるまま集まる光に目を凝らそうとしたが、眩しくて目を開けていられない。堪えきれずに目を閉じると、何故か両方の耳に大勢が一度に話しかける声が聞こえてくる。

「ぼくたちの声がきこえるかい？」

「わたしたちに気付いて！」

「ここにいるよ」

「サラ、目を開けて」

おそるおそる目を開けると、そこにはたくさんの小さな動物が空中に浮かんでいた。動物の種類は一定ではなく、猫、犬、鳥などさまざまな動物がいる。彼らはサラの周りをふわふわと漂い、中にはサラの肩にとまったり、髪の毛の先で遊んだりしているものもいた。

「え、えええええ?? どうしようレベッカ先生、なんか小さな動物たちが私の周りを飛んでます！」

「やっと見えるようになったのね。この子たちが妖精よ」

「妖精って小さな人の形をしてるんだと思ってました。背中には羽が生えてて」

「そういう子もいるわよ。妖精は気まぐれにいろいろな姿をとるの。だからいつも同じとは限らないわ。でも、大抵は気に入った姿でいるわね」

「そうなんですね」

すると、サラの毛先で遊んでいた三毛猫のような妖精が声をあげた。

「わたしはずーっとサラの近くにいたんだよ。サラが父さんと母さんと一緒にいるときからずっと」

「全然気付かなかったわ。ごめんなさいね。ねぇ、あなたのお名前は？」

「名前はまだないよ。サラがつけて！」

「私が名付けていいの？」

「うん！ 名前はお友達になったらもらえるものだもの」

「そうなのね。それじゃ『ミケ』はどう？」

「ありがとうサラ。わたしはミケよ！」

喜んだミケはサラの頭上をくるくると回りだした。ミケからは光の粒がいくつも流れだし、サラに降り注いだ。

「もしかしてこれは……」

「ええ、それが妖精の恵みよ」

『すごい綺麗……。んんん？　ちょっとまって、妖精の恵みってことは、年をとるのが遅くなるんだよね？　まって、私幼女をずっとやるってこと⁇』

「れ、レベッカ先生！　もしかして私って成長が物凄くおそくなったりします⁉」

「ふふっ。心配しなくても大丈夫。身体が成熟するまでは普通に成長するわ」

『よ、良かった……。レベッカ先生を見た感じだと、だいたい十八歳前後かな？』

「はい、おしまーい。これでサラはずっーとミケと一緒！」

するすると降りてきたミケは、サラの肩にとまって髪をいじり始めた……と、思ったがサラの耳元で小さな声で囁いた。

「サラの外見は好きなところで止められるし、若返らせたり、年をとったりも自由にできるよ」

「えっ、それって今すぐ大人になったり、大人になってから子供になったりもできるってこと？」

「うん。サラの魔力を使うことになるけどね。これ、できる妖精って少ないんだから！」

ミケは自慢そうである。

『猫でもドヤ顔ってできるんだぁ……。じゃなくって、なにその魔法少女っぽい技‼』

と、サラが驚く間もなく、レベッカが話を再開した。

「さて、サラさんも無事に妖精の恵みを受けたようだから話の続きをするわね。まずお嬢さんたちは、サラさんに妖精の友達ができたことを秘密にしてほしいの」

ポカーンと口をあけてサラとレベッカの様子を見ていた三人はこくこくと頷いた。

「その上で確認なんだけど、妖精と話をしたい人はいるかしら？」

「「「はい！」」」

三人はそろって手と声を上げた。

「いいお返事ね。妖精の姿を見てお話をするには、サラさんや私のように妖精のお友達にならないといけないの」

「どうやったらお友達になれるんでしょうか？」

期待に満ちた目でアメリアが尋ねる。

「魔力を持っていて、魔法が発現していることは最低条件よ。その上で、あなたたちとお友達になりたいって思ってくれる妖精がいないとダメなの」

「そんなぁ。私じゃ無理です」

アリシアが肩を落とした。

「教会では魔力が多めだと言われたのですが、魔法を発現できていません」

テレサもがっくりしている。その横で俯いているアメリアも、おそらく魔法は発現していないのだろう。

「私は魔力を感じることができるのだけど、お嬢さんたちは全員魔力量が多いみたいよ。サラさんほどではないけど、おそらく魔法を発現することはできると思うわ。アリシアさんとアメリアさんは水属性、テレサさんは火属性に適性がありそう」

『え、レベッカ先生、そこまでぶっちゃけていいの⁉』

「サラさん、あなたには彼女たちの近くにいる妖精が見えるかしら？」

改めて三人の周りを見回すと薄っすらとした光が見えた。目を凝らすとミケよりもずっと小さな妖精たちが見える。

「三人それぞれに一体ずつ妖精が見えますね」

「どんな姿をしているかわかるかしら？　私の魔力ではお友達以外の妖精の姿ははっきりと見えないのよ」

サラはじーっと目を凝らして彼女たちの周りの妖精を見つめた。

「アリシアさんの妖精は魚の姿をしています。テレサさんの妖精は赤い小鳥ですね。アメリアさんの妖精は……馬みたいに見えるんですが下半身が魚っぽくなってるので、馬とはちょっと違うような」

「サラさんありがとう。というわけで、あなたたちにはお友達になりたい妖精さんがすでに待っているわ」

妖精の友達仲間が増えそうなことに、サラのテンションも跳ね上がった。

自分も妖精と友達になれる可能性があることを聞いたアメリアは、真剣な表情で「魔法の発現方法を教えてください」と言った。あとの二人も同じように頷いている。

「魔法の発現は、属性の本質を知ることなの。人によって本質の捉え方が違うから、教えることはとても難しいわ。サラさんも経験したからわかるわよね？」

「はい。でも、アドバイスはできる気がします」

『たぶん身近で起きる現象と結びつけるイメージがあればいいと思うのよね』

「アリシアさん、錬金術師として水をどのようにイメージしていますか？」

「そうですね……氷、水、水蒸気など状態変化をイメージします」

「ではそれぞれを作り出すことをイメージできますか？」

アリシアが目を閉じて「氷・水・水蒸気……」と呟き始めると、アリシアの近くにいた魚の妖精がアリシアの手元に移動して、右の手首の周りをぐるぐる回り始めた。

一分程経過し、『ちょっと違うイメージを与えた方が良いかな？』とサラが考え始めたとき、アリシアが「あっ……」と声を上げ、指先からパラパラと小さな氷の粒を落とした。

「それはアリシアさんの妖精が手伝ってくれたからだと思います。えっと、一度発現してしまえば、いろいろイメージするだけで魔法を使えるようになりますが、使いすぎには気を付けてください。私が魔法を発現した日は、魔力枯渇で数日寝込みました」

「はい。ご教示いただきありがとうございます」

その後、テレサには炉の炎のイメージ、アメリアには薬を作る際の蒸留工程をイメージさせて無事に魔法を発現させることに成功した。

「どうやら全員発現できたようですね。サラさんは私よりも魔法の先生の素質があるかもしれません。では妖精とお友達になりましょう。両手を前に出して掌を上に向け、自分たちの妖精に掌に乗るように声を掛けてみてください」

「私とはやり方がちょっと違いますね」

「サラさんは魔力が多いので、お友達以外の妖精の姿もはっきり捉えられますが、普通は自分のお友達以外はぼんやりとした光にしか見えないものなの」

「そうなんですね」

「それに、この秘密の花園は妖精がとても多い場所なの。だから彼女たちのお友達も見つけられたわ」

レベッカに言われて周囲を見回すと、あちこちで小さな謎生物が飛び交っている。どうやらここは特異な空間らしい。

しばらくすると、アメリア、アリシア、テレサの順番で「見えた！」という声が聞こえ始める。

しかし彼女たちの持つ魔力量は思いのほか少なく、妖精に名付けることはできないという。

「それでは妖精の恵みは受けられないということですか？」とサラが言うと、レベッカは「そうなりますね。魔力量は成長期に少し伸びますが、成人してしまうとなかなか増やせないのです」と答えた。

妖精の恵みを持つ仲間が増えると期待したサラは、しょんぼりと三人を見つめた。

「ごめんなさい。がっかりさせてしまったでしょうか」

そんなサラにアリシアは、明るく笑って見せた。

「サラお嬢様、私はがっかりなんてしていません。まさか妖精とお友達になれるなんて思ってもみませんでした。ありがとうございます」

これにはアメリアとテレサも同意する。

「妖精から植物のことを教えてもらえるんですもの。物凄く嬉しいです！」

「炉の火を妖精が安定させてくれたり強弱を調整してくれたりしてくれるそうなんです。それって鍛冶師としては最高にラッキーですよ」

「とにかく無事にみんなお友達を持ててよかったわ。でも、このことは私たちだけの秘密にしておきたいのだけど、できるかしら？」

「「「もちろんです！」」」

「せっかくですから、サラさんとお嬢さんたちを、『秘密の花園の乙女たち』とでも呼びましょうか」

「それならレベッカ先生もでしょう？」

「私は乙女という年では……」

「女性はいつまでも乙女でいいのです!!」

中身がアラサーでも『乙女』でいいのかという自問自答をぶった切り、開き直ったサラであった。

妖精のお友達をもつ乙女たちは、お互いの秘密を守ることを固く誓い、東屋から引き返した。もちろん帰り道もモーゼのごとく植物の間を抜けるのだが、妖精の姿が見えるようになったサラは、植物を動かしているのが妖精であることを理解した。

先頭で指揮をとっている妖精がレベッカの友達のフェイで、この花園に長く住む妖精たちはフェイの指示に従って植物を動かしている。なお、今のフェイは犬の姿を取っているが、普段は人の姿になることも多いという。

元の場所に近づくと、それぞれの保護者達が心配そうにこちらの様子を窺っていた。

「皆さん、大切にされていらっしゃいますね」

「父は過保護すぎるんです」

「フランも普段からうるさいんですよね。もう別の工房で働いてるくせに、いつまでも兄弟子風を吹かせるんです」

「アレクサンダー師は、どなたにも親切ですので……」

アメリアの発言に、テレサがくるっと振り向く。

「アレクサンダーさんは、アメリアさんのことが好きみたいに見えますけど」

「え、まさか！　たまたま家が近所で、子供のころから兄のようにお世話になっているだけですから。それよりテレサさんの方こそ、フランさんとお付き合いしているのでは？」

「し、してませんっ。ただの兄弟子と妹弟子です！」

「えー、私は前からテレサとフランはアヤシイって思ってたけどなぁ」

すかさずアリシアも恋バナに参戦する。

『うーーん、とっても乙女たちにふさわしい話題だわ』

秘密を共有して恋バナまでした乙女たちは、お互いに顔を見合わせてくすっと笑い合った。

保護者やメイドたちと合流する頃には、日が傾きかけていた。思いのほか東屋にいた時間が長かったようだ。

「皆さま、お待たせしてしまってごめんなさい」

レベッカが謝罪すると、保護者たちは一斉に恐縮する。

「レベッカ先生、時間もあまりありませんし、この後の予定を決めませんか？」

「そうね。今日は突発的な出来事が多すぎたわ」

サラは今後の予定について、しばし脳内で検討した。

『祖父さまのおかげで執務の予定は大きく変わったけど、ある意味では正常な状態に戻す良い機会かもしれない。だとすれば、執務室メイドはしばらくこっちの塔で書類整理の仕事をしていてもらう方が良さそう。そういえば、乙女たちが塔に越してくるのは確定なのかしら？』

「ところで、伯父様からの許可がでたら、三人は塔に住み込みで働くことは決定なのでしょうか？保護者の方は反対されていたようですが……」

「私は秘密の花園の植物を調べ、まとめる仕事をしたいです」とアメリアが言えば、アリシアも負けじと「できれば私もパラケルススの資料を整理して、研究を引き継ぎたいです」と発言する。

テレサは「私は蒸留釜をメンテナンスしなきゃならないので、自分の工房に戻る必要がありますす」と述べつつも、「ですが、可能であればここから工房に通いたいです。それに本格的にお酒を蒸留するなら、もっと大きな釜を作りたいです」と続けた。

サラは少しだけ逡巡した後、保護者たちに向かってペコリと頭を下げた。

「大事なお嬢さん、妹弟子さん、助手さんであることは承知しておりますが、塔の内部の用意ができましたら、こちらの乙女たちを当家でお預かりしてもよろしいでしょうか？」

さすがに領主家のお嬢様に頭を下げられては、保護者たちも否とは言いにくい。不承《ふしょう》不承《ぶしょう》ではあるが、住み込みを許可してくれた。

「明日以降、メイドの方々の勤務場所については、戻って伯父様から状況を確認しなければなりませんが、おそらく執務室に復帰するには少し時間が掛かると思います。それまではこちらの塔の掃除や整理をお願いできますか？」

「承知いたしました。おそらくロバート卿も否とは仰せにならないと思いますので、まずはお三方のお部屋を準備いたします。二階の客間で宜しいでしょうか？」

するとアメリアが慌てて「いえ、客間なんてとんでもないことでございます。どうか私には使用人部屋をお与えください」と声を上げた。

「ですが、お嬢様方は専門家でいらっしゃいますので……」とイライザが意見を述べると、アリシアも「私も貴族の客間は落ち着かなくて眠れないと思います」とアメリアに賛同する。よく見ればテレサも、うんうんと頷いているではないか。

『なるほど、確かに貴族用の客間は平民には落ち着かないかもしれないなぁ』

「では日当たりの良い、広めの使用人部屋を三つかしらね。イライザ、お願いできるかしら」

「承知いたしました」

「今日はみんなでこのまま戻って、キリの良いところまで掃除と整理を進めましょう。明日以降については、部屋の支度ができるまでは乙女たちも通いね。支度が出来次第、引っ越ししてきて構わないわ。急ぎで私に伝えたいことがあれば、イライザに伝えておいてもらえるかしら」

「「「はい」」」

保護者たちは心配そうにこちらを見ていたが、この国では十六歳で成人なので、三人は既に成人女性である。「一人暮らしが心配」や「まだ独立するには早い」といった理屈は通らない。

また、領内在住の平民にとってグランチェスター城の仕事は憧れである。しかもロバートが許可した彼女たちの報酬は、ギルドから派遣される錬金術師、鍛冶師、薬師と同じ金額に設定している。要するに、正式にギルドに登録できない彼女たちにとって望みうる最高の職場なのだ。

「私とレベッカ先生は、授業があるため午前中は来られません。午後からはなるべく顔を出すようにするつもりですが、毎日は無理だと思います。細かく報告は欲しいとは思いますが、可能な限り自律的に作業を進めてください」

「「「承知いたしました」」」

「フランさんには、別のお願いがあります」

「なんでしょうか？」

「大事なお嬢さんたちを預かるので、防犯面を一から見直したいのです。玄関扉や鍵を新しいものに換えていただけないかしら。使用人用の裏口なども含めて、塔に出入りできるところをすべて見直してくださると助かるのですが」

「承知しました」

「イライザ、この件は家令か執事に通しておく必要はある？」

「ございますが私が手配しておきます」

「ありがとう。それとフラン、いろいろお願いして恐縮なのだけれど、秘密の花園の門扉も新しく作っていただけないかしら。フランが窓口になってくださるなら、他の仲間に依頼しても構わないわ。たぶんあれは錬鉄だと思うの」

「大丈夫です。塔の出入口と一緒に、まとめてお引き受けいたします」

「良かったわ。よろしくね」

「かかった費用の請求は、イライザ経由で良いのかしら……？」

するとテオフラストスとアレクサンダーが口を挟んだ。

「出入口の費用を含め、塔の修繕費用については錬金術師ギルドが負担いたしますので、どうかパラケルススの資料を錬金術師ギルドにも公開していただけないでしょうか」

「薬師ギルドでも花園の門扉の修繕費を持ちますし、花園内部を整備する人員も手配いたしますので、優先的にあれらの植物を薬師ギルドに卸していただけませんか？」

「ごめんなさい。私の一存では決められないわ。伯父様と祖父様に相談してからお返事でもいいかしら？」

「「はい。お待ちしております」」

ひとまず今後の手配をしたところで、今日のところは全員で撤収となった。テレサとフランは大きい方の蒸留釜を分解し、今日のうちにテレサの工房へと運ぶことにした。洗浄と修理の予定はフランの他の仕事と調整してからスケジュールを決めるという。

『薬草や資料公開は思わぬ収入につながる可能性がある？　ダメでも修繕費や整備費が賄える？　いっそギルドを頼らずに資料や薬草を競りに掛ける手も……』

サラは手元にある資産をどのように運用すれば、最大の収益を得られるかを真剣に考え始めた。現金が不足している今のグランチェスター領であれば、ここで何とか現金を得ておきたい。

『とはいえ、パラケルススの資料も薬草もグランチェスターの資産だから、祖父様に隠してコトを運ぶことは無理だわ。伯父様の協力は不可欠ね。考えることが多くてイヤになっちゃう……』

本邸へと帰る馬車の中で、サラは深いため息を漏らした。

良心の呵責に咽び泣く

サラが本邸に戻ると、本日の夕食はグランチェスター侯爵、ロバート、レベッカだけでなく、ジェームズとベンジャミンも一緒であることが告げられた。どうやら侯爵の意向らしい。しかも、いつもは使用していない正餐室での食事となるらしい。

身支度を終え、マリアに案内されつつ正餐室に向かう途中、ロバートと文官たちに出会った。三人とも顔が引きつっている。

「伯父様、大丈夫ですか？　その、だいぶお疲れのようですが」

「サラ……、今日ほどお前が居てくれて良かったと思ったことはないし、今日ほどサラが男子だったらよかったのにと思ったこともなかったよ」

何故か三人ともがっくりと肩を落としている。

「えっと、祖父様に怒られました？」

「その逆だ。新しい帳簿はわかりやすいと父上の側近からも認めてもらえたし、作業の進捗状況も予想以上だとお褒めの言葉を頂いたよ」

「宜しいではありませんか」

「僕たちの手柄じゃないからねぇ」

「伯父様の裁量の下で自由にやらせていただいただけですから、それは伯父様の手柄で間違いないのでは？」

「サラ、僕はそんな風に思えるほど厚顔《こうがん》ではないよ……」

「大事なことはグランチェスター領が危機を乗り越えることですから、手柄などは誰の物でもいいのです。それよりも複式帳簿を認めてもらえたことの方が重要ですね。あれが無いと、なかなか現状を正確に把握するのは難しいですから」

複式帳簿があると無いとでは、現状把握の難易度が格段に違ってくる。そもそも今のグランチェスター領の危機的な経営状態を明らかにしたのも複式帳簿である。

「それについても問題があってねぇ」

「認めていただけたのではないのですか？」

「大絶賛だったよ……」

「では何が問題なのでしょう？」

「あれを〝誰が〟提案したのかを聞かれたからだね」

「あ、なるほど」

すると後ろを歩いていたジェームズが「ロバート卿は、会計官である私に手柄を押し付けたのです……」と暗い声で話し始めた。

「へ？」

「領の経営状態を説明する際、ロバート卿は第二四半期までの貸借対照表と損益計算書をそのまま侯爵閣下と側近の方々にお示しになられたのです。先日、サラさまがグランチェスター領の現状を把握するために急ぎお作りになられた資料です」

「あぁ作りましたねぇ」

発行している手形に対し、手元にある現金や受け取った手形が少ないことが〝数字で〟明確になった資料であり、サラも忘れてはいなかった。あくまでも途中の段階なので、そろそろ第三四半期終了段階での資料を作ろうと思っていたところだったのだ。なお、一年を四期に分けたのもサラだ。

「ロバート卿は、よりにもよって私があの資料を作ったとお話しになられたのです」

「だって、アレをサラが作ったなんて言えないじゃないか！」

ジェームズは涙目になっている。

「そ、それは伯父が大変ご迷惑を？」

「それだけではございません」とベンジャミンも話し始める。

「まだ何かあるのですか？」

「魔石鉱山付近の魔物討伐費用をギルドに負担させたことも、侯爵閣下は大変お喜びになりました」

『なんかこの先の展開が読めてきた……』

「えっと、もしかしてベンさんの立案ということに？」

「仰る通りです！」

ベンジャミンは涙目を通り越して既に泣いていた。肩を震わせて。

「だからってサラがギルド関係者を脅したって説明するわけにはいかないだろ」

「人聞きが悪いです。あちらにも利があることを納得していただいただけです」

現状は理解したが、結局のところ三人が手柄を横取りすることに良心の呵責《かしゃく》を感じているということだ。真っ当な精神を持っていることの証拠でもある。

「それにね、僕はメイドたちにも申し訳ないと思ってるんだ。父上があんなに頑《かたく》なだとは思わなかったよ。マリア、申し訳ないんだけど、他のメイドたちに僕が謝罪していたと伝えてもらえるかな？　一応、お菓子や花を届けておくようには伝えたんだけど……きっと怒ってるよな」

「お気になさらなくても大丈夫です。それに私たちはサラお嬢様と一緒に居られれば楽しいですから！」

「それは良かった」

「正直、今日の仕事の効率は最悪でした。ベンもそう思うよな？」

「そうですね。書類作成に必要な資料の準備には時間が掛かるし、ペンの交換やインクの補充も自分たちでやらないといけないし、お茶はでてこないし。いつもの半分くらいしか仕事は捗らなかったですね。たぶん他の文官も同じこと言うんじゃないかと」

『あらぁ、メイドさんたちに依存しまくってるわね』

「ですが祖父様を説得しない限り、祖父様が滞在中にメイドを執務室に戻すわけにはいかないですよね」

「そうだねぇ。サラ、申し訳ないんだけど夕食後に少し時間もらって良いかな？」

「構いませんが、祖父様のお相手は宜しいのですか？」

「さすがに疲れているだろうから、今日は早めに床に就くと思うんだ」

「なるほどわかりました。文官の方々もご一緒ですか？」

「「是非お願いいたします」」

「場所はどうされます？」

「執務棟の遊戯室だけは絶対にだめよ」

背後から声が掛かる。どうやらレベッカも合流したようだ。

「こんなところでそんな話をして、侯爵閣下や側近方の耳に入ったらどうするおつもりですか」

「つい、サラの顔をみたら話したくなって」

「気持ちはわかるけど、気を付けないと。廊下に結構響いてたわよ」

「おっと、気を付けるよ」

先程よりも声を小さくしたレベッカは、「私のおすすめは自習室よ」と答えた。

「自習室ですか？」

「ええ、私がロブやアーサーにお勉強を教わってた部屋なの。本邸の図書館から繋がった部屋なのだけど、本棚に囲まれた部屋だから音が外に漏れにくいのよ」

「あそこかぁ懐かしいね。じゃぁ後で落ち合おう。文官たちは僕が連れて行くよ」

「わかりました。あ、そうだマリア、せっかくだからイライザも呼んでおいて。伯父様から直接執務メイドに話をしてもらう方が良いでしょうから」

「承知しました」

そして彼らは揃って正餐室へと向かった。


正餐室に入ると、グランチェスター侯爵はテーブルで食前酒を口にしていた。近くには侯爵の側近二名が着席することなく控えている。

「父上、お待たせしてしまいましたか」

「気にすることはない。私が早めにきただけだ」

ロバートの背後ではサラとレベッカがカーテシーの姿勢のまま控えており、さらにその後ろでは文官たちも頭を下げている。

「サラも元気そうでなによりだ。レベッカ嬢も久しいな」

声を掛けられたサラとレベッカは頭を上げて挨拶をする。

「祖父様、素敵なお城に住むことができてとても嬉しいです。ありがとうございます」

「グランチェスター侯爵閣下、大変ご無沙汰しております。この度は、ガヴァネスとしてお呼びいただき、大変光栄に存じます」

「才媛《さいえん》で知られるレベッカ嬢をガヴァネスにできたサラの方が光栄であろうな」

「はい。レベッカ先生はとても素晴らしいガヴァネスでいらっしゃいます！」

「もったいないお言葉でございます」

侯爵は背後にいる文官たちに目を向けた。

「君たちも楽にしてくれ。今日は君たちの働きに感謝を示したくて呼んだのだから」

「はっ。大変恐縮にございます」

「もったいないお言葉でございます」

ジェームズとベンジャミンはガチガチになっている。侯爵を前にした緊張というより、自分以外の功績を評価されていることへの罪悪感の方が強い。しかも、侯爵を相手に嘘を吐き続けなければならないというプレッシャーもある。

「祖父様、お越しになるのは三日後と伺っていたので驚きました」

「僕も驚きました。おかげで歓迎の準備もできませんでした」

「ああ、抜き打ち検査というやつだ。なにせ先代の代官と会計官がやらかしたばかりだからな」

侯爵は苦々しい顔を浮かべた。

「父上は息子まで疑うおつもりですか!?」

「先代のやつらも親戚筋だったではないか。私は身内だと考えていたぞ」

「それはそうですが……」

「それに執務室には、女が侍っておったではないか。お前の女遊びはまだ止まんのか」

「彼女たちは仕事の補佐をしてくれていただけだと申し上げたではありませんか」

「女に執務の何がわかるというのだ。まぁ今回は実績も残していることだし大目に見るが、もう馬鹿な真似はするな」

そこにレベッカがそっと話しかけた。

「侯爵閣下、大変差し出がましくは存じますが、サラさんの前でそういった話題は避けていただくことは可能でしょうか」

「おお、そうであったな。これは申し訳ない」

『私を言い訳に会話ぶった切ったよ。レベッカ先生強い』

「まぁ今日は文官たちを労いたくて呼んだのだ。新しい帳簿の仕組みや資料は素晴らしい出来であった」

これには、側近の一人であるリチャードが意見を述べる。

「確かに素晴らしい帳簿でした。別添されていた資料も良かったですね。実態を把握しづらい経営状態が一目でわかりましたよ。あれも新しい帳簿の仕組みだから可能だったことは間違いありません」

もう一人の側近であるヘンリーも感心しきりだ。

「帳簿も然《さ》ることながら、膨大な書類の仕分けを迅速に終わらせた手腕も評価されるべきでしょう。この作業が終わっていなければ、あの帳簿も作成できなかったと思います」

しかし、褒められているロバートや文官たちの顔色はあまり良くない。食事があまりすすんでいないのは、たぶん胃が痛んでいるのだろう。

「祖父様、ロブ伯父様や文官の方々は、素晴らしいお仕事をなさっているのですね」

「そうだサラ。彼らのような優秀な文官がグランチェスターを支えてくれているからこそ、我々があるのだ」

「はい。祖父様」

褒められれば褒められるほど顔色が悪くなっていく文官たちに、サラはにっこりと微笑みかけた。

「文官の皆様方、これからも領のため《隠れ蓑》によろしくお願いいたします」

「「大変恐縮でございます」」

ジェームズとベンジャミンは、サラに深々と頭を下げた。たぶん、裏の意味も理解しただろう。

「それにしても、サラの仕草や会話は随分と洗練されたな。さすがレベッカ嬢といったところか」

「サラさんは大変優秀なご令嬢です。私はサラさんがもっと輝けるよう、ほんの少しだけアドバイスをしているに過ぎません」

「ふむ。レベッカ嬢は聡明でありながら実に奥ゆかしい。あれから随分経つことだし、そろそろ新しい相手との幸せを考えてみてもいいのじゃないかね？　妖精憑きでも構わんという男もいるだろうに」

「父上！　そのような……」

ロバートが慌てて口を挟む。

「いいのよロブ。侯爵閣下、私は今の生活に十分満足なのです。幸いにも両親や兄にも『傷物として不本意な相手に嫁ぐくらいなら結婚はしなくて構わない』と言われておりますし、兄嫁からも実の妹のように接してもらっておりますので」

「そうか。なんとも惜しいことだ。夫を支える美貌の夫人となるだろうに……」

『おやぁ？　レベッカ先生はワケアリっぽい？』

サラはドラマ的な会話が展開されることを期待したが、侯爵もこれ以上は言葉を重ねる気は無いらしい。また、この手の会話に子供が加わるのを大人が嫌うことはサラも理解しているため、話題を変えることにした。

『ひとまず祖父様の滞在予定を確認しておかないと、この後の計画が立てにくいよね。でも追い出したがってると悟られないように振舞わないと』

「祖父様は、いつまでこちらにいらしてくださるのですか？」

「そろそろ王家主催の狩猟大会があるのであまり長居はできないな。せいぜい十日といったところか」

「そんなにすぐお発ちになってしまうのですか？　とても残念です」

「なにか用があるのか？」

「今朝、祖父様の馬を見たのです。黒くて大きかったです！」

「ほうサラは馬に興味があるのか」

「とても綺麗で賢そうでした。レベッカ先生からも、乗馬を教えていただこうと思っております」

「うむ、馬はいい。最近は乗馬を嗜むご婦人も増えておるしな」

『お、喰いついた。馬の話題はウケるらしい』

「祖父様は女性が馬に乗ることに反対ではございませんか？」

「女が馬に乗るのを嫌う輩はいるが、グランチェスター家は代々女性でも馬を乗りこなし、狩りを得意とする者が多い」

「それは存じませんでした」

今朝のメイドたちへの対応から乗馬は反対されると思っていたのだが、意外なことに祖父は女性が乗馬を嗜むことに拒否感はないようだ。

「馬と言えば、確かレベッカ嬢は去年の狩猟大会にも参加しておったな」

「はい。末席ではございますが」

「いやいや、美しいシルバーフォックスを一矢で仕留めたと聞いたぞ。損傷が最小限に抑えられた美しい毛皮は、王室に献上されたそうではないか」

「お恥ずかしい限りにございます」

淑女の皮は被っていても、どうやら小公子レヴィは健在らしい。

「素晴らしい方が私のガヴァネスになってくださったのですね」

「レベッカ嬢、サラにも乗馬だけでなく弓を教えてやってくれないだろうか」

「私でよろしければ」

「わぁ、すごい！」

「では近いうちにお前のための馬を選んでやろう」

「ありがとうございます」

　すると、侯爵は真剣な目をしてサラに話し始めた。

「グランチェスター領は我々の先祖が開拓した土地だ。もちろん最初から豊かだったわけではない。実りが少ない年には、領主の妻や娘たちですら率先して食料となる獲物を狩らねば生きていけなかったのだ」

「そうだったのですね」

「サラ、お前がグランチェスターを名乗るのであれば覚えておきなさい。領主一族は領民を守るために存在する。飢えや外敵から彼らを守ることは我らの義務なのだ。なればこそ領民が納めた血税を横領した者らの所業を決して許してはならない」

「心に刻みます」

『メイドたちへの暴言は許しがたいけど、祖父様って悪い人じゃないんだよねぇ。私のことだって、駆け落ちした息子の子供なんて放っておいても良かったはずなのに、引き取って教育まで施してくれてるし。なんだろう、古い価値観で凝り固まった頑固親父的な？』

　王都では祖父ときちんと話をしたことがなかったことに、サラは改めて気付いた。前世のことを思い出す前は粗相をしないよう常に気を張っていたし、更紗の記憶が戻った後は無難にやり過ごすことしか考えていなかったように思う。

　サラはグランチェスター侯爵という存在に向き合い、善良で〝概ね〟良き領主だろうという結論に達した。しかし、とサラは思う。善良であることは人の美点ではあるが、それだけでは領主は務まらない。

こうした善良さは、ロバートや文官たちにも共通しているようだとサラは感じていた。他人の手柄を奪った程度のことで簡単に良心が痛むなど、更紗時代の上司だったら鼻先で笑うに違いない。

彼らは善良であるが故に相手を疑う気持ちが希薄だ。だから小悪党に横領されてしまったのだ。今回の横領の手口は杜撰《ずさん》なものだった。書類や帳簿をこまめに確認していれば、もっと早くに矛盾に気付いたに違いない。しかし侯爵は身内を信じ、書類や帳簿を確認するという領主として当たり前の仕事をおざなりにしてしまっていた。

『祖父様たちの善良さって、たぶんグランチェスター領が豊かだからなんだろうなぁ。余裕があるから、生きていくための必死さみたいなのを感じないんだよね。先祖は女性も狩りをしたって言う割には甘いのよ……』

サラは苦い気持ちを感じつつ、小さい淑女のふりをして晩餐を終えたのであった。


食事を終えたサラは、まだ侯爵に引き留められているロバートや文官たちを置いて部屋に戻った。正餐用の衣装のままでは動きにくいので簡素なドレスに着替え、マリアを伴って図書館にあるという自習室へと向かった。

大人たちは、まだ侯爵の相手をしているらしく、誰も来ていなかった。

「晩餐で祖父様から随分とお酒を勧められていたようですし、もしかしたら今日は無理かもしれませんね」

「ひとまずお茶を用意してまいります」

一人で広い部屋にぽつんと残されたサラは手持ち無沙汰となり、壁際の書棚に近づいた。サラの目線と同じ高さの棚には、アカデミーの教科書らしき本、辞書、薄い木の板を表紙にしたファイルのような資料などが並べられている。もう一段下には子供が好みそうな絵本が並べてある。

『ここで父さんや伯父様は勉強してたのかな？』

上の方の棚を見てみると、サラの背丈では届かない場所に、背表紙に何も書かれていない本がズラリと並んでいる。

『あの本なんだろう？』

しかし図書館とは違って、この部屋には梯子は置いておらず、踏み台も用意されていないため、自力で手に取るのは難しそうだ。

『届かない場所にあると逆に読みたくなるから不思議よね。うーん、もう少し背が高ければ届くのにな……ん？　背が高ければ⁉』

そう、サラは思い出したのだ。ミケの特技を。

「ミケいるー？」

「いるよぉ」

突然虚空が裂け、猫の手だけがにゅっと出てきた。ちなみに肉球は綺麗なピンクだ。

「手だけって横着だなぁ。ねぇ、今すぐ私を大きくすることってできる？」

「できるよぉ」

「それって大変？」

「んー、サラの魔力を具現化するからサラの魔力次第かな。大きくなるのにも、小さくなるのにも魔力は必要になるよ」

「大きくなったり小さくなったりするのって時間掛かるの？」

「魔法を発動する前の状態によって変わるよ。たとえば、サラが九歳になりたいだけなら、瞬きするくらいの間だけど、老人になりたいならだいたい五十数えるくらい」

「戻るときは？」

「大きくなるのも小さくなるのも同じよ。その時の身体の年齢から離れてるほど時間掛かっちゃう」

「ふむふむ。あ、服はどうなるの？」

「服はそのままだよ。小さい服を着てるときに大きくなると破けちゃう」

「えー、ちょっと不便」

「そんなこと言われてもぉ」

『魔法少女みたいに、コスチュームを勝手に着せてくれればいいのに！』

サラの中は勝手に魔法少女のイメージでノリノリになっていたが、ミケの能力は身体の成長の操作だけで、ドレスの脱着を瞬時にできる能力は持っていない。さすがにこの場で脱ぎだすわけにもいかないので、成長して本を取ることは諦めることにした。

しばらく待っているとマリアが戻ってきたので、届かない棚の本を数冊取ってもらった。よく考えてみれば、誰かに頼めば済むだけの話なので、わざわざ身体を成長させるほどの用事ではない。

取り出してもらった本の表紙をめくるとロマンス小説のようなタイトルだった。装丁や紙の状態を見る限り、それほど古い本ではなさそうだ。

『図書館に小説がないと思ったら、ここにあったのかぁ。でも、これってたぶん私物だよねぇ？誰のだろう？』

と、そこにロバートが入ってきた。

「あーーーーーっ、サラ！　な、何を見てるんだ!!」

「えっとたぶんロマンス小説ですね『黒き騎士は捨てられた令嬢を溺愛する』と『仮面舞踏会の誘惑』ってタイトルですし」

「それは読んじゃダメだ。絶対レヴィに怒られる！」

「既に怒ってるわ。そういう本は自室から出すなってあれほど言っておいたじゃない」

背後からレベッカの声がした。両脇にジェームズとベンジャミンもいる。

「これは伯父様の私物なのですか？」

「私物というより本人の著作よ」

「うわぁぁぁ、レヴィばらすなーーーー」

「伯父様、ロマンス小説を出版されているのですか？」

するとベンジャミンが、

「え、そのシリーズの作者ってロバート卿だったんですか。僕も何冊か持ってるので後でサインください」

「か、構わん。何冊でもサインするから、ひとまずこの話は後にしよう」

明らかにロバートは狼狽えている。サラは気になって中をペラペラとめくってみた。

『×××は×××の×××××を××××して……』

大人な小説だった。前世でもR指定されそうなレベルの。

「……。伯父様、これ確かに私は読んだらダメそうですね。で、ベンさんも、このシリーズのファンである、と」

「あ、いや、それは友人たちと一緒に製作していて……その、限定冊数を実費で周囲に譲っているだけなのだが……」

「わ、私も知人から数冊譲りうけた程度で……」

『要はエロ同人誌《薄い本》かっ！』

サラはチベットスナギツネのような目で二人を見た。おそらくレベッカも同じような目で見ているのではないだろうか。

「えーっと……サラは意味を正しく理解してそうだね。それはそれで怖いけど、レヴィはもっと怖い」

「いえロバート卿、私はサラお嬢様の目の方が怖いです」

「伯父様が多才であることは理解しました。今回は私が見てしまったことは事故のようなものです。ベンさんの個人的な趣味についても私が口を挟むことではありません」

「ロブ、あなたの本は自分の部屋にだけ置くって約束したわよね？」

「あ、いや、使用人たちが回し読みしたいっていうから……」

『へー、ほー、ふーん』

「この際、内容については置いておきましょう。少なくとも伯父様は、本の印刷、製本、販売のルートをご存じということですよね？」

「うん。それはそうだね」

「ではパラケルススの資料を見つけて、その内容をまとめたら、本として出版することも可能ってことですよね？」

「できると思う。ただ、その資料は公開しても良いものなのかい？」

「精査してみなければわかりません。ですが、できる範囲でやるべきでしょう。このままでは無駄に失われてしまうだけです。先代が投資した研究成果なのにグランチェスターの収益に繋がらないではありませんか」

レベッカや文官たちの顔色も変わる。

「そうだねサラ。今は現金を稼ぐ手段を考えるべきだよね」

「サラさん、それなら新しい帳簿のつけ方の教本も印刷したらどうかしら」

「ワサトの収穫量予想の本も売れそうじゃないか？」

「いろいろできるんじゃないかなとは思いますけど、本は高いですからねぇ」

「でも、新しく作る商会に出版部門はアリかもしれませんね。なんなら伯父様の著作も王都で大々的に売ります？」

「サラ、その辺で見逃してくれないか？」

「まぁ成人男性の趣味について、これ以上とやかく言うのはやめておきます。レベッカ先生やメイ

ドたちがどう思うかは存じませんが」

いつの間にか到着していた執務室のメイドたちも、揃ってチベットスナギツネの目をしていた。

どうやらイライザは全員に招集をかけたようだ。

『二人とも独身だもんねぇ。まぁこのくらいは仕方ないか』

「ひとまず伯父様のご趣味は置いておくとして」

「置いておかずに捨ててくれないかな」

「お金になりそうなので後で思い出しますが、さすがに領の財政を侯爵令息が書いた官能小説で賄ったなどと揶揄《やゆ》されるのは避けたいので今は忘れます」

「ひどっ」

ロバートは涙目になっているが、サラはその程度のことを気に掛けたりはしない。

「まずは執務室でのことを教えてください。概ね高評価のようでしたが、何か問題はありますか？」

「まずメイドがいないことで仕事の効率が悪くなってるな」

「でしょうね」

「サラお嬢様、そんなあっさり流さないでください。本当に深刻なんです」

「でも伯父様も文官の方々も、祖父様の暴言から彼女たちを守っていませんよね？」

「父上に逆らえるわけがないだろう」

「本当に必要なら、逆らってでも説得すべきでしょう」

「しかし、侯爵閣下の意向を無視するわけには……」

『はぁ……上司に逆らえない中間管理職って感じね』

「では今後も彼女たちにコソコソと隠れて仕事をしろと言うおつもりですか？　私が彼女たちを執務室に入れると言い出した際、ご自身がどんな発言をしたか都合よくお忘れのようですね。状況を把握していない方々から彼女たちがどんな目で見られるのか、あるいはどんな扱いを受けるかを想像できなかったとは言わせません。祖父様から暴言を吐かれる前にやれることは何も無かったと本気で言いきれますか？」

「そ、それは……」

「そもそも伯父様もジェームズさんもベンジャミンさんも、彼女たちに直接謝罪されたのでしょうか。こうして直接顔を合わせたというのに、最初に言ったことは『効率が悪くなってる』でしかないとは、なんとも情けないことです」

「もちろん、彼女たちには申し訳ないと思っているさ」

「でしたらまずきちんと謝罪なさってください。話はそれからでしょう。それとも侯爵令息や正式な文官は、メイド風情に下げる頭はお持ちではないのでしょうか？」

この指摘にロバートも文官も息を呑んだ。ロバートは侯爵令息として使用人とは一定の距離があるのが普通で、ジェームズやベンジャミンもアカデミー出身のエリートであり、使用人に直接謝罪したことなど無い。使用人に不利益を被らせたとしても、せいぜい家令や執事に謝意を言付けるくらいだろう。

「サラやレベッカから彼女たちに伝えてもらう方が穏便に済むかと……」

「もしや、私やレベッカ先生が、良しなに伝えてくれるから大丈夫だろうなどと考えていらっしゃるのですか？　もちろん私もレベッカ先生も、お願いされれば皆様方の謝意をお伝えするでしょう。ですが、それで十分だとお考えなのでしたら、私は執務室でメイドたちに仕事をさせる提案をした者として、彼女たちを執務室には絶対に戻しません」

「なっ、サラ！」

「当然ではありませんか。グランチェスター領のために彼女たちは力を尽くしてくれました。その功績が小さくないことを、伯父様も文官の方々も理解していらっしゃるはずです。それなのに暴言を吐かれても直属の上司は庇ってくれず、謝罪もされないのです。こんな虚しい職場に優秀なメイドたちを戻せと？」

ロバートたちは完全に固まっている。考えたこともなかったという表情だ。ロバートはメイドたちに向き合った。

「君たち、本当に申し訳なかった。僕の力不足でイヤな思いをさせてしまったこと、心から謝罪するよ」

「ロブ、謝罪だけでは意味がないことを理解しているかしら？」

この件についてはレベッカも辛辣《しんらつ》である。

「少し時間は掛かってしまうかもしれないが、必ず君たちが堂々と執務室で働けるよう、父上を説得する。待っていてほしい」

するとメイドを代表してイライザが答えた。

「承知いたしました。それではお待ちする間、私どもはサラお嬢様と乙女たちをお支えすることといたしましょう」

イライザの発言に合わせ、メイドたちは一斉にサラに向かって頭を下げた。

「乙女たち？」

ロバートと文官が不思議そうな顔をした。

「今日、パラケルススの実験室がある塔を探索したのですが、せっかくなので以前にお話があった女性の錬金術師、鍛冶師、薬師の方をお呼びしたのです。レベッカ先生も含めて全員が女性ですので、乙女たちと呼ぶことにしました」

「なるほど。しかし、乙女って……年齢制限ないの？」

ロバートはレベッカに目線を泳がせたため、サラはロバートの向う脛を思いっきり蹴とばした。

「ぐはっ」

「伯父様、これ以上失礼な態度をとるようでしたら、執務のお手伝いは今後一切いたしません。ご注意ください」

「は、はい……。すみません」

『伯父様って一言多いんだよね。レベッカ先生に関しては特に』

小学生男子を拗らせたようなロバートに不安を覚えつつも、サラは話を続けた。

「パラケルススの実験室、というよりもあの塔とその敷地には、とんでもない価値がありそうです」

「価値？」

「はい。塔の中には本館のものよりも広い図書館、付随する資料室には未整理の大量の資料と標本が残されています。複数ある実験室には蒸留釜だけでなく、さまざまな実験設備も残されていました」

「ほう！　それはいいね」

「それと、塔の敷地内に庭園らしきものが残されていたのですが、そこでは薬草などさまざまな植物が育成されていたようです。ずっと放置されていたので、現状は雑木林のようにしか見えないのですが、薬師と錬金術師にはお宝の山に見えてるようですね」

「それは本当かい⁉」

「ロブ、そんなつまらない嘘をサラさんが吐くわけないでしょう。その庭園にはたくさんの妖精がいたわ。彼らは庭園を秘密の花園と呼んで、ずっと守っていたの」

説明を聞いたロバートと文官たちは呆然としている。

「塔と花園が錬金術師と薬師にとって、とても魅力的な場所だということは、既に両ギルドにも伝わっていると思います。存在そのものは秘匿しませんでしたので」

「そのように重要な場所なら、その場で守秘契約をすべきだったのではないでしょうか？」

ジェームズは、鼻息を荒くして反論した。

「パラケルススの実験室の存在は、既に錬金術師ギルドも知っていました。今日はその一端をお見せしたに過ぎません。詳細に資料を公開したわけではありませんし、自由な立ち入りを許可しているわけでもありません。それは花園も同じです」

「では、これから急いで守秘契約を」

「それも得策とは思えません。『まだ整理していないから公開できない』という姿勢を貫き、問題がない情報から小出しにしていけばいいのです。もちろん有料で」

「確かに錬金術師ギルドなら、お金を惜しまないかもしれないですね」

「おそらく花園から採取できる植物についても同じでしょう。レベッカ先生が妖精から聞いてくれた情報によれば、繁殖できる分だけ残してくれるなら、好きに採取して良いそうなので。こちらは薬師ギルドの方が喰いつきは良いかもしれません」

「なんと！」

「既に両ギルドから修繕費を負担する打診を受けています。ですがこれらを負担させてしまうと、情報にお金を取れなくなりそうな気もするので悩みどころですね」

ロバートは深くため息をついた。

「サラ、一日放っておいただけなのに、一気に仕事を増やしてきたね。お金を取るにしたって研究者や花園の管理官を雇わないといけないじゃないか」

「あ、それですが、乙女たちが住み込みでやりたいそうです。別に急ぐ調査でもありませんので構わないでしょうか？」

「は？　若いお嬢さんたちを住み込みで働かせるのかい⁉」

「塔には使用人のための部屋が用意されていましたので、掃除をして使っていただこうかと思います。客室もあるのですが、彼女たちは平民なので落ち着かないそうです」

「だろうな」

「というわけで伯父様、許可していただけます？」

「そこまで根回しされたら断れないだろうが」

「もちろん予想済みです。なのでリネン類の手配もしてますし、明日は修繕箇所がないか入念に確認する予定です」

「なんとも用意のいいことだ……」

「祖父さまは十日くらい滞在されるということですし、その間はメイドたちも塔で働いてもらおうかと。なにせ整理が必要な資料が山のようにありますからね。もちろん伯父様方が祖父様を説得できるなら、執務室に戻ってもらうことも検討はします。ですが、戻ってくれるかどうかは彼女たち次第でしょう」

「そうよねぇ。ロブよりサラさんの方が、頼れる上司って感じするものね」

「うっ」

ロバートはメイドたちに向き直り「君たち、もしかして戻って来ないなんてことないよね？」と確認する。両隣にいる文官たちも、潤んだ目でメイドたちを見つめる。が、執務室のメイドたちは全員アルカイックスマイルを浮かべるだけで、誰一人言葉を発しない。

「要するに伯父様方の頑張り次第ってことですね。そうだ伯父様。塔の周辺も騎士団の見回りコースに入れるよう調整してください。貴重な資料や植物が盗まれない対策が必要ですし、なにより若いお嬢さんが起居しますので」

「サラ……やっぱり仕事増やしてるじゃないか……」

「ところで、執務の効率が下がったことは承知しましたが、まったく進んでいないというわけでもないのですよね？」

「僕はともかく、文官たちは長年の経験もあるしね」

「それはそうですよね」

「私もベンも新しい帳簿にやっと慣れたという程度で、まだまだサラ様の域には及びませんよ」

「まったくです。どうやったら、あんな帳簿を思いつけるんでしょうね」

『いや、私が思いついたわけじゃないんだけどな……』

複式帳簿、あるいは複式簿記はサラの時代では当たり前に使われていた。正確な起原は古代ローマや中世イタリアなど諸説ある。いずれにしても、この場で説明できるようなことではないので、笑ってごまかすしかないだろう。

「過去に不正会計があったという話を最初に伺ったとき、私は愚かにも帳簿と帳票を確認さえすれば、不正は簡単に明らかにできると考えました。どこかに矛盾があるはずだ、と。しかし実際に帳簿を目にした時、これでは無理だと判断しました」

「それはどうしてでしょう？」

「以前の帳簿は網羅性に乏しく、立証可能性が低いと感じたためです。これでは正確な財務諸表を作成することもできないと思いました」

「えっと、もう少し詳しく伺ってもよろしいでしょうか？」

ジェームズが不思議そうな顔をする。

『あれ？　複式帳簿を導入した意図がちゃんと理解されていない？』

「そうですね……帳簿にはすべての取引を漏れなく記録する網羅性が必要です。そうでなければ、取引記録が正しいことを立証できませんし、経営状態を正確に把握する財務諸表も誘導的に作成できません。皆さまが過去の帳簿から不正を見つけることが困難だったことからもあきらかです」

「はい。仰る通りです」

会計の基本は、グランチェスター領が行う取引のすべてが金額の大小にかかわらず帳簿の中に記載されていることを前提としている。これが網羅性だ。現金以外の取引でも同じである。シンプルにすべてが貨幣で取引されるとは限らない。農作物や鉱物の場合もある。自分たちが何を保有しているか、税金としていつ何がどれくらい納められたか、いつ何をどれくらい売ったか、あるいは買ったかなどの情報は、帳簿を見ればわかるようになっていることが重要なのだ。これを元に現在の資産を把握するための財務諸表が作成できる。

帳簿の記載に矛盾が生じれば、どこかに記載ミスがあるか、不正会計が行われているということになる。これが立証可能性である。誤魔化す方法が無いわけでもないが、きちんと精査すると不正であることが明らかになってしまうことも多い。この辺りは査察の担当の力量、あるいはやる気次第である。

「それに国税は領の利益に対して課税されるのですから、資本取引と損益取引は明確に区別されなければなりません。しかし、このあたりも記録は曖昧で、担当した会計官によって対応もバラバラでした。新しい帳簿の導入目的は、網羅性、記録の検証可能性、そして経営実態を明確化する財務諸表を作成できる誘導可能性の確保です。そして方式を明確に規定することで、領の会計を継続的に秩序を保って記録できるようにしたかったのです」

「なるほど。私は網羅性については理解しているつもりでしたが、立証可能性や誘導可能性については、まだまだ理解が及んでいませんでした」

『なるほど。勘定科目ごとに山ほどあった帳簿が、ある程度まとまっただけでも彼らには救いだったのね』

「そういう意味では、帳票のフォーマットを統一することも、秩序の確保ではありますね」

これには統一フォーマット作成中のベンジャミンも賛同する。

「秩序……良い言葉です。帳票フォーマットの統一には諸方面から反発もあがっていたのですが、明日からは『秩序のためだ』と言い切ってやることにします」

「上から押し付けられると現場は反発しますよね」

「サラお嬢様、以前から思っていたのですが失礼を承知で申し上げてもよろしいでしょうか？」

「なんでしょう？」

「現場のたたき上げ文官みたいです」

「酷いっ！」

これには、サラ以外の全員が一斉に大爆笑した。メイドたちまで肩を震わせて必死に笑いを堪えている。

「では伯父様、私は文官として、それなりにお役に立てたということでしょうか？」

「ん？　もちろんだよ。サラが居なかったら今頃どうなっていたことか」

「では伯父様、私にも報酬をお支払いいただけますか？」

「そうだなぁ、報酬は必要だよなぁ」

『ふっ、言質はとったぞ』

「伯父様、私は欲しいものがあります」

「なんだい？　ドレスや宝石なら僕の私財でもなんとかなると思うよ」

サラはこれ以上ないほど晴れやかな笑顔を浮かべて言った。

「では私に新しい身分と商会をください」

「なっ！」

これにはロバートだけでなく、周りで笑っていた人々が一斉に静まった。

「身分と商会だと？」

「はい。領の備蓄を賄うために商会を設立することにしていたかと存じます」

「あぁ確かに話したね」

「それを私に任せていただきたいのです」

「ふむ。それで新しい身分というのは？」

「グランチェスター家が設立した商会ということになれば、王都から査察官が来た時に不正会計を疑われかねません。そのため、グランチェスター家とは関係のない人物を用意したいのです」

「つまり、サラではない別人の籍を用意しろということかい？」

「仰る通りです。ここから先は私のお願いになりますが、可能であれば私の商会として実際に経営したいのです。もちろん、備蓄については契約書を交わして、不正に搾取しないことをお約束いたします」

ロバートはしばし考えこむ。

「できないことではないけれど、それをサラがやる理由を聞いてもいいかな？」

「将来的に独立するには、自分の資産を持つ必要があるからです」

「独立⁉　グランチェスターを出るつもりなのかい？」

「はい。いずれはそうなるでしょう」

「グランチェスター家の令嬢がどうして！」

「私は貴族ではありません。それは伯父様もご存じではありませんか」

この国で貴族として認められるのは、爵位を持つ人物の一親等までである。ただし、爵位を持つ本人が存命であれば、例外的に二親等までは貴族として振舞うことが許されているに過ぎない。この仕組みによって、この国は貴族という特権階級の人間を無駄に増やすことを抑制しているのだ。

王都の従兄姉たちは将来父親が侯爵となることが決まっているため、生涯貴族であり続ける。しかも、グランチェスター侯爵家では、正式な継嗣として認められるとグランチェスター家が持つもう一つの爵位である子爵位を継承する。つまり、従兄姉たちは侯爵の孫というだけでなく、子爵令息と令嬢でもあるため、仮に父親のエドワードが亡くなったとしても貴族のままなのだ。

ロバートも侯爵の令息であるため生涯貴族だ。彼は騎士爵でもあるため、今後ロバートに子供が生まれれば、騎士爵の令息・令嬢として貴族となる。ところが騎士爵は一代限りの特殊な爵位であり、本人が亡くなると爵位は国に返上しなければならない。つまりロバートが亡くなれば、その時点で子供は平民となる。アーサーも駆け落ちする前に、騎士爵として叙爵は受けていたが、既にアーサーは亡くなっているため、今のサラの身分は平民だ。

「祖父様は私を引きとって教育も与えてくださっています。周囲の方々も私をグランチェスター家の令嬢として扱ってくださっていますし、そのことはとても感謝しております。ですが、私が平民であることは紛れもない事実です」

「それなら僕がサラを養女にしよう」

「伯父様、私は貴族になりたいとは思っていないのです」

これは嘘ではない。サラは生活水準を落としたくないと思ってはいても、貴族になりたいとはまったく思っていない。サラにとって商会経営は非常に興味深い仕事であると同時に、成功すれば高い生活水準を保ち続けることのできる手段でもある。もちろんリスクがあることは理解しているが、自分の生き方を自分で決めることすらできない貴族令嬢になるよりも、商人として自由に生きている方がずっと魅力的に感じられる。

「君はグランチェスターを愛していないのかい?」

「グランチェスター家を愛しているかと聞かれれば、否と答えるしかありません。半年程度ではありましたが、王都邸での生活は楽しいとは言い難いものでした。グランチェスター家に留まっても、エドワード伯父様が侯爵位を継承されれば、私の生活は愉快なものではなくなるでしょう」

「僕の娘であれば守れるだろう？」

「このようなことを自分で言うのもおかしな話ですが、私の容姿はそれなりですし、魔法も発現しました。結婚適齢期と言われるような年齢になったとき、エドワード伯父様が私を放っておくとは思えません。むしろ徹底的に利用しようとされるのではありませんか？」

「政略結婚させられるということだね」

「はい。しかも平民の血を引いた劣った血統の娘として、年嵩の方の後妻や問題を抱えた方の伴侶になる可能性が高いと思います」

「まぁ確かに」

「私はそのような生き方をしたいとは思いません。それが貴族令嬢としての義務というのであれば、先に貴族としての権利を放棄いたします」

もっとも、容姿が優れているだけでなく、魔法を発現した上に、妖精の恵みもうけているサラは、そこまで酷い相手と縁づく可能性は低い。しかし、ここはロバートを煽っておく必要があるので、悲惨な可能性を思いっきりアピールする。

「ですが、グランチェスター領と領民を愛する気持ちは持っております。父さんの生まれ育った土地ですし、ロブ伯父様も大好きです。それに、乙女たちのようなお友達もできました！」

「ありがとうサラ。僕もサラが大好きだよ。まぁ、エドはなぁ……、弟の僕がいうのもアレだけど……」

「下種野郎ですわね」

レベッカがロバートの発言を引き継いだ。

「レヴィ……はっきり言いすぎだよ」

「おそらく、ここにいる誰もが同じ思いなのではありませんか？　文官もメイドも、ロブ自身だって、あの男が侯爵になる日が遅ければ遅いほど良いと思っているでしょう」

「まぁそうなんだけどさ」

『あらら、エドワード伯父様ったら嫌われているわねぇ』

「サラの気持ちは理解したよ。正直、サラの独立には反対だけど、商会の設立はやるべきことだし、信頼できる人じゃなきゃ任せられないのは事実だ。ひとまずサラに任せることにしよう」

「ただ、どこまで祖父様に話すべきなのかが悩ましいです」

「確かに」

　ロバートとサラが頭を抱えていると、レベッカが提案した。

「正直に話したらいいのよ」

「はぁ、父上にそんなこと言ったら大騒ぎするに決まっているだろう」

「すべてを話す必要はないわ。『密かに備蓄を確保するために商会を設立する。グランチェスター家が直接経営するのは問題になるかもしれないから、信頼できる人物を商会長に据えて、自分は後見する形を取りたい』とだけ説明するの」

「なるほどなぁ」

「嘘を吐くわけじゃないでしょ？　言わないことはあるかもしれないけれど」

　レベッカが優雅に微笑むと、ロバートは少しだけ目線を泳がせた。

『あー、レベッカ先生綺麗だもんねぇ……。この二人って付き合っちゃえばいいのに。あぁでもレベッカ先生ってなんか事情抱えてそうだよね』

「伯父様、商会長の身分ですが、年齢は少し上くらいを用意していただけますか？」

「バレるんじゃないか。それ？」

「実は言い損ねていたのですが、私にも妖精のお友達ができまして」

「「「えーーーーーーーーーっ」」」

あ、みんな声を上げて驚いている。躾の行き届いたメイドは声こそ上げなかったが、目を見開いたり固まっていたりするので、やっぱり驚いているのだろう。

「なので、最悪は『妖精の恵み』ということで通せるんじゃないかと。どのくらいの年齢で成長が緩やかになるかは、人それぞれらしいので」

実際には十代後半の成長期が終わったくらいの状態を維持することが多いのだが、妖精は友人となった人間の希望も反映してくれるらしく、男性では三十代くらいで止める人もいる。

「サラ……後でお祝いするか？　それとも隠しておくか？」

「少なくとも独立して生活できるまでは隠しておきたいですね」

「確かにエドが何をするかわからないか。わかった。皆もこのことは内密に」

ロバートが周囲に口止めすると、全員が頷いた。

「あ、伯父様が後見してくださるということですし、商会設立直後の運転資金もご用意いただけますか？　私、それくらいは働きましたよね？」

「うっ……どれくらいの資金が必要かは別途相談とさせてくれないかな」

「はい。もちろん」

「それと新しい身分は作るけれど、サラ・グランチェスターとしての身分も残しておいてほしいな。エドが無茶を言ってきたら出奔《しゅっぽん》したってことにするから。名義だけとはいえ、姪を失うのはキツイよ。どうせなら僕の養女になっておかないかい？」

「伯父様が結婚されるときに問題になりそうですから、謹んで辞退いたします。商会の話が出たついでですので、今後の方針についてもご相談させていただいてよろしいでしょうか？」

「そっちの方が本題だと思うんだけどね」

「いえ、ここから先の話は、商会が無いと進めにくいのです」

「ふむ？」

ロバートが首を傾げる。

「グランチェスター領は、現金を稼ぐ必要があることは承知しているかと思います。そしてその現金はできるだけ外貨、つまり他領や王都から収入を得たいのです」

「うん。それはわかるよ」

「先日もお話ししたように、まずは乙女たちとエルマ酒を蒸留した『エルマブランデー』を造りたいと考えています。蒸留した後は樽に詰めて熟成させたいので、最低でも三年は掛かると思います。即金になるものではありませんし、そもそも成功するかもわかりません」

「まるで飲んだことがあるような言い方だねぇ」

『ぎくり』

「もちろん味見は、伯父様方にお願いしますね。三年後でも、私はまだお酒を飲める年齢には達していないので」

「まぁ当然だね」

「サラお嬢様の造られるお酒なら、きっと美味しいことでしょう」

「酒精が強いと聞いていますので今から三年後が楽しみです」

『おお、なんか男性陣のウケがいいな』

「ただ三年間じっと待つというわけにもいきませんので、エルマ酒も王都で販売しようと思います。これも以前お話ししたように、割れないような上質な瓶に詰め、輸送時や販売時でも品質管理を徹底させます」

するとベンジャミンが口を挟んだ。

「ポルックスも指摘していましたが、コストに跳ね返ってくると思います」

「はい。私もそう思います。そのため製造、輸送、販売、アフターサービスといったすべての工程を、新たに設立した商会が一括管理することで中間マージンを省くことを検討しております。同時にエルマ酒を差別化し、特別なエルマ酒として販売することも検討しております」

「エルマ酒は、どちらかといえば庶民の酒だと思いますが……」

「お手頃なエルマ酒と、高級品質のエルマ酒を分けて販売するのです。高級品質は年ごとに限定本数のみ販売とし、決して追加をしてはいけません。瓶やラベルにシリアルナンバーを入れてもいいかもしれませんね」

「それで高級品として売れるのでしょうか？」

「高級品と周りが認知することが重要なのです。厳選した材料、信頼できる製造工程、輸送や販売時の品質管理を証明し、他のエルマ酒とは差別化するのです。そうだ、ポルックスさんにエルマ酒を仕込む名人の方を紹介してほしいとお伝えいただけます？」

要するにサラが狙っているのは、グランチェスター産エルマ酒のブランディングである。

「そういえば伯父様は、エルマ酒は女性にも飲みやすいと仰ってましたよね？」

「うん。ほんのり甘くて飲みやすいから、エルマ酒を好む女性は多いよ」

「どちらの女性とエルマ酒を楽しまれたのかは聞かないでおきますが、貴族の女性にも受け入れられると思われますか？」

「いろいろ誤解があるような気もするけど、確かに貴族女性でも好きって人は結構いるね」

『やっぱりそうよね。前世でもシードルを好む女性は意外に多かった。あの炭酸が好きって友人もいた……ん？　炭酸？』

「伯父様、ワインから造られる発泡酒はないのですか？」

「ワインで？　聞いたことないな」

『ってことは、スパークリングワインはこの世界には無いんだ！』

「では絶対に炭酸入りのエルマ酒を売れるようにしましょう。女性向けにかわいらしい瓶に詰めても良いかもしれません」

ここで、サラの脳裏に数日前のやり取りが過った。

（え、この花瓶を手作りされているのですか？）

（彼女の父がガラス職人でして、彼女も子供の頃から色々作っているそうです）

『そうだ、ジェームズさんの婚約者はガラス職人の娘だ！』

「ジェームズさん、婚約者さんと、そのお父上を紹介してください！」

「へ？　あぁガラス瓶！」

「その通りです。できれば女性ウケの良い装飾的なものも作りたいので、婚約者さんの意見も聞きたいです」

「なるほど。承知しました」

そこで話を区切ったサラは周囲を見回して爆弾を落とした。

「そんなわけで、私はレベッカ先生とのお勉強と、商会経営、それに乙女たちとの製品開発でとても忙しくなる予定ですので、今後の執務のお手伝いは難しいかと思います」

「「ええぇぇ！」」

ロバートと文官が悲鳴のような声を上げて驚いている。

「伯父様には今朝伝えましたよね？　なんで二回目も驚くんですか。執務はもともと私のお仕事ではありませんし、祖父様に隠れてまで続けることではないです。もちろん相談は受け付けますが、それよりも商会運営を軌道に乗せる方が重要です」

「いや、でも急過ぎないか？」

「うーん……それじゃ、今期の決算報告書を作成するところまでは、ギリギリお付き合いします。でもそれ以上はダメです」

「そんな……」

「そろそろ思い出していただきたいのですが、伯父様も文官の方々も『アカデミー卒のエリート』ですよね？　そして、私は正真正銘八歳の小娘です！」

まさしく正論である。男性陣は肩を落としてがっくりしているが、女性陣は全員こくこくと頷いていた。

そんなロバートと文官たちに、サラは追い打ちをかけた。

「あ、パラケルススの実験室と秘密の花園は、グランチェスター家の私有財産ですが、こちらの使用料は商会から支払います。秘密の花園の植物ですが、こちらの収穫物は商会が一括買い上げで宜しいでしょうか？　元々打ち捨てられていた場所でもありますので、お許しがあれば譲渡という形でも構いませんが？」

「さすがに不動産譲渡は父上の許可がなければできないよ」

「ですよね。ひとまず料金は手形で支払いますが、利益が出るまでの間は換金を求めないでくださいね。あぁもちろん、伯父様が出資してくださる額次第では、即金で支払えるかもしれませんが」

「サラ、僕の懐を空っぽにする気なのかい？」

「いいえ。実験室や花園で商品開発を頑張りますし、伯父様には出資額に応じた配当をきちんとお渡しして懐を温めるつもりです」

「まぁ期待しておくよ」

『むぅぅ。ちょっと舐められてる。まぁ実績がないんだから仕方ないか』

「レベッカ先生にもきちんと伺っておかなければならないことがあります」

「何かしら？」

「学びに果てがないことは承知しておりますが、私の教育はどの程度の進捗なのでしょうか。どのくらい仕事に時間を割くことができるのでしょう」

「正直なところ、今の年齢に見合った教育は十分でしょうね。数学や経営学などに至っては、文官の方々の意見も伺うべきだとは思いますが、おそらくアカデミーを卒業されたばかりの方よりも優秀なのではないでしょうか」

「教授陣並みと言っても差し支えありません」

レベッカに対してジェームズが応答した。

「本当に優秀なのね。ただ、成人するまでに貴族女性が身に付ける教養全般となると、文学や歴史といった部分に不足があります。もっとも〝侯爵令嬢〟としての教養なので、サラさんが平民として生きていくのであれば不要かもしれません」

「なるほど。ではレベッカ先生には引き続き、不足を補っていただきたく存じます。教育を受けられない人の方が圧倒的に多いこの国で、無条件で学習する機会を与えられているのです。学習しないなんて、もったいないじゃないですか。それに乗馬も教えてくれるんですよね？」

前世の記憶では補えないことも多い。知識を貪欲に吸収し、スキルを身に付けていかなければ、サラの求める自由と生活レベルの維持は難しい。グランチェスター侯爵が許してくれている間に、可能な限り高い能力を身に付けるべきだろう。

「そうね。サラさんとは一緒に遠乗りしないとね。もっとも基礎学習の大半は必要ないと思うので、時間の余裕はできるでしょう。それに文学や歴史なんて一気に詰め込んでも覚えられませんから、ゆっくりやっていきましょう」

「はい、レベッカ先生！」

こうして、夜の自習室での密談は幕を閉じた。ロバートや文官はもう少し話をしたそうな表情を浮かべていたが、八歳の身体に睡眠というタイムリミットが来てしまったので強制終了となったのだ。うとうと眠ってしまったサラを抱え上げて部屋まで送っていったロバートは、「僕はたぶん結婚できないと思うんだ。本当に僕の娘にならないかい？」と呟いたが、その発言は誰にも聞かれることはなかった。

グランチェスターの人間

翌朝はレベッカがサラの部屋に直接訪れた。

「おはようございますレベッカ先生。朝からどうされましたか？」

起き抜けの目を擦りながらレベッカに挨拶し、訪問の理由を尋ねた。

「おはようございます。サラさん、今朝は侯爵閣下も朝食をご一緒したいそうよ。たぶんロブも同席するわ」

「そうなんですね、昨日も伯父様が一緒でしたし、朝食はしばらく賑やかそうですね」

ベッドから起き上がり、マリアが用意してくれた水で顔を洗う。レベッカはソファーに座って、身支度中のサラに話しかけた。

「サラさん、魔法の発現を侯爵閣下にお知らせしましょう」

「遅かれ早かれ魔法の発現は伝わってしまうでしょうから、先に自己申告しておくのは良いかもしれないですね」

レベッカは物分かりの悪い子供に言い聞かせるような口調になる。

「まだ自分の価値を正しく理解してないようね。私の伝え方が悪かったのかしら」

「全属性を持っていて、妖精の友人もいる自分が希少な存在であることはレベッカ先生から教えていただきました」

「希少ねぇ。まぁその通りではあるんだけど、現在、この国において全属性持ちなのは、サラさんを除けば畏れ多くも国王陛下と王太子殿下のお二方のみってことも話したわよね？」

「はい。伺いました」

「加えて、今の王室の方々の中には、妖精と友愛を結ばれた方はいらっしゃいません」

ここに至り、やっとサラは自分が置かれている危険な状況を認識しはじめた。

「もしかして、妖精の恵みを受けた全属性持ちって私だけってことですか？」

「理解していただけたようで何よりね。サラさんは、私など足元にも及ばないほどの稀有な存在よ。生き方を自分で決めたいのなら、秘匿すべきことは徹底して守らないと。このままではエドだけじゃなく、王室や教会から囲い込まれてしまうわよ」

身支度を終えたサラはレベッカの座るソファーに移動し、優雅に腰を下ろした。

「正直、そこまでとは思っていませんでした。どうしたらいいのでしょう……」

「魔法を発現したことは既に知られていると思った方がいいわ。でも全属性ってことは隠すべきでしょうね」

「どの属性を申告すべきでしょうか」

レベッカはしばし考えるような仕草を見せた。

「そうねぇ。既に風属性や土属性の魔法は色々な人が目にしてしまっているから申告は避けられないわよね。あとはグランチェスター家に多い火属性と、最初に発現した水属性も隠し通すのは難しいのではないかしら」

「難しいでしょうか？」

「だって便利だから。サラさん使っちゃうでしょ？」

「確かに」

サラは頷かざるを得ない。なにせ下男に任せれば済むはずの草刈りに、さっさと魔法を使ってしまったのだから。

「四属性を発現ってだけでも凄いのだけど、他にいないわけではないわ。アカデミーの学生の中にも数人はいるでしょう」

「それでも、かなり貴重な人材って感じになっちゃいませんか？」

「確かにそうだけど、サラさんは女性だから使える魔法そのものに期待はされないはずよ」

「魔法を発現しているのに、使うことは期待されないのですか？」

魔法を発現してるのに使うことを期待されないとは、なんとももったいない話だ。しかし、確かに貴族女性が魔法で草刈りをするなどは考えにくい。

「残念ながら貴族女性が魔法を使う場がないのよ。例外は光属性の治癒くらいかしら？」

「聖女ということですか？」

「教会では治癒魔法が使える女性を聖女と呼んでいるけど、治癒魔法が使える男性は神官なのだから、女性も神官で良いとおもうのだけど……」

「そのあたりは、男性のロマンということにしておきましょう」

「ふふっ、サラさんにかかれば教会も形無しね」

「別に貶めているつもりはないのですが……」

「ともかく、四属性以外は隠しましょう。妖精の恵みについては、ギリギリまで隠しておいた方がいいと思うわ。せいぜい十五年くらいが限界でしょうけど」

「わかりました。レベッカ先生の仰る通りにします」

するとそれまでの深刻な雰囲気を吹き飛ばすように、レベッカはいたずらっ子のような微笑みを浮かべた。

「それでね、たぶん侯爵閣下はサラさんに、お祝いをくれるって言い出すと思うの」

「どのくらいのおねだりが許されるんでしょう。現金とかダメですよね」

「もちろんダメです。魔法の発現のお祝いとして家長から受け取ることが多いのは土地や邸なのよ。あるいは価値のある魔石や宝石、美術品もあるわね。自分の財産を持っている女性は、嫁いでも婚家で蔑ろにされにくいですし、仮に離縁されたとしても生活に困りませんからね」

「魔法の発現って、そこまで価値があるものなんですか⁉」

「ええ、その通りよ。だからね、サラさんは侯爵閣下に、パラケルススの実験室のある塔と周辺の土地の権利をおねだりしてみたらどうかと思うの」

『そ、そんな奥の手があったか‼』

「そんなこと許されるでしょうか？」

「ロブが余計なことを言わなければ、ただの打ち捨てられた塔と庭だもの。『グランチェスター領に自分のものだと思えるものが欲しい。せっかくなら曾祖父様が遺された塔で勉強したり、魔法を練習したりしたい』って言えばいいんじゃないかしら？」

「資料の調査という名目で、人を雇う許可ももらえれば完璧ですね」

「そのくらいなら、クロエのドレスやアクセサリー代より安いと思うに違いないわ」

　サラとレベッカは顔を見合わせて腹黒い笑みを浮かべ、手を繋ぎながら朝食が用意されたコンサバトリーへと向かった。

サラとレベッカが朝食のテーブルに着くと、庭の方からグランチェスター侯爵とロバートがやってきた。

「祖父様、伯父様、おはようございます。気持ちの良い朝ですね」

「ああ、おはよう」

「父上と僕は、騎士団の訓練を見てきたんだ」

「それでお庭からいらしたのですね。騎士団の方々は朝が早いのですね」

「朝食前の訓練だ。今朝は怠けている者がいないかと、抜き打ちで見学をしてきた」

どうやら侯爵は、疑心暗鬼になり、あちこちで抜き打ち検査を行っているようだ。信頼していた部下の横領が、随分と影を落としているらしい。

「騎士団の方々の働きぶりはいかがでした？」

「怠けてはいなかったが、少々気の緩みがありそうだな。魔物が活発化する季節までには、引き締めておくよう団長に申し渡してきたところだ」

「父上は厳しすぎるのでは？」

「何を言うか。領民を守るべき騎士団に、気の緩みなどあってはならん」

どうやらグランチェスター侯爵は、大変真面目な性格をしているらしい。王都にいる間は、侯爵の仕事ぶりを見る機会などほとんど無かったため、サラは改めて祖父の為人《ひととなり》に触れたような気がしていた。

「祖父様、実はお伝えしたいことがございます」

「ほう」

「実はレベッカ先生のご指導により、魔法が発現いたしました」

「うむ。その話は聞いている。複数の属性が発現したとか」

『やっぱりバレてたか。レベッカ先生、ナイス』

「火、風、水、土の四属性を発現いたしました」

「四属性だと⁉」

どうやらそこまで詳しい報告は受けていなかったらしく、侯爵は驚いた表情を浮かべる。ロバートもサラの属性を知らなかったため、一緒に驚いている。

「てっきりアーサーと同じく火と風のみだと思っていたが、よもや四属性とはな。娘であることが惜しまれてならん」

「そのようなことをサラに言うのは酷です」

「確かに言っても詮無きことであったな。すまぬサラ」

『私を理解しているはずの伯父様ですら、私が女性であることを酷だと言うのね。この世界は本当に男尊女卑が当たり前なんだなぁ』

「いいえ、気にしておりません」

これ以外の言葉を返しても意味がないことを、サラもレベッカも正しく理解していた。更紗の頃でさえ、男性優位の社会で生きていくことの難しさを痛感していたのだ。今更このくらいのことで傷ついたりはしない。

「ふむ。ところでサラ。魔法発現の祝儀を渡そうと思うのだが、欲しいものはあるか？」

「私を引き取って教育を施してくださっているだけでも十分です。これ以上、何を要求していいのかわかりません」

このあたりの駆け引きは、レベッカとのマナー教育できっちり習得済みである。

「それは祖父として当たり前のことだ。サラが気にすることではない。魔法の発現に祝儀も渡さないなどグランチェスターの名折れだ。何か欲しいものを言いなさい」

「父や伯父様方はどのようなものを頂いたのでしょう？」

「土地だね。エドは王都の土地、僕とアーサーはグランチェスター領の土地だ。アーサーは家を出るときに僕に譲渡していったけどね。だからサラも土地や邸を賜るといいよ」

「そうだな。サラにも不動産を譲渡すべきだろう」

『よし、言質は取った』

「では祖父様、私にパラケルススの実験室のある塔を敷地ごといただけますか？」

「それはまた、随分懐かしい名前だな」

「グランチェスター城の中に、自分のものだと思えるものが欲しいのです。曾祖父様が手を掛けられた建物だと伺いました。グランチェスター家とのつながりを強く感じられる場所でお勉強や魔法の訓練をさせてください！」

横にいるロバートは事情を知っているので、目を泳がせている。どうやら反対する気は無いらしい。

「ふむ。父上は王都で名を馳せたパラケルススという錬金術師と、いろいろな実験をしていたようだ。パラケルススが行方知れずとなり、父上も亡くなったため閉鎖したが……あのような塔でよければ構わんぞ」

『してやったり！』

「ありがとうございます。中にはいろいろ資料などもありそうですし、整理したり調査したりする人を雇っても良いでしょうか？」

「数名であれば構わん。好きにするがいい。クロエがねだるドレスや宝石よりもよっぽど安上がりだ」

『わー、レベッカ先生、読みがピッタリ当たってるよ！』

「ロバートよ、サラの新しい使用人にかかる人件費と塔の修繕費は、領ではなくお前が出してやれ。アーサーから譲られた土地の収益で十分賄えるだろう。本来であれば、サラが受け取るべき土地でもあるしな」

「これまでの土地の収益で十分賄えますね。それに加えて、僕はアーサーの土地を祝儀としてサラに渡しますよ。今後も継続して使用人を雇用するのであれば、この土地からの収益を使うといいよ」

「なるほどな。お前がそれで構わないのであれば、サラに譲り渡してやると良い」

「はい。父上」

ロバートは意味ありげにサラに目配せし、清々しい笑顔を浮かべた。

『伯父様は塔の価値をわかっていて、私に譲ってくれたんだ……』

「祖父様、伯父様、ありがとうございます」

気付いたらサラは泣いていた。泣くつもりなどなかったのに、勝手に目からハラハラと涙が零れ落ちる。前世の記憶が戻ってから初めての涙であり、サラとしても母が亡くなって以来だろう。

「サラ、泣かないでくれるかい？」

ロバートは席を立ってサラに歩み寄り、椅子からサラを抱き上げた。

「だって、嬉しいから……。やっと本当にグランチェスターの人間になった気がして」

『そっか。私はグランチェスターの人間になりたかったんだ。貴族になりたいわけじゃなくって、家族の一員として認めてもらいたかったんだ』

あまりにも前世の記憶が強いために忘れてしまいがちだが、サラの中には八年間この世界で生きてきた少女もちゃんと存在している。少女のサラと前世の更紗が、ようやく一つになった瞬間でもあった。

「サラよ、お前はアーサーの娘で私の孫だ。紛れもなくグランチェスター家の人間だ」

「うん、僕の可愛い姪っ子だよ」

「はい……、祖父様、伯父様……」

ふとレベッカに目をやると、まるで眩しいものを見るような目をして微笑んでいた。

意外なところにチートが潜んでいた

収穫は大きかったが、ちょっぴり恥ずかしい朝食の時間を終えると、レベッカとサラは音楽室に移動した。淑女の嗜みの一つに室内楽の演奏というものがあり、いくつかの楽器を演奏できるようになっておく必要があるのだそうだ。

不思議なことに、この世界の楽器は前世と非常によく似ていた。部屋にはグランドピアノのような楽器が置いてあったが、鍵盤蓋を開けてみれば黒鍵と白鍵があり、更紗時代のグランドピアノにしか見えない。

「この楽器は〝ピアノ〟よ。これを作れる工房は、この国に一軒しかないせいで、貴族の家でも置いているところは少ないわ」

『え、名前もピアノなの⁉』

「希少な楽器なのですね」

「このピアノはグランチェスター侯爵閣下が、奥様のために特別に注文されたそうなのだけど、完成する前に奥様が儚くなってしまわれたので、ほとんど弾く人がいないままここにずっとあるそうよ」

「もったいないですね。でも祖父様が大切にされているのであれば、弾いてはダメですよね？」

「いいえ。侯爵閣下は誰かに弾いてほしいそうよ。息子たちは三人とも音楽的な素養は全然なかったから」

「なるほど」

レベッカは屋根を上げて突き上げ棒で支えると、鍵盤前の椅子に座った。足元に三つのペダルがあるところまで、そのままである。

「職人が定期的に調律しているそうだから、すぐに弾けるわ」

レベッカは訥々《とつとつ》とピアノを弾き始めた……というより端から音階をなぞった。これまでレベッカは大抵のことを素晴らしい腕前で披露することで優れた見本を示してくれていた。そのせいでピアノも華麗に弾きこなすことを期待してしまっており、サラはちょっぴり残念な気持ちになった。

「何か演奏はされないのですか？」

「実はピアノは得意ではなくて……。でもサラさんが興味を示していたので説明だけでもと」

ちょっぴりレベッカの顔が赤い。どうやら苦手なことにチャレンジさせてしまったらしい。

「私も弾いてみていいでしょうか？」

「もちろんよ」

サラが鍵盤の高さに合わせて椅子を調節していると、マリアが隣室にいた音楽室の専属メイドを呼び、ピアノの補助ペダルをセットした。

『うわ、補助ペダルとか本格的。これって前世持ちの人が開発したのかな？』

座ってみると妙に落ち着いてきた。

『あれ……更紗の頃の私って、ピアノ習ってたかも』

仕事に関係しない部分の記憶はぼんやりとしか思い出せていなかったはずなのに、ピアノの前に座った瞬間に、子供の頃にピアノ教室に通っていた記憶がぐるっと脳内を駆け巡った。

ぐるぐるとした前世の記憶ラッシュが落ち着くのを待ち、少しだけ乱れた呼吸を整える。サラの様子がおかしいことに気付いたレベッカが声を掛けようとした瞬間、サラは腕を上げてピアノを弾き始めた。

それはベートーベンのピアノソナタ第十四番 嬰《えい》ハ短調「幻想曲風ソナタ」、いわゆる「月光」と言われる曲だった。

『あれ、おかしい……私こんなにピアノ上手じゃなかったはず。この曲だって好きだから練習してみたけど、全然指動かなかったはずなのに』

更紗の頃には子供の習い事レベルの腕前でしかなかったはずなのに、サラの指は脳内でイメージした通りの演奏を難なくこなしている。暗譜していたわけでもないのに、何故か身体がきっちりと曲を覚えているかのような演奏になった。

『え、え、え、まさかここにきて音楽チート⁉』

若干パニックになりつつも、第一楽章を弾き終えて立ち上がった。振り返るとレベッカの顔は貴族的な笑顔を浮かべており、マリアと音楽室のメイドは目を真ん丸にしたまま固まっていた。

「サラお嬢様はピアノの経験者でいらっしゃったのですね。そのお歳でなんと素晴らしいのでしょう！」

ショックが過ぎると、音楽室のメイドは涙を流し始めた。

「え、どうなさったの？ 何故泣いているのですか⁇」

メイドがさめざめと泣いているのを見れば、サラも冷静ではいられない。具合でも悪いのかと、慌てて駆け寄った。

「このピアノは誰にも弾かれることなく、ここでずっと演奏者を待ち続けていたのです。やっと運命の相手に巡り会ったようです」

「え、そんな大袈裟な話ではないですよね？　私は試しに弾いてみただけです」

　すると背後からレベッカも声を掛ける。

「サラさん、その説明は無理があると思うわ。お嬢さん、名前を教えてくれるかしら？」

「わ、私はジュリエットです」

「そう。ジュリエット。サラさんは多才な方だから、ピアノだけで泣くほど驚いている場合ではなくてよ。他にもどんな楽器があるか見せていただけるかしら？」

「は、はい。承知しました」

　ジュリエットは、楽器のしまってある戸棚へと移動し、革製のケースを運んできた。その形から、たぶんヴァイオリンのような楽器であることが予想できた。

「こちらは〝ヴァイオリン〟です。ちょっと古いものなのですが、試し弾きされるのであれば、弦を張らせていただきますし、弓と松脂《まつやに》もご用意いたします」

「いいえ、私にこのヴァイオリンは大きすぎます。もう少し成長してからでないと無理でしょう」

「確かに、仰る通りですね」

『やっぱりヴァイオリンかぁ。これは絶対に前世持ちの仕業だ。しかも職人の！』

　ヴァイオリンを持ち上げて矯めつ眇めつすると、くびれの部分がシェイプで駒の下のふくらみが大きい。ｆ字孔はやや歪である。

『うん、なんかヤバい予感しかしない。まさかね……ボディーの中にＩＨＳのロゴあったりしないよね？』

サラはヴァイオリンを習ったこともなければ、詳しい知識もないはずなのだが、『デル・ジェズ？』などよくわからない知識が、脳内にぐるぐるしはじめた。

『あれぇ？　なんだろうこの知識、昔本で読んだりしたのかな。なんかヤバそうなチートが発動してるかも？』

「サラさんには、子供用のキタラあたりを練習してもらおうかと思ったのですが……その調子だと不要かもしれませんね。貴族令嬢にピアノをあそこまで弾きこなす方は見たことがありませんから」

「オルソン令嬢、ピアノはどこのご家庭にもあるものではありませんので、子供用のヴァイオリンとキタラをお持ちします。管楽器もいくつかございますが、サラお嬢様の体格では、少々重いかもしれません」

「そうね、お願いしようかしら。それと、私のことはレベッカと呼んでちょうだい」

「承知しました。レベッカ様」

ジュリエットが持ってきた子供用の楽器を試した結果、ヴァイオリンはプロ並みに演奏できてしまったが、キタラは子供らしく拙《つたな》い演奏しかできなかった。

『もしかして更紗の頃に見たことがあって、演奏をイメージできるものじゃないとだめなのかな？』

「ひとまず、ピアノとヴァイオリンがそこまで弾けるのであれば、音楽の練習にあまり時間を割く必要はないかもしれませんね」

レベッカの発言にショックを受けたのはジュリエットであった。

「そ、そんな、折角こんなに素晴らしい奏者がいらっしゃるのに。演奏されないなんて。後生《ごしょう》でございます、どうかお暇があれば、こちらに立ち寄ってピアノを演奏していただけないでしょうか？

このままではピアノが可哀そうです」

「いいわよジュリエット。私でよければ弾かせてもらうわ。それほど頻繁には無理だと思うけど、ピアノの演奏を趣味にするのは悪くない気がするもの」

サラは絵画の才能が全くなかったため、自分には芸術面の才能はないのではないかと思っていた。

しかし、意外にも音楽はチートと呼べるレベルの才能があったことが判明し、こっそり胸をなでおろした。

『よかった。ひとまず貴族令嬢の趣味にできそうなことがあったよ！』

「ところでレベッカ先生、歌唱はご指導いただけないのでしょうか？」

「サラさん……とても言いにくいのだけど……私、音痴なの……」

「あ、そうなのですね……。それは、その、失礼しました」

部屋の中に微妙な空気が流れる。

『あれ、もしかしてレベッカ先生って音楽そのものがダメだったりする……？』

そこにジュリエットが助け舟を出した。

「サラお嬢様、試しに歌ってみませんか？」

「あまり歌を知らないの。グランチェスター家に引き取られる前は、近所のお友達と歌ったこともあるのだけど、貴族令嬢としては口にできないような内容なのよね」

「確かに俗歌って楽しいですよね。子供が歌う気持ちはよくわかります。ちょっと内容は問題あるものも多いですけど。レベッカ様、差し出がましいかもしれませんが、私がいくつかサラお嬢様に歌を捧げてもよろしゅうございましょうか？」

「あら、それはとても助かりますわ。サロンで歌うことになるかもしれませんので、何とかしなければと思っていたところですの」

「では楽譜を用意してまいります」

いくつかの楽譜を取り出してきたジュリエットは、ピアノの譜面台に楽譜を置き、さらにピアノの脇にある譜面台の高さをサラの身長に調節してから歌唱用の譜面を置いた。

『あ、良かった五線譜だ。これならわかる』

おそらく過去の転生者か転移者の功績だろう楽器や楽譜に感謝しつつ、サラは譜面台の前に立った。ジュリエットは補助ペダルを外してから椅子に腰かけ、ピアノを弾きながら歌い始めた。

ジュリエットはやわらかいメゾソプラノであった。どうやら子守唄のようだ。

「眠れ眠れ可愛い子　神の御手に触れぬよう　見知らぬ星に落ちぬよう
眠れ眠れ可愛い子　神の御業に触れぬよう　私の許から去らぬよう
眠れ眠れ可愛い子　神の威光に触れぬよう　決して賢者にならぬよう」

『んーー？　神から逃げろってこと？　賢者ならなっても良さそうなのに』

前世でも子守歌には含みを持たせたような不思議な歌詞が多かったが『それにしても変な歌詞だな』とサラは思った。

ジュリエットが歌い終わった後、サラも同じ歌を歌ってみた。なんとなく予想はしていたが、合唱団か聖歌隊を彷彿《ほうふつ》とさせるエンジェリックヴォイスであった。サラの歌声にジュリエットは再び滂沱《ぼうだ》の涙を流し、レベッカもマリアも聞き惚れた。

『うんうん。貴族令嬢の特技として十分よね』

周囲の反応を見てサラは暢気にそう思った。

「レベッカ先生。楽器演奏や歌唱を趣味とされている貴族令嬢もいらっしゃいますか？」

「ええ、たくさんいるわ。でも……」

レベッカの顔色があまり良くない。

「私の演奏や歌ではダメでしょうか？」

「素晴らしすぎて、趣味と呼べないレベルだと思うの。気軽に披露すると面倒なことになりそうな気がするわ」

『な、なんですと⁉』

この発言にマリアとジュリエットもこくこくと頷いている。レベッカはため息をつきながら、

「その話は昼食のときにでもしましょう」とだけ言ってこの話を中断させた。

その後もジュリエットからいくつかの歌を教えてもらったところで、午前中の授業時間は終わりとなった。サラはジュリエットに今後もピアノを演奏しに立ち寄ることを約束し、音楽室を後にした。

サラは移動しながらつらつらと考えた。

『真っ先に教えそうな讃美歌をジュリエットは教えなかった。たまたま？　それとも意図的に宗教色を避けた？　そもそもこの国の宗教のことを私は知らない。もしかしたら私を転生させたのは、

この世界の神かもしれないのに……』

昼食はレベッカとサラの二人だけで、庭にある見通しの良い東屋でとることにした。給仕のメイドやマリアもすべて下がらせ、完全に二人きりだ。四方を見渡せるため、会話を他の人に聞かれる心配もない。

「レベッカ先生。私の演奏や歌で『面倒なことになりそう』というのはどういうことなのでしょうか?」

「サラさんがピアノやヴァイオリンを演奏すれば、必ず評判になるでしょう。本格的な社交界デビューはまだ先でも、貴族の子供たちを集めた演奏会などは頻繁に開かれているから、そのうちサラさんも呼ばれるようになるはずよ」

「私の身分は平民ですし、貴族に知り合いはいません。それでも招待されますか?」

「貴族社会は狭いから、サラさんを引き取ったことは次のシーズンには話題になるはず。グランチェスター侯爵の孫だから、貴族として振舞うことを表立って咎める人もいないわ。おそらく侯爵閣下か小侯爵夫妻を経由して招待状が届くでしょう」

「グランチェスター領に引きこもっていたらダメでしょうか?」

「あまり領に引きこもったままでいると、侯爵や小侯爵夫妻がサラさんを蔑ろにしていると陰口をたたく人も出てくるでしょうね」

『なんてこと! 平穏無事に独立資金を貯める予定だったのに』

この国の貴族は社交シーズンを中心に回っている。春に王都で議会が開かれるため、各地の領主や役職を持った貴族たちは冬の終わりまでに王都に集まってくる。この議会の開催期間を社交シーズンと呼び、夫婦同伴の舞踏会、女性たちが集まるお茶会、男性が集う狩猟大会などが開催されるのだ。

ちなみに、領主たちは議会が開かれる前に自領の収入を申告して納税を済ませる必要があるため、会期よりもかなり前から王都入りするのが普通だ。

王都に集まる貴族たちは大抵家族を同伴するため、成人を迎えた子息や令嬢は社交シーズン中にいずれかの舞踏会に参加して社交界へデビューする。必ずしも成人した年にデビューする必要はないが、女性は行き遅れる前に顔を売ろうと成人した年にデビューすることが多い。

初夏には議会も終了し、王室主催の大々的な舞踏会で社交シーズンは幕を閉じる。領主たちはそれぞれの領地に引き上げるが、そのまま王都に残る貴族も増えており、社交シーズン以外でも、王都では頻繁に舞踏会やお茶会が開催されるのだという。

また、若い世代を中心に、夏場は避暑と称して比較的涼しい地域の友人宅を訪問する習慣もある。社交シーズンに王都で出会った男女が、避暑地で再会して縁を深めるケースも多い。ただし、仲が深まり過ぎて結婚を急がざるを得なくなったり、身分違いの恋で悲劇がうまれたり、時にはひと夏の恋に落ちたりするので避暑地では注意が必要だ。

「理由を付けて王都に行かなかったとしても、どうせ晩秋にはグランチェスター領で狩猟大会が開催されるわ。参加者の大半は男性だけど、その間に女性や子供たちでお茶会や演奏会をすることが多いわ」

そう、領地に戻ったからといって社交が必要なくなるわけではない。秋や冬にはそれぞれの領地で狩猟大会を開催することは、領地をもつ上位貴族の義務のようなものなのだ。

「つまり祖父様や伯父様に招待された貴族の方々をもてなさないといけないのですね？」

「その通りよ。グランチェスター家の一員として過ごすのであれば、子供であってもその義務から逃れることはできない」

「でも、伯母様が主催されるんですよね？」

「困ったことにエドとリズは、いろいろ理由を付けて王都をほとんど出ないのよ。おかげでグランチェスター領では狩猟大会も、舞踏会も、お茶会も年に一回しか開催されないわ。終われば早々に王都に戻ってしまうから」

「別に良いではありませんか。その分、王都の邸でいろいろ主催していらっしゃいましたよ？　私は子供だったので参加したことありませんでしたが」

「サラさんがいると、クロエが目立たなくなってしまうものね。リズの性格を考えれば、然もありなんといったところね」

「伯母さまがそのようにお考えでいらっしゃるなら、私はあまり社交の場に出ることも少ないのではありませんか？」

レベッカはため息をつく。

「おそらく年に一度か二度は社交の場に連れていかれるはずよ。リズは悪評を放置できるタイプじゃないもの。そこでサラさんがピアノやヴァイオリンの演奏を一度でも披露してしまえば、おそらく色々な場所から招待されることになるでしょう。あまりにも評判が高ければ、王室からもお声が掛かるかもしれないわね」

「手を抜いて演奏すれば……」

「サラさん、手を抜いて演奏する自信ある？」

「あぁ……えっと、どうでしょう……」

そう、演奏中のサラは音楽に没入してしまい、あまり周囲が見えなくなってしまうのだ。実はピアノやヴァイオリンの演奏中、何度かレベッカはサラを止めようとしたらしいのだが、いつもならすぐにレベッカの仕草に気付くサラは、それにまったく気付かなかった。

「自信ありません……」

「それは、もう音楽家というか芸術家の宿命のようなものだから諦めるしかないわ」

しょんぼりと返事をしたサラに、レベッカもこの才能を隠すことを諦めるしかなかった。

「それに、リズがサラさんの才能を知ったら、おそらく演奏会を開きまくるはず。あの人は目立つことが大好きだから、たぶん『姪っ子を大事に育ててます』アピールをしながら、サラさんを見世物みたいに引っ張りまわすと思うの。そのせいで、自分の娘が劣等感でヒステリーを起こしたとしてもね」

「あ、それは想像しただけでイヤですね」

見世物にされるのもイヤだが、クロエからのイヤガラセがエスカレートする未来しか見えないのがもっとイヤだ。

「魔法の発現と同じように、サラさんの才能が見つかってしまえば、必ずエドやリズは利用しようとするわ。貴族ってそういう生き物だもの。そして、サラさんが目立つ存在になれば、いずれ妖精の恵みを受けていることも露見してしまうでしょうね」

妖精の恵みを受けているということは、強い魔力の持ち主であることを意味する。つまり何らかの属性の魔法が発現している可能性が高いということだ。そして注目されていれば、うっかり全属性を持っていることがバレてしまうかもしれない。

「それはとても危険ですね」

「だから人前でピアノやヴァイオリンを演奏したり、歌ったりしないことを強くお勧めするわ」

「それで通用するでしょうか？」

「自分でいうのもアレなんだけど……リズは私の音楽の能力をよく知ってるから……」

「から？」

「サラさんには、きちんとした音楽教育はできていないと思ってるはず」

「なるほど」

レベッカは少々顔を赤らめつつ、諦めたように言葉にした。

『やっぱりコンプレックスだったんだ。私の絵画能力みたいなものね』

「だからね、キタラあたりをもって拙い演奏をしてくれれば、年齢相応に見てもらえるんじゃないかと思うの。それでも私の演奏よりはだいぶ上手なんだけど……」

『あぁ、先生が自分の傷口に塩ぬっちゃってる！』

「とりあえず、魔法でも音楽でも目立たない方向で頑張ります。そして、できるだけ早くグランチェスター領に戻ります」

「王都には私の家もあるから、サラさんがいつ訪ねてきても良いように手配しておくわ。隠れ家にはできるんじゃないかしら」

「ありがとうございます」

昼食を終えたところで、レベッカは手元のベルを鳴らして下げていたメイドたちを呼び、サラに乗馬服を着せるようマリアに指示した。

「今日の午後は歴史のお勉強の予定では？」

「予定を変更しましょう。本邸とパラケルススの実験室の間には距離があるから、馬で移動できるようにしておく方が良いんじゃないかしら。まずは私と一緒に馬に乗って、乗馬の感覚に慣れていきましょうか」

「はい！」

どうやら午後も、なかなか楽しい時間になりそうだ。

貴族女性としての生き方

本邸から歩いて数分の馬房では、すでにレベッカが自分の馬に馬具を装着していた。貴族女性がドレスで騎乗する際に使用するサイドサドルではないため、レベッカはパンツスタイルの乗馬服に身を包んでいる。もちろんサラに指示されたのも同じくパンツスタイルだ。

「お待たせしてしまったでしょうか？」

「大丈夫よ。そんなに待っていないわ」

「ご自分で馬具を装着されるのですね。馬丁の仕事なのかと思っていました」

「普通の貴族は男性でも馬丁にやらせる人が多いわね。でも、私はこの子を構うのが好きなの。ブラシも自分でかけるのよ」

「挨拶させてくださいとても綺麗な馬ですね」

レベッカは頷いて、馬房の柵へとサラを近づけた。レベッカの馬は栗毛で、サラブレットよりもトラケナーに近い姿をしている。

「この子はロヴィ。女の子が大好きな困った牡馬だから、ロブから名前をちょっとだけもらったの」

「よろしくねロヴィ。あなたって素晴らしく綺麗よ」

するとロヴィは、撫でろとばかりにサラに顔を寄せた。サラが鼻先を撫でると、満足そうな顔を浮かべる。

「確かに女好きっぽい感じしますね」

「でしょう？」

いたずらっ子のように微笑みながら馬を撫でるレベッカは、十代の美少女にしか見えない。つくづく妖精の恵みの凄さを感じてしまう。

『それにしてもロブ伯父様の名前ねぇ……』

レベッカはサラを抱え上げてロヴィに乗せ、レベッカ自身はその後ろからサラを抱えるように騎乗した。そのまま二人は、常歩《なみあし》で馬房の脇にあるトラックを回り始めた。

「サラさん、バランス良いわね」

「実は馬車用の馬には、何度か乗ったことがあります」

「アーサーが教えたの？」

「いいえ、勝手に乗ってたら、呆れた母が教えてくれました」

「そういえばアデリアは、アーサーよりも乗馬が得意だったわね。昔、アーサーとロブと私で遠乗りに行ったとき、アーサーったらキツネに驚いて落馬したのよ。本人は魔物だったから馬が驚いたって主張してたけど、どう見てもキツネだったわね」

「確かに父って見栄っ張りなところありますよね」

「特に女性の前では、ね」

「つまり、良く似た兄弟？」

「その通り！」

サラの様子を見て大丈夫だと判断したレベッカは、次第に速歩《はやあし》から駈歩《かけあし》へと速度を上げていく。

「慣れてきたみたいだから、そろそろ外に出ましょうか」

「はい！」

いま、グランチェスター領は初秋を迎えている。木々は少しずつ色づき始めているが、まだまだ緑濃い森の中を、サラとレベッカは馬で駆けていた。正確には森を切り拓いて作られた街道を山脈方面に進んでいた。

そのまましばらく駆けると、切り立った岩に囲まれた小さな泉に到着した。サラとレベッカは馬から降り、泉を覗き込んだ。澄んだ水が滾々《こんこん》と湧き出ており、周囲には色とりどりの花も咲いている。そして、ここにもたくさんの妖精が住んでいた。

「私はこの近くでフェイに出会ったの」

「グランチェスター領に住む妖精だったのですね」

「ええ。この近くでアーサーが落馬したとき、私は必死にアーサーを助けなきゃって思ったの。凄く出血していたし、気絶もしていたから。ロブが城にもどって大人たちを呼んでくるまでの間、私は気絶したアーサーの横に座って、ひたすら創世の神に祈りを捧げていたの」

「先程伺った父が落馬した時の話ですね？」

レベッカは頷いた。

「祈りが神に通じたのかどうかはわからないけど、突然光属性の治癒魔法が発現してアーサーを治療できたのよ。本当に初めての魔法発現だったから、魔力の制御も全然できていなくて、近くでお昼寝をしていたフェイを驚かせてしまったの。飛んできて文句を言われたんだけど、気が付いたらお友達になってたわ」

「レベッカ先生は、父の命の恩人だったのですね」

「放っておいても助かったかもしれないけど、確かに怪我を治療したのは私ね。実は腕もポッキリ折れてて、かなり魔力を持っていかれたのよ！」

「それなのに、うちの父ったら先生に恩返しもせずに駆け落ちした挙句、馬車とはいえ結局馬で早世しちゃったのですか……。つくづく勝手な父ですみません」

少女のような素の微笑みを浮かべ、レベッカはサラの頭を優しく撫でた。

「だけどそのおかげで、こんなに可愛い教え子に出会えたわ。妖精たちも喜んでいるしね。人の生死は人が自由にできるものではないということなのでしょう」

レベッカは泉の近くにある小さな岩に腰かけた。泉を見つめる仕草をしているが、よく見れば遠い目をしている。おそらく泉ではなく、過去を思い出しているのだろう。サラは思い出の邪魔にならないよう、そっと沈黙を守った。

「ねぇ、サラさんは本当に貴族として生きていかないの？」

「私は平民ですから」

「それは簡単に解決できる問題よね？　ロブの養女になっても良いじゃない」

「私、自分の生き方は自分で決めたいです。それが貴族女性には酷く難しいことも知っています」

「全属性の魔法に適性があって、妖精の恵みを受けていることを明らかにすれば、融通されることも多いのではないかしら？　サラさんならエドやリズのことも手玉にとれてしまうんじゃないかって思うの」

「そうかもしれませんね。頑張れば教会や王室とも上手く取引できる可能性もないわけではありません。それでも私が望むものが得られるかは微妙かなって思っています」

レベッカは首を傾げてサラを見つめた。

「サラさんが望むものは何かしら？」

「望むものはたくさんありますが、結局は『自分のことを自分で決める自由』を求めているのだと思います。たとえば魔法が発現した時、みんな喜んでくれました。祖父様やロブ伯父様に至っては、不動産を譲渡してくれる程ですから」

「そうね」

「でも誰一人、魔法を見せてほしいとは言わなかったんです。当然ですよね。女性はアカデミーに通えないし、魔法を使うことも期待されていないのですから」

サラは立ち上がって泉に手を翳すと、泉に溜まっていた水がサラの手元で球状に浮き上がった。念を込めるように「ウォーターアロー」と呟くと、水球はいくつもの小さな矢の形に分裂し、そのままレベッカの脇を抜けて背後の叢《くさむら》へと吸い込まれていった。

悲鳴のような短い鳴き声が上がったため、レベッカが近づいてみると、兎によく似た角のある魔物『ホーンラビット』が三羽倒れていた。矢は刺さっていないので、そのまま水に還ったのだろう。

「乱暴な魔法を見せてしまってすみません。ただ、魔法による攻撃は男性だけのものではないことを知ってほしかったのです」

「確かにサラさんの言うとおりね」

「驚かないのですね」

「驚いてほしかったの？」

「そういうわけではないのですが」

「正直、サラさんに驚くのにそろそろ疲れてしまって」

レベッカは貴族的ではない苦笑を浮かべつつ、腰にさしてあるナイフを取り出し、そのままホーンラビットのお腹を切り裂いて内臓を取り出して血抜きをはじめた。

「手慣れていらっしゃいますね」

「狩りはするもの。それに血抜きは素早くやらないと不味くなるじゃない」

『さすが小公子レヴィ。とても狩猟に手慣れていらっしゃる！』

血抜きが済むと、泉から流れた小さな小川で兎をざぶざぶと洗いだしたので、サラは慌てて水属性の魔法で他のホーンラビットを洗いはじめた。

手を動かしながら、レベッカは話を再開した。

「貴族にとって魔法の発現は喜ばしいことよね。男性は将来に希望が持てるし、女性も良い嫁ぎ先を見つけられるから」

「嫁ぎ先ですか……。貴族女性ってそれしか喜ばしいことがないんですかね」

「結婚した後に頼りない夫に代わって陰で領地を経営したり、商売したりする女性も少なからずいるのですけどね」

「それも夫や婚家に理解があれば、ですよね」

「そうね」

「まったく魅力を感じません」

洗い終わったホーンラビットは、近くの植物の蔓を切り出して縛り、ロヴィの鞍に括りつけた。

「サラさんにはそうでしょうね。でも彼女たちにも貴族としての矜持があり、彼女たちなりの戦いがあるわ。貴族女性は結婚してから、本当の人生が始まるとも言えるでしょうね。だから少しでも良い嫁ぎ先を見つけるために戦い、嫁いだ後は自分の足場を確保するために後継者を産んで育てるの。サラさんが不要だと切り捨ててしまうことでも、それを大切に思っている人もいることを忘れないでね」

「はい。レベッカ先生」

確かにその通りだ。人の価値観はさまざまであり、何を重視するかも人それぞれだ。貴族女性の生き方を否定する権利などサラは持ち合わせていない。しかし同時に、サラの価値観を否定する権利を持つ人もいないのだ。

「まぁ私も貴族女性でありながら、結婚に魅力を感じられない変わり種ですけどね」

「そうなんですか？」

「私にも昔は婚約者がいたのよ？」

「ええっ⁉」

『レベッカ先生って昔は婚約してたの？　その人どうなったの⁉』

「サラさんの年齢を考えると、話すことにちょっと躊躇があるのだけど、他の人の口から勝手なことを言われる前に教えた方がいいかもしれないわね」

「あまり話したくないことなのであれば、無理に仰らなくても……」

「少し長くなるから、続きはロヴィの上でゆっくり話しましょうか」

レベッカはサラを再びロヴィの鞍に乗せたのちに自分も跨《また》がり、常歩でゆっくりと来た道を引き返し始めた。

「私が婚約したのは十五歳の時よ。祖父の代から交流のある子爵家の長男で、私より一つ年上だったわ」

「レベッカ先生は、その方がお好きだったのですか？」

「普通の政略結婚ね。好きでも嫌いでもなかったけど、ご縁があって一緒になるなら相手に尽くそうってくらいのことは考えてたかも」

「……レベッカ先生でも、政略結婚をしようとしたのですね」

「当時は若かったし、それが普通の貴族女性だって言い聞かせられてたわね」

ふっと、レベッカは自嘲した。

「相手はまだアカデミーの学生だったから、結婚は卒業後にする予定だったの。そんなある日、彼が研究発表する機会があると聞いて、私は応援のためにアカデミーに行ったの。そこで出会ったのが、留学中の隣国の第二王子だったわ」

『あ、なんかイヤな予感してきた』

「隣国というと、ロイセンですか？」

「ええ。ロイセンの第二王子、アドルフよ」

隣国のロイセン王国は軍事国家である。かつて存在したオーデル王国の領主に過ぎなかったロイセンは、強力な軍事力を背景に独立して公国となり、瞬く間にその支配地域を拡大していった。その後、オーデル王家の継嗣となる姫がロイセンに嫁いだことで両国は一つとなり、ロイセン王国が誕生した。

　ロイセンが王国となってから二百年は経過しているが、好戦的な気風を変わらず持ち続けており、王族の多くは『欲しいものは力づくでも手に入れる』という性格を隠さない。

「女好きだったアドルフ王子は、私を見るなり腕を掴んで『妾となれ』と言い放ったの。もちろんその場でお断りしたのだけど、その後王子はさまざまな圧力をかけて私に迫ってきたわ」

「最悪ですね」

「それでも家族は私を守ろうとしてくれたし、国王陛下や王妃殿下も国としてロイセンに抗議してくれたのだけど、アドルフ王子は諦めなかった。その年のシーズンの終わりには、ロイセン王国から正式に第二王子の側室として求婚の使者がやってきたの」

『うわー、執着系王子だ』

「アドルフ王子は『妾ではなく側室なら不満はないだろう』と言ったけど、陛下はこれを侮辱と捉え『我が国は自国の貴族令嬢を家畜のように売り渡さない』と言い返してくださったわ。そして、そのまま王子と使者をロイセンに送り返したの」

「つまり国家間の問題に発展してしまったということですか？」

　どうやらレベッカの美貌は、国同士の火種を生み出してしまったらしい。しかし、どう聞いてもレベッカは被害者でしかなく、王室も自国の令嬢を守ろうとしたに過ぎない。

「そんなつもりはなかったのだけど確かに両国間に緊張が生まれて、貿易にも影響が出たことは否定できないわ。私は婚約者を持つ貴族令嬢として、当たり前の返事をしただけのつもりだった。だけど少しずつ、周りの私たちを見る目が冷たくなっていったの。小さな所領しか持たない子爵家の次女のせいで、国が不利益を被っているって」

「それはレベッカ先生のせいではないではありませんか！」

レベッカは訥々と話を続けた。

「先に耐えられなくなったのは婚約者だったわ。直接イヤガラセをされるわけじゃないけど、少しずつ招待状が減っていき、そのうち家業にも影響が出始めた。おそらくアドルフ王子の圧力もあったと思う。それまで優しかった彼の母親も、だんだん私に冷たくあたるようになったわ」

少しずつ取引量が減ったり、取引先を変えられたりといったことがあったらしい。露骨ではないが、じわじわとダメージが大きくなるイヤなやり方だ。

「二年も経たないうちに、私たちの婚約は解消されたわ。そして、待ち構えていたかのように、アドルフ王子から求婚状が王室を経由して届いたの。今度は婚約者も居ないから断る名分がなかった」

「え、それじゃぁ……」

「陛下は私の両親と私を呼び出して『イヤなら断っても構わない』と言ってくださったけど、明らかに疲労の色が濃かったし両親の顔色も悪かった。だから私も『嫁ぎます』としか言えなかった」

「そんな！」

残念なことではあるが、隣国であるロイセンと我が国のアヴァロンでは国力がまったく違うのだ。

ロイセンは強力な軍事力はもちろんのこと、元はオーデル王国のものだった肥沃な土地と沿岸地域の国々との密接な関係性から海上貿易の利権を持つ。国土の広さはそれほど違わないのだが、未開拓地域を多く抱えるアヴァロンが太刀打ちできるような相手ではない。

「そして私は王妃殿下から直接お妃教育をうけることになったの。側室とはいえ妃として嫁ぐ以上、単なる子爵令嬢の教養では足りないということね。まぁ近隣諸国との関係性のような内容が多かったから楽しかったけれど」

「気になっていたのですけど、父と伯父様は幼馴染なのにレベッカ先生の味方になってくれなかったんですか？」

レベッカはくすっと笑って言った。

「その頃、アーサーはアデリアのことで侯爵と揉めて大変だったのよ。本来なら私に構うどころじゃなかったはずなのに、アーサーもアデリアも私のこと真剣に心配してくれたわ。ロブに至っては、家を一緒に出ようって言ってくれてた」

「えっ！　駆け落ちのお誘いですか⁉」

「そうじゃなくて『一緒に冒険者になろう』ですって」

『伯父様……ヘタレ？』

「現実味がないわよね。剣術は微妙で、魔法も小さな火の玉を飛ばすくらいのことしかできない癖にね」

そんなことを言いながらも、レベッカはとても綺麗な笑顔を浮かべていた。

『あぁレベッカ先生も嬉しかったんだ』

更紗は生涯独身だったが、喪女だったわけではない。それなりに男性とお付き合いした経験はあったし、結婚を意識した相手がいなかったわけでもなかった。そんなアラサー女性としての経験で、レベッカの気持ちは理解できた。

「確かに無謀なお誘いですね。そういうとこ伯父様ってお坊ちゃんですよね……」

「本当にそうね」

二人はくすくすと笑い始めた。きっと今頃ロバートは盛大にくしゃみをしていることだろう。

「ところがね、私がロイセンに出立する前日の朝、突然アドルフ王子の訃報が飛び込んできたの」

「ええっ⁉」

『ま、まさか伯父様が、漢気を発揮した⁉』

「理由はお家騒動よ。第一王子と第二王子は側室腹だったのだけど、側室の実家は次代国王の外戚として権威を振るう気満々だったらしいわ。第三王子は王妃の産んだ嫡子だけど、側室とその実家の勢力に押されていたの。だけど年を追うごとに増長する側室の実家の勢力を苦々しく思ったロイセン王は、自分の息子たちを含めた側室側の勢力を一掃することに決めた。結局は第三王子が玉座の間で居並ぶ家臣を前に兄二人を誅殺《ちゅうさつ》し、その場で側室側勢力の罪状を詳《つまび》らかにしたのですって。側室は幽閉されて王から毒薬を賜り、一族は即日処刑されたそうよ」

「はぁ……」

『血生臭い話ね。ドラマみたい』

「そして、翌週には王太子が自らアヴァロンに訪れてアドルフ王子の非礼を詫び、我が国に有利な通商条約を締結し、私にもたくさんの贈り物をくださったの」

「急転直下ですね」

「どうやら誅殺の理由の中には、他国の令嬢に対する非道な振舞いも含まれていたらしいわ」

「なるほど、それは形だけでもお詫びしないわけにはいきませんね」

「おかげで私は自由の身になった。でも元婚約者には既に別のお相手がいたし、そもそも私も彼とヨリを戻したいなんて思えなかった。状況から仕方ないとはいえ『お前のせいで家が傾いた』と言われたんですもの。もう少し思いやりのある言い方ってものがあると思うわ」

『それは無理だわ』

「社交界には私のことを『男を破滅させる女』とか『傾国の美女』とか言う人たちもいたわ。まぁ後者は、ちょっと恰好いいかなって思ったけど」

「レベッカ先生の美貌が原因ですものね」

「その頃になると、もう結婚にまったく興味をもてなくなったわね」

「なるほど」

「そしたら陛下がね、皆がいる前で『レベッカ嬢は妖精の友人もいるようだし、結婚したいと思えるまでは好きに生きるがよい』と仰ってくださったの。王都に隣接する地域に小さな所領まで与えてくださったわ」

「それは、良かったですね？　と言っていいことなのでしょうか」

「考え方次第かもしれないわね。一般的な貴族令嬢としては生きていけなくなったけど、小さな土地の領主ではある。この国では女性に爵位が授けられることはないから、私の死後はオルソン家の所領になるけどね」

「レベッカ先生のお子さんには引き継げないのですか？」

「それは婚外子を勧めていらっしゃるの？」

「あ、いえ、そういうことではないのですが……」

この世界では結婚していない女性から生まれた子は婚外子として扱われ、正当な権利を持たない。そのため、貴族の妾から子供が生まれた場合は、正妻が産んだ子として届け出るのが普通だ。どうしても正妻が認めない場合には、実子であっても養子として届けるのだという。

「ちなみに陛下からは密書も受け取っていて、私と結婚した相手はたとえ平民であっても子爵位を授けてくださるのだそうよ。要するに私に爵位を授けられないから、好きな相手と結婚したら相手に爵位をくれるって言ってるの。私に対する謝罪でしょうね」

「そうだったんですね。表沙汰にしないのは、爵位目的の求婚を避けるためですか？」

「ご名答。サラさん合格よ」

晴れ晴れと笑っているレベッカを見ていると、いまのレベッカが自由を謳歌していることが伝わってくる。彼女は貴族女性としての義務として婚約し、国のために自分の幸せを諦め、謂《いわ》れのない侮辱に耐えた結果、本当の自由を手に入れた強い女性なのだ。

「じゃぁ、あとは自分のために恋をするだけですね！」

「あら恋じゃなくてもいいじゃない？　今はサラさんと友情を深めるのがとても幸せよ」

「私もレベッカ先生が大好きです！」

「ふふふっ。じゃぁ私たちは両想いね」

カポカポとしたロヴィの足音と、二人の乙女の笑い声が緑濃い森にこだましていた。

『だけどレベッカ先生、恋はまだここにありそうですよ？』

サラは空気の読めない伯父の、困ったような笑顔を思い出していた。

ライ麦畑で事件勃発

ゆるゆると馬に揺られていると、後ろから別の馬の蹄《ひづめ》の音が聞こえてきた。おそらく二頭分だ。

「おーいレヴィ、サラ」

ロバートの声がしたためサラとレベッカがふり向くと、侯爵とロバートが連れ立って背後から駆けてきた。服装から見て、二人は狩りに行っていたようだ。

『むぅ、執務はどうしたのよ！』

「祖父様、伯父様ごきげんよう」

「うむ」

「サラ、さっそく馬に乗ってみたのかい？」

「慣れるためにレベッカ先生に乗せていただきました」

「それで、どうだった？」

「とっても楽しいです。一人で乗れる日が待ち遠しくなってきました！」

すると、侯爵がロヴィに括りつけられたホーンラビットに気付いた。

「ほう、さすがレベッカ嬢だな。ちょっとした隙でも、ホーンラビットを三羽も仕留めるとは」

「恐れ入ります」

さすがに空気が読めるレベッカは、サラが仕留めたとは言わない。

「サラは、狩りが怖くなかった？」

「生きていくために必要なことを怖がったりはしません」

「ふむ、グランチェスターの娘らしいな」

さすがに二人ともサラがホーンラビットを仕留めたことには気付かないようだ。よく見ればレベッカが弓を持っていないことに気付くはずなのだが、先入観とは恐ろしい。

「祖父様、すぐにでも乗馬を習ってレベッカ先生と遠乗りできるようになりたいです！」

「そんなに気に入ったのなら、近いうちに牧場に行くか？」

「牧場ですか？」

「うむ。グランチェスター家は馬の繁殖も手掛けているのだ」

「私を乗せてくれる馬にも出会えるでしょうか」

「おそらくいるだろう」

「じゃぁ、サラの鞍も作らないとね」

するとレベッカがロバートに向かって
「鞍は二つよ。サイドサドルでも練習させたいわ」

サイドサドルとは、女性がスカートでも騎乗できるように作られた、横乗り用の鞍である。実は更紗時代、サイドサドルでの乗馬も体験したことがあった。傍からは優雅に見えるが、実際はスカートに隠れた部分で足で鞍の突起部分を挟み込むようにして身体を安定させているのだ。

アクション映画で主演女優が馬に横乗りして射撃を練習するシーンを見た更紗は、『凄い格好いい。アレやってみたい！』とノリノリで体験してみたが、翌日は予想外の箇所が筋肉痛となり、歩くのさえ苦痛だった。見た目には優雅だが、大変ハードなのだ。人によってはサイドサドルで障害を跳べるらしいのだが、更紗にはとてもできる気がしなかった。

『あれって上体を安定させるだけでも一苦労なのよねぇ。とてもじゃないけど、狩りができるようになれるとは思えない！』

とはいえ、貴族令嬢としてサイドサドルの練習は必須のようだ。そのあたりは仕方がないと、サラは諦めた。

「乗馬はもちろん教えますが、シーズンまでに社交についてもう少しお勉強しないと。招待状が届いたら、子供同士のお茶会や演奏会には参加しないとなりませんからね」

「私がグランチェスターの一員として参加しても良いのでしょうか？」

すると、侯爵はロヴィの上からサラを抱え上げて自分の前に座らせた。

「誰が何と言おうと、お前はグランチェスターだ。堂々と胸を張って参加するが良い」

「はい。祖父様」

ロバートも馬を寄せてきて
「ドレスもいっぱい作ろうな。可愛いやつ」

「ダメですよ。無駄遣いしちゃ。大きくなったら着られなくなっちゃうんですよ！」

「そしたらまた作ろう！」

「伯父様……」

完全に姪馬鹿になっている。

「祖父様からも言ってください。子供服なんて最低限で良いと思いませんか？」

「いや、貴族令嬢なら普通だろう」

侯爵も孫馬鹿であった。

「しかし、サラはクロエとは随分違うな。あの子は事あるごとに、新しいドレスや靴を欲しがるんだがなぁ」

「クロエは頻繁にいろいろな家のお茶会に呼ばれますからね。仕方ないと思います」

「ふぅむ。そういうものか」

「そういうものです」

クロエは〝本物〟の侯爵令嬢だが、サラはグランチェスターを名乗っていても平民だ。王都に住んで、子供のうちから社交をこなさねばならないクロエと、領地に引っ込んでいる平民のサラを同列に比較するのはクロエに失礼だろう。

程なくして本邸に着いた四人は、馬の手入れを馬丁に任せて着替えに戻った。今日はレベッカもロヴィのブラシ掛けを他の人に任せることにしたらしい。

なお、サラの仕留めたホーンラビットと侯爵の仕留めた鹿は、その日の夕食になるという。さすがにこの時代には「熟成肉」という考えはないようだ。もっとも、食べきれずに保存したものが、熟成肉になっていることはありそうだが。

サラが部屋に戻ると文官たちからの伝言が届いていた。

『本日も自習室でお会いしたい』

どうやら何かあったようだ。伝言が書かれたメモを火属性魔法で処分し、「夕食後に集まるよう手配をお願いします」とだけマリアに伝えた。


夕食後、昨日と同じ自習室に入ると、既にメイドたちがお茶を用意していた。

執務メイドのトップであるイライザが前に進み出て、サラを本日の席まで誘導した。席の後ろには大きな黒板があり、板書をするメイドと紙に書きとるメイドが二名脇に控えている。

よく見れば本棚からは、ロバートの本は片付けられていた。

『仕事早いな。本人かな？　それともメイドさんたちかな？』

しばらく待っていると、レベッカやロバートも入ってきた。

「ごきげんよう、伯父様、レベッカ先生」

「やぁサラ、連日の呼び出しすまないね」

「本当よ。昨日はサラさんが寝てしまうまで会議をしたのよ！」

「申し訳ないのは承知しているのだが、文官たちがどうしてもと聞かなくてな」

そんな話をしていると、文官たちが部屋に入ってきた。今日は五名だ。メイドたちも合わせると、部屋が狭く感じるくらいの人数である。

「今日はカストルさんとポルックスさん、それにワサトさんもご一緒なのですね」

するとワサトは驚いたように「私の名前を憶えていてくださったのですね」と答えた。

「時間もあまりありませんので、会議を始めてしまってもよろしいでしょうか？　なにせ昨日は途中で眠ってしまったので……。申し訳ありません」

「いえいえ、サラお嬢様に無理をさせているのはこちらですので」

ジェームズが恐縮する。

「でも私をお呼びになった理由があるのですよね？」

「仰る通りでございます」

ジェームズは手元のメモを見ながら、議題を挙げていく。

「一つ目は執務室にメイドを入れる許可をいただけたこと、二つ目は錬金術師ギルドと薬師ギルドからパラケルススの実験室の見学を許可してほしいという依頼がきたこと、三つ目はサラお嬢様の商会設立について、四つ目は麦の収穫量が以前の予想を上回りそうなこと、五つ目は麦に怪しげな変異種が混ざっている。以上です」

『待って、最後のが一番ヤバいかも』

「ジェームズさん、一番最後の議題がとても気になるので、最初に話をしましょう」

するとポルックスが、細長い箱を取り出し、中からほんのり黄色くなりつつある麦を取り出した。

「これなのですが」

サラが近づいてみると、穂の中に黒い突起があった。

『やっぱりそうだ。これは麦角菌だ』

麦角菌とは主にイネ科植物に感染する子囊菌《しのうきん》（胞子を子嚢と呼ばれる袋の中に作る菌類）の一種で、穂の部分に黒い突起状の麦角を形成する。まさに、いまサラたちの目の前にあるライ麦に、この特徴がはっきりと表れている。

麦角菌の菌核は『麦角アルカロイド』と呼ばれる毒素を含んでおり、人や動物が摂取するとさまざまな中毒を引き起こす。重症になれば死に至ることもある危険な毒素である。

中世ヨーロッパでは、しばしば麦角菌による集団中毒が発生していたが、それが麦角菌による中毒症だと判明したのは十七世紀に入ってからで、それまでは伝染病だと思われていた。激しい痛みを伴い、壊死《えし》などの症状を引き起こすこともあるため、「聖アントニウス（アンソニー）の火」と呼ばれることもある。この病気に罹《かか》った者は、聖アントニウスを信仰し、その遺物に触れれば治ると信じられていた。実際、遺物に触れるために巡礼の旅に出れば、必然的に麦角菌を含んだ麦を食べなくなるため、症状が治まるケースも多かったという。

また、アメリカの開拓時代には、二百人近い村人が魔女として告発され十九名が処刑されるという事件が起きた。セイラム魔女裁判として有名なこの事件も、麦角アルカロイドによる中毒症が原因なのではないかと言われている。

「ポルックスさん、これはどこで見つかりましたか？　どのくらいの範囲で影響が出ていますか？」

「サラ、これが何かわかるのかい？」

「正確を期すため、錬金術師ギルドに解析を依頼すべきですが、おそらく麦角菌に侵された麦です」

「麦角菌？」

「麦類に寄生するカビのようなものだと思ってください」

慌てたポルックスが、穂にある黒い突起を観察し始めた。

「この部分がですか？」

「それは麦角と呼ばれる菌核です。仰る通りそれが毒なのですが、安全のためには麦の株全体が毒と考えるべきです。この麦がある場所はすべて除去しなければなりません。麦角菌はカビですので、胞子は既に土の上に落ちて土壌汚染が広がっているでしょう」

「なんだって！　サラ、もっと詳しく教えてくれないか」

「多少の知識はありますが私は専門家ではありません。そうですね……急いでアリシアさんとアメリアさんを呼びましょう。彼女たちなら私よりも詳しく知っているかもしれません」

「わかった。誰か彼女たちを呼んできてくれないか？」

するとメイドが二人連れ立って部屋を後にした。

「あの者たちは馬を使えますので、お嬢様方を馬車ですぐお連れするでしょう」

「ありがとうイライザ。助かるよ。ひとまず彼女たちが来るまでに、サラが知っていることだけでも教えてくれないか」

ロバートを始め、自習室にいるメンバーの視線がサラに集まっている。

「私が知っているのは、麦角菌はカビというかキノコのような菌類であることです。麦角菌に汚染された小麦を口にすると、発熱、嘔吐、下痢、身体の痙攣、水疱、激しい痛み、手足の壊死、精神疾患などの症状がでます。また、妊婦が口にすれば流産や早産を引き起こすこともあります」

「な、なんだって！」

「麦ですから大勢が同じ時期にパンなどで摂取することになります。そのため、しばしば疫病と勘違いされがちです。厄介なことに、成長するとこの黒い菌核から胞子が土の上に落ちるため、土壌も汚染されてしまうのです」

自習室の全員が沈黙した。

「お嬢様、パンとして焼いても、毒性は残るということですか？」

「はい。パンからも中毒症状は起きます。もちろん私の勘違いで、これは麦角菌などではないかもしれません。まずは専門家の意見を聞いてから対処すべきだと思います」

しかしポルックスはサラの意見をバッサリと切った。

「いいえ、最大限の安全策を取るべきでしょう。勘違いでも幾ばくかの麦畑の収穫を無くすだけですが、放置して領の小麦畑全体に広がったら目も当てられません。ここは国の重要な穀倉地帯なのです」

ポルックスはテーブルの上に大きな領の地図を広げ、持っていた棒で領の南端を指し示した。

「このあたりは土壌がやせていて、普通の小麦がなかなか育たなかったのです。そのため数年前から、ライ麦を育てています」

『この世界でもライ麦って言うんだな。他にも名前被ってる植物多いよね。薬草とか』

「これはライ麦なのですか？」

「そうです。試験的に育てていたのですが、今年の麦は成長がいつもより遅く、こうした黒い種子ができてしまいました」

「では、今から早馬でその農家の方々に、その麦を絶対に食べてはいけないとお伝えください。おそらく反発されるでしょうが、すべて処分することも併せてお伝えしなければなりません」

そしてサラはロバートの方を振り向いた。

「伯父様、この地域の方々は麦をすべて失ってしまいます。しかも、このままの土壌では来年の麦を植えることもできません。金銭的な補償をしなければ生活できません」

「それで、サラはどうしたいんだい？」

「当事者と相談すべきではありますが、この麦はすべて商会で買い上げる形にしていただけませんか？」

「しかし毒麦だぞ？」

「扱いには細心の注意が必要ですが、毒は薬にもなることがあります。これについては、乙女たちと相談しますが、無理だった場合には必ず安全に処分することをお約束します」

麦角菌は陣痛促進剤や片頭痛の治療薬などに利用されることもある。実は幻覚剤のＬＳＤの材料でもあるので、本当に扱いには注意が必要なヤバいモノなのだ。

「いや、補償は領ですべきだ。はっきりしたことが分かれば父上と相談する。これを薬の材料にするかどうかは、錬金術師ギルドと薬師ギルドから意見をもらってから決めることにするよ」

「承知しました。では、そちらの対応は伯父様にお願いいたします」

ワサトがおずおずとサラに尋ねた。

「サラお嬢様、麦角菌はライ麦にしか感染しないのですか？」

「残念ながら他の麦にも感染します。正確に言えばイネ科の植物であれば感染する可能性があるため、近くにイネ科の雑草が生えているようであれば、そちらも処分しなければなりません」

「では他の地域の麦も検査すべきですか？」

「膨大な領地全体を検査するのは大変なことは承知しています。ですが、実施すべきでしょうね。すべての小麦農家に協力を仰ぐことになるかもしれません」

ワサトはしばし考え込み、「それでは明日の朝に早馬を出して農家の名主たちと会合を開くことにします」とだけ答えた。

そこにノックの音が響き、許可を出すとアリシアとアメリアが入室してきた。

「お嬢様から急ぎのお召しと伺い罷《まか》り越しました」

年上のアメリアが代表して挨拶をする間、アリシアは後ろで頭を下げている。

「二人とも楽にしてもらえるかしら。急いで見てほしいものがあるの」

「「承知しました」」

麦角菌に侵されたライ麦の箱を二人の前に押しやると、二人の顔が同時に引き攣った。

「こ、これは黒死麦ではありませんか！　まさかグランチェスター領にも悪魔が来たのですか？」

アメリアが激高する。

『おっと、悪魔ときたか……。まだこの世界では麦角菌は知られていないのか？』

「アメリアさん違うわ。黒死麦っていうのは、病魔に侵された麦のことよ。悪魔のせいじゃないわ。数年前にアカデミーで論文が発表されて、今では研究している錬金術師たちも多いのよ」

「まぁ！　そんな研究があるのですね。それは資料を是非読んでみたいです」

薬師と錬金術師では、同じものを見ても同じ答えになるとは限らないらしい。サラはそれがとても好ましいと感じた。多様な視点はとても重要だ。

「それは私も読んでみたいわね。私の知識では、これは麦角菌に侵されたライ麦よ。麦角菌は、カビなどと同じ菌類で、この黒いものは菌核。ここまではアリシアさんの知識と一致しているかしら？」

「麦角菌という呼び方は初めて聞きましたが、おそらく菌類であろうことは論文にも書かれていました」

「どんな症状がでるかわかるかしら？」

これにはアメリアが答えた。

「私が知っている黒死麦であれば、皮膚に水疱ができて、酷い痛みがでます。手足の壊死や、幻覚といった症状も確認されています」

「私の知識でもそうよ。あとは子宮の収縮作用があるせいで、妊婦が流産したり早産したりすることもあるわ」

「たしかに、黒死麦を食べた地域では、流産する女性も多いと聞いたことがあります」

アリシアとアメリアの言葉を聞いて、会議室全体の空気が重苦しいものに変わった。どうやらサラの勘違いであってほしいという願いは叶わなかったようだ。

「伯父様、やはり間違いないようです。彼女たちが一目見て断定した以上、明日にも錬金術師ギルドと薬師ギルドの方々を招集してください。一刻を争います。手遅れになる前に対処しましょう」

「わかったよサラ。緊急招集の早馬を今から出す。明日の朝一から会議としよう」

明日は朝から会議することになったため、アリシアとアメリアは「急いで資料を用意する」と言い残して塔に戻っていった。メイドたちも明日は早朝から会議の準備をしなければならないため数名だけを残して部屋を去っていった。

再び自習室に沈黙が戻ると、サラはロバートの方に振り向いた。

「伯父様、これ以上私のことを祖父様に隠しておくのは無理そうです。二つのギルド関係者を巻き込む以上、すぐにバレます」

「確かにそうだね」

「覚悟を決める必要がありそうです。本音を言えばもう少し隠れていたかったのですが」

「無理だろうね」

「ですよね……」

サラがしょんぼりと俯くと、レベッカが優しく髪を撫でた。

「大丈夫よサラさん。侯爵閣下は決して悪いようにはなさらないわ。それにロブだって味方してくれるはずよ。もちろん私もね」

「うん、僕はサラの味方だよ」

「ありがとうございます」

『なんだろう……伯父様が味方してくれるのは嬉しいけど、微妙に頼りないような？』

「微力ながら、我々もサラお嬢様の味方でございます。これほどの恩を受けておきながら素知らぬ顔などは絶対にいたしません」

ジェームズの発言に、文官たちはもちろん、その後ろに控えている執務室のメイドたちも全員頷いていた。

『あ、こっちの方が頼りになりそう』

サラは割とひどいことを考えているのだが、顔に出さないだけの分別はある。

「みなさま、本当にありがとうございます」

「明日、朝食の時にでも祖父様と話をしましょう。後でどうせバレるのですから、先に言っておく方が良い気がします」

「そうね。では寝る前に明日の朝食を一緒にしたいとお伝えしておいた方がいいわ」

するとマリアが「私がお伝えして参ります」と言って、自習室を後にした。

「残りの議題ですけど、執務室のメイドたちの出入りが許可されたんでしたっけ？」

するとベンジャミンが立ち上がって、イライザに顔を向けた。

「改めて執務室のメイドの方々に謝罪します。侯爵閣下には文官たちが疲労で次々と倒れ立ち行かなくなったこと、そのために君たちの力を借りたことをきちんとお伝えしたんだ。そして文官たちが戻った後も、君たちの支援が業務効率に大きく貢献しているから戻してほしいと懇願した」

「それで、侯爵閣下はなんと仰られたのですか？」

「笑っていらした。『それはメイドたちにも悪いことをした。文官の数が足りていないのだから、何かしらの対策は必要だったな』と仰せられ、『戻ってくるよう伝えてほしい。私は疑心暗鬼になり過ぎたのだろう』と」

ベンジャミンはさらりと説明したが、彼らはグランチェスター侯爵に執務メイドを戻すよう必死に懇願し、何度も説得を試みていた。あまりの必死さに、グランチェスター侯爵の方が折れたというのが真相である。

『ほほう、やるなベンさん。まぁ塔から執務室メイドがいなくなるのはちょっと残念だけど、新しく使用人を雇用する方向で考えるか』

「ひとまず、執務室にメイドさんたちが復帰できて何よりですね。これから収穫期なので心配していましたが一安心です」

サラは今日の議題が書かれた黒板を振り返った。

「残りは私の商会と麦の収穫量ですね。伯父様、私の新しい身分はどれくらいで作れますか？」

「今週中にはできると思う」

「では、新しい身分ができたら、その場で登記してしまいましょう。それなら遅くとも来週中には商会を立ち上げられるでしょう。次の収穫時に備蓄を引き受けるくらいはできるようにしておきます」

　ジェームズとベンジャミンは顔を合わせ頷いた。

「その商会でエルマ酒を扱うんですよね？」

「はい。そのつもりです」

「では王都にも店舗を構えていただけませんか？」

「もちろんそのつもりです。エルマ酒を管理して販売するには、自分で店舗を構えないと無理ですから。それ以外にも何かあるのでしょうか？」

「可能でしたら、その店舗でエルマ酒以外の特産品も扱ってほしいのです」

『要するにグランチェスター領のアンテナショップを出店してほしいってことか』

「それは構いませんが、既に販売したい商品があるのでしょうか？」

「いくつかございます。まずは魔石です。先日お話ししたかと思いますが、採掘量は少ないものの、質の良い魔石がとれる鉱山があるのです。カット済みの魔石と、さらに魔石を加工したアクセサリーを紹介していただきたい。また、エルマ畑の近くでは養蜂も盛んなので、蜂蜜も採れます」

『なに⁉　蜂蜜だとぉぉぉぉ。それを早く言え』

「それは素晴らしいですね。甘味は貴重ですから、きっと王都でも売れると思いますわ。ところで、蜂蜜酒は造っておりませんの？」

「蜂蜜酒？　蜂蜜で酒ができるのですか？」

『あー、この世界には蜂蜜酒もなかったよ！　あれは古代からあるお酒だから、てっきりこっちでも造られてると思ってたよ』

「できますね。簡単な造り方なら十日くらいでできますから、試してみます？」

「よろしくお願いします」

文官たちは全員がこちらを向いて頷いている。

「では後で乙女たちに指示しておきます」

その時カストルがぼそっと呟いた。

「サラお嬢様、酒に対する知識が半端ない……」

『くぅぅ、カストルさん聞こえてるよ！　そして否定できないよ！』

サラは聞こえていないフリをしてスルーするだけの分別もちゃんと備えている。このあたりがロバートとは違うのだ。

「最後に残ったのは麦の収穫量の報告ですが……。ワサトさんには申し訳ないのですが麦角菌の調査が終わったら、改めて報告していただくようお願いできませんか？」

「はい。先程の話を聞いた時から覚悟しておりましたので大丈夫です。それと麦角菌の調査には私も参加いたします」

「それは心強い限りですね」

そこにレベッカが割り込んだ。

「サラさん、ご自身の能力を隠さない覚悟ができたということは、妖精のことも打ち明けるつもり？」

レベッカの真剣な眼差しを見て、中途半端な答えはできないとサラは判断した。

「数年後にはバレるのです。今のうちに祖父様には話すべきでしょう」

「では領民の前でも明らかにできますか?」

「それはどういう意味でしょうか?」

質問の意図がわからないため、サラは首を傾げた。

「秘密の花園でも見たと思うけど、植物に親和性の高い妖精はとても多いわ。おそらく彼らの力を借りれば、麦角菌の対応も楽になるでしょう。だけど、そのために領民の前でサラさんが能力を見せてしまえば、噂はあっという間に領外へも広がってしまうでしょう」

「それは……」

今、まさにレベッカはサラに対して、『平凡に生きていく道』を諦められるかどうかを問うているのだ。しかし、サラはこの問に即答することができなかった。

逡巡しているサラに、ベンジャミンは優しく語りかけた。

「サラお嬢様、無理しなくても良いのです。貴族のご令嬢に自由がないことは私どもも理解しています。平民として生きてこられたサラお嬢様には窮屈でしょう。それに私たちの世代はオルソン令嬢の被った災難も覚えております。上の方々に注目されてしまうことで、何がおこるかわかりません。その恐怖は察して余りあります。まだこんなにお小さいのです、何もかも一人で背負わないでください」

サラが部屋の中を見回すと、みな優しく微笑んでいる。誰一人として、サラに無理強いしようとはしていない。

『みんな優しいなぁ……。でも、だからこそ私はグランチェスターのサラであるべきだわ。いつか離れることになるとしても、今の私を育んでくれている場所なのだから』

「ありがとうございます。その気持ちはとてもうれしいです。ですが私もグランチェスターの一族として領民を守りたいのです。ですから、どうか未熟な私を支えてください。折れそうなときは叱《しっ》咤《た》してください」

「「「「承知しました」」」」

文官が全員その場から立ち上がり、膝をついてサラに最敬礼をした。するとロバートもサラの傍で同じように膝をついた。

「僕は頼りないかもしれないけど全力でサラを守る。レベッカのときみたいな後悔は絶対にしない。父上や陛下に逆らってでも、絶対にサラの幸せを守ってみせるよ」

そしてサラを椅子から抱き上げて抱きしめる。

「絶対にサラを幸せにする。約束だ」

またしても、サラの目からは、ぽろぽろと涙が零れた。

『なんだろ、今日はとっても涙腺がゆるい』

「ありがとうございます伯父様。でもね、その台詞はプロポーズの時までとっておいた方が良いと思うの」

すると、堪えきれなくなったベンジャミンが噴き出し、全員が声を上げて笑い始めた。しかし、よく見ればみんな目元に薄っすらと涙を浮かべていた。

『うん。私も絶対守ってみせるよ！』

ピアノと妖精と祖父

明日にならないと解決しないことが多いため、自習室での会議は予想よりも早く終了した。何故かロバートに抱えられたまま自習室を後にしたサラは、背後にいるレベッカに話しかけた。

「ねぇレベッカ先生。まだ就寝時間まで時間ありますよね？」

「そうね、もう少しなら大丈夫よ」

「伯父様、祖父様は今頃何をなさっておいでですか？」

「たぶん自室で、ワインを楽しんでいるのではないかな」

「では、祖父様に私のピアノを聴いていただけるよう、お願いしてもよろしいでしょうか？」

ロバートが心配そうにサラの顔を覗き込む。

「明日の朝食の席で話すんじゃなかったのかい？」

「早い方がいいかなと思ったんです。それに、あのピアノを弾いてくれる人を、祖父様はお待ちだと伺ったので」

「まぁ僕たちは全然ダメだったからなぁ」

「今日は月も綺麗ですから、音楽の夕べというのも悪くないと思いませんか？」

「そうだね。じゃぁ音楽室にいこうか」

マリアは急ぎ、侯爵の部屋に向かった。


音楽室に到着したサラは、窓のカーテンをすべて開けさせ、照明も最低限の魔石灯だけを点けるに留めた。

まだ音楽室で楽器の手入れをしていたジュリエットは、サラがピアノを弾くと聞いて、いそいそと補助ペダルの用意をはじめた。サラが椅子の高さの調節を終えると、軽いノックの音に続いてグランチェスター侯爵が入ってきた。

「今日はサラがピアノを弾くとか」

「はい。祖父様に聴いていただきたくてお呼びしました。お越しいただき、ありがとうございます」

「たまには孫娘の練習の成果を聴くのも悪くないだろう」

サラは椅子に腰かけピアノを弾き始めた。もちろん月夜をバックにしている以上、今回も月光だ。今回は演奏に合わせて妖精たちを呼び集め、他の人からも見えるように光を発してもらった。ピアノの音と組み合わさり、とても幻想的な風景を感じてもらえるのではないだろうか。サラの目には小さな動物たちが踊るように飛び回って見えるのだが、他の人の目には蛍の光のように映っているだろう。

第一楽章は静かに始まるが、演奏は少しずつ激しさを増していく。やがて曲調は穏やかなものへと戻り、そっと演奏は終わった。

音楽が鳴りやんでも、拍手の音は聞こえなかった。気に入ってもらえなかったかと心配になったサラは、観客に目を遣った。見れば全員が呆然と固まっていた。演奏を聴いたことがあるレベッカやメイドたちでさえ驚いているのだから、祖父やロバートは驚愕していることだろう。

「サラ……これはどういうことなんだ。私は夢でもみているのだろうか」

「これほどサラがピアノを弾けるとは……しかも、こんな曲は聴いたことがない」

サラは席を立って祖父の許に歩みより、声を掛けた。

「いかがでしたでしょうか」

「私はそれに答える語彙《ごい》を持ち合わせていない。素晴らしいでは不足だ」

「気に入っていただけたのであれば幸いです」

侯爵は困ったような顔でサラを見下ろした。

「なにか私に伝えたいことがあるようだな」

「はい。祖父様」

「言ってみるがいい」

さすがにジュリエットに聞かせるわけにはいかないので、マリアと一緒にジュリエットを下がらせた。

「まず私の魔法属性ですが、先日報告した属性以外にも光属性と闇属性が発現しました。感覚的には木の属性も発現しそうです。無属性の魔法にはどんなものがあるかわかりませんが、おそらく全属性なのではないかと。加えて妖精の恵みも受けました。いまこの部屋に飛び交っている光は、すべて妖精たちです」

「なんということだ……」

絶句してしまった侯爵に、ロバートがさらなる追い打ちをかける。

「父上、それだけではないのです。実は書類の仕分けや新しい帳簿を導入したのも、サラなのです。頭から反対されてしまうことを恐れ、文官たちに口止めしておりました。申し訳ございません」

「寝言をほざいておる場合かっ！」

一瞬で侯爵は激高した。しかし、冷静に父親を見つめるロバートの目を見返し、その言葉に偽りがないことに気付いた。

「まさか……、あれも本当にサラだというのか？」

「信じられない気持ちはわかります。私も文官たちもいまだに戸惑っておりますから」

サラは侯爵が落ち着くまで敢えて沈黙を守っていたが、その間も妖精たちは部屋を飛び続け、サラを中心に柔らかな光が踊り続けていた。

「信じるしかない光景だな……」

侯爵がそっと手を伸ばすと、掌の上にそっと光が降りてきた。サラの目には、ミケが祖父の手の上でリラックスするように丸まっている様子が見えていた。

「祖父様の手の上にいるのが、私のお友達の妖精です。その子は私がグランチェスター家に来る前から、ずっと傍に寄り添ってくれていたそうです。私自身も姿を捉えられるようになったのは最近ですが」

「そうか……、そうだったのか……」

ふっと、侯爵は笑いを漏らした。そしてサラに衝撃の一言を漏らした。

「サラ、お前は転生者なのか？」

よもや侯爵の口から『転生者』などという単語が飛び出すとは思っていなかったサラは、驚きのあまり淑女の皮を被り損ねた。

「はぁ？　なんで祖父様がそれを知ってるの？」

すかさずレベッカが「サラさん言葉遣いが乱れています」と注意するが、正直それどころではない。

「その反応からすると、グランチェスター家の始祖ではないようだな。人払いはしてあるが、さすがにここでは憚られる。私の部屋に行こう。レベッカ嬢も同行してくれるかね？」

レベッカは戸惑う表情を見せた。

「私は構いませんが、お家の密事であれば部外者の私が参加しても良いものでしょうか」

「サラの状態を一番理解しているのはレベッカ嬢だろう。隠し通せるとは思えないのでな。それに妖精と友愛を結んでいる方の意見も聞きたい」

「そういうことであれば」

「では行こう」

今度は侯爵がサラを抱え上げ、すたすたと歩き始めた。部屋の外で待機していたマリアには、先に部屋に戻るよう指示する。

侯爵の部屋には侍従が待機していた。寝酒を用意しようとしていた途中らしく、軽食を乗せた皿がテーブルに置かれている。侍従に酒とお茶の準備を指示すると、部屋の中央にあるソファーにサラをそっと下ろし、侯爵自身もどっかりと座った。

「お前たちも適当に座るがいい」

ロバートとレベッカにも座るように指示する。二人はテーブルを挟んでサラとは反対側のソファーに並んで腰を下ろした。

「それにしても、サラの演奏は見事だったな」

「ありがとうございます」

「良かったよ。レヴィには音楽は教えられないからね。別の教師を手配しようとしてたけど、その調子なら大丈夫だね」

『伯父様、全然大丈夫じゃないよ！　レベッカ先生の目が笑ってないって！！！』

「私も胸を撫でおろしていますわ」

まったく目が笑っていない優雅な微笑みで、部屋の空気を凍り付かせる。しかしロバートは全く気付いていない。

「ロバート、お前はいい歳をしてまったく成長しておらんな。レベッカ嬢、息子が不調法で大変申し訳ない」

「いいえ、ガヴァネスとして力が足りていない私の問題ですので……」

その会話でロバートも自分の失言に気付いたが後の祭りである。

「あ、いや、そのレヴィ君に不足があると言っているわけでは」

『いやぁ、言ってたでしょ』とサラは思ったが、これ以上この会話を続けるべきではないと判断した。

「祖父様に気に入っていただけて何よりです。思い出した甲斐がありました」

「かつて聞いたことのある曲だったのか」

「そうです。何年も前ですが」

ヒヤリとした空気の中で意図的な会話を続けていると侍従が戻ってきた。酒と茶をそれぞれにサーブし、そのまま空気を読んで部屋を後にする。

「さて本題に入ろうかね」

「はい。祖父様」

ロバートがゴクリと唾を飲み込む音がした。

「先に言っておこう。グランチェスター家の初代は転生者だそうだ。初代の遺した記録を、当主が代々受け継いでいる」

「やはりそうでしたか。以前にロブ伯父様から聞いたことがあります。前世の記憶でグランチェスター領を開拓した記録があるとか」

すると当のロバートが驚きだした。

「ちょっと待ってください。『ゼンセノキオク』という魔法は本当に実在するのですか?」

「ロバート。話の腰を折らずに最後まで聞け」

ため息を漏らしつつ侯爵はロバートを窘めた。

「伯父様、『ゼンセノキオク』は魔法ではありません。それは異世界の言葉で、生まれる前の記憶という意味です。グランチェスターの始祖は、異世界の知識を使って領地を開拓したのです」

サラはこの世界に生まれ育ったため普通にこちらの言葉を理解して読み書きもできるが、当然この世界の言語は日本語ではない。しかし『ゼンセノキオク』は、明らかに日本語である。

「前世の記憶を持つ祖先の名前はヘンリーだが、『カズヤ』という別名を名乗ることもあったそうだ。もしかして、サラはカズヤと同じ国の出身なのではないだろうか？」

「おそらく同じ国です。『ゼンセノキオク』は、私が生まれた国の言葉ですから」

「そうか……ではサラには、読めるのかもしれないな」

侯爵は立ち上がり、隣の部屋から古い羊皮紙を持って戻ってきた。

「これはカズヤの遺した記録のひとつだが、誰も解読できていないのだ」

サラは羊皮紙をそっと広げてみた。

【マジでラーメン喰いてー。ニンニクマシマシで。米の飯も喰いてー。鶴亀食堂の生姜焼き定食が恋しい……】

「サラには始祖の英知が読めるだろうか？」

「英知……ですか……」

『ど、どうしよう。これ素直に言うべき？　でも絶対がっかりするよね？　っていうか信じてもらえるの？　すっごく期待されてるっぽいんだけど！』

とはいえ虚偽の報告をするわけにもいかないので、仕方なくサラは内容を明らかにすることにした。

「内容は理解できます。その、あまりがっかりしないでいただきたいのですが、これは単なる走り書きというか愚痴ですね」

「ほう、どんなことが書かれているのだね？」

「とてもお腹がすいていたらしく、前世の食べ物が恋しいと……」

これにはロバートが興味を示した。

「それはグランチェスター領にはない食べ物なのかい？」

「こちらで見たことはないです。他国にはあるかもしれませんが」

「食べ物の名前を聞いても良いかな？　ちょっと探してみるよ。もし他国にあるようなら、そこにも転生者がいるのかもしれないし」

サラも他に転生者がいるだろうことは予想していた。グランチェスター領だけで二人の転生者がいるのだから、ほかの地域にだって転生者がいる可能性は高い。それに、ピアノやヴァイオリンもある。どちらも偶然にできたと言うには無理があるほど、高度な技術が正しく継承されている。

「私も他に転生者はいると思います。たとえばピアノやヴァイオリンは、前の世界にもほぼ同じものがあります。これらは一朝一夕に開発できるようなものではありません。おそらく職人が転生したのだと思われます」

「なるほど。だからサラはピアノが弾けるのか」

「侯爵閣下、サラさんはヴァイオリンの腕前も素晴らしいですよ」

「ほほう、次はヴァイオリンの方も聴かせてもらうとしようか」

「いえ、それほどでも……あまり期待されてしまうと、がっかりさせてしまうかもしれません」

侯爵はグラスのワインをグイっと一気に呷り、横に置かれていたボトルから手酌でグラスにドボドボと注いだ。

「どうやらサラには、グランチェスター領の危機を救ってもらったようだな」

「い、いいえ、私はほんの少しお手伝いをしただけです」

「サラがいなかったら、あそこまで書類が片付くことはなかったし、使いにくい古い帳簿を今も使い続けてたと思う。僕も文官たちも、本当に感謝しているよ」

「帳簿は前世のおかげですね。あちらで使っていた仕組みをそのまま持ち込みました。私の手柄ではなく、あちらの世界の先人のおかげです」

「して、記憶が戻ったのはいつだ？」

「王都の邸で池に落ちた時です」

侯爵はしばし考えこんだ。

「お前が池に落ちたことなどあったか？」

「池の近くで発見され、熱を出して三日ほど寝込みました」

「あぁ！　あの時か。あれは池に落ちたせいだったのか」

「正確には従兄姉たちにイジメられた結果ですね。アダムに突き飛ばされて落ちました」

「なんだと!?」

どうやら侯爵は、孫同士が諍いを起こしていたことに気付いていなかったらしい。

「故意に突き落としたわけではないと思いますが、はずみで池に落ちてしまった私を助けもせずに逃走しましたね」

「なんということだ」

「おかげで水属性の魔法が発現したので、今はそれほど恨んでいません。仕返しもしたので」

「仕返し？」

些細なイヤガラセについて詳細に解説すると、ロバートは腹を抱えて笑い出した。

「ぶはっ。その場で見たかった。サラ最高だよ！」

「私は見たが、とても情けなかった。特にアダムがな。あれが私の孫かと思うと……」

「思春期であることを差し引いても、窃盗は犯罪なので止めさせてください」

男性二人はなんとも微妙な顔をしている。

「サラよ、お前は何歳だったのかね？」

「祖父様、女性に歳を尋ねるのはマナー違反だとは思いますが、私は八歳です」

「いや、そうなんだが……」

「まぁ正直に答えますと、前世では三十三歳まで生きました。仕事帰りにタクシー……こちらの世界で言うと、辻馬車の事故で亡くなりました」

「え、僕より年上？」

「そうか、お前もアーサーや私の父上と同じように亡くなったのか」

言われてみれば、二人とも馬車の事故で亡くなっている。そう指摘されれば、更紗の事故も同じようなモノと言えなくもない。

「そうなりますね」

「ところで、女性に生まれ変わって不都合はないか？」

「へ？　私は前世でも女性でしたが？」

「「はぁっ？」」

『え、ちょっと待って、前世は男性って思われてたの？』

「私の前世は男性だと思われていたのですか？」

「これほど執務能力が高ければな」

『ああん？　要するに女性に執務なんかできるわけないってこと？』

「前世では女性も男性と同じく働いておりました。私は大きな商会の従業員で、外国との貿易に携わっていました」

「しかし、女性に男性と同じ能力は持てまい」

「いいえ私のように仕事をする女性などいくらでもおりました。女性の政治家もたくさんおりましたし、国や領のトップが女性ということも珍しくはありません」

「血筋に男子がいなければそういうこともある。しかし、補佐する男性が傍にいるだろう。後継ぎが育てば自ずと交代するものだ」

「男性の王や領主にも、補佐する人は必ず付くではありませんか。人間が一人でできることなど限りがあります。当たり前ではありませんか」

「だが女性には理性的に判断を下す能力が無い」

『なん、だと？』

「何故そのように思われるのですか？」

「女性は感情的で理性的に考えることが難しい。数字にも弱く、執務には全く向いておらん。それに、魔法を発現しても制御することができず使いこなせない。サラ、今のお前も魔力が揺らいで私を威圧しておるではないか！」

侯爵に指摘されたことで、魔力が威圧になっていることに気付いた。感情がコントロールできなかったことが原因だろう。よく見れば侯爵の額には脂汗が浮かんでいた。

その瞬間、サラはレベッカの言葉を思い出した。

『貴族には貴族の流儀があり、女性には女性の戦い方があります』

サラは漏れだした魔力を制御して威圧を抑え込み、貴族的に優雅に微笑んだ。レベッカがスパルタ式に叩き込んだ淑女としての所作を全力で披露する。

「これは大変失礼いたしました。グランチェスター侯爵閣下。ですが、私には女性が男性よりも劣っていると思われる理由がわかりません」

「優劣の話ではない。役割が違うと言っているだけだ。女性は家を守り、子供を産み育てる。そして男性はそれを守るものだ」

『あぁ、この理屈は前世でもよく聞いたなぁ。昭和っていうか明治のレベル？』

「生物学的な意味で、男女の役割に違いがあることは理解しております。ですが性別と能力は同じではありません。執務に向いた女性もいれば、執務に向かない男性もいるのです。この国での両者の違いは、学習機会の有無だけです」

「学習機会だと？」

「はい。アカデミーに入れるのは男性だけですから」

「女性にもガヴァネスがおるではないか。お前にもレベッカ嬢がいるだろう」

「そうですね。私はとても才能あふれる女性を師と仰ぐことができ、とても恵まれております。また、その機会を与えてくださったグランチェスター侯爵閣下やロバート卿にも大変感謝しております」

ロバートが慌てて口を挟む。

「待ってサラ。なんでそんなに他人行儀なんだよ。伯父様って呼んでよ！」

声を掛けられたため、サラはロバートの方に向き直った。

「では私の執務をご覧になったロバート卿にお伺いいたしますが、私の能力は男性に劣るものでしたでしょうか？」

「いや、サラは僕たちの中で一番優秀だったよ」

「ではレベッカ先生や執務メイドたちはいかがですか？」

「彼女たちも極めて優秀だった。文官たちが計算のミスを指摘されることも多かったし」

「そういえばロバート卿は。私がギルド関係者に幼い娘であることを指摘された際、ギルド関係者に向かって威圧されたことがありましたね。もちろんあれは私を守るためであったことは承知しております」

「そ、そんなこともあったね……」

「ですが、ロバート卿も執務能力が劣る女性など執務室には入れられないということでしたら、執務メイドを戻すことはキッパリ諦めます」

「勘弁して！　そんなことしたら文官たちに何を言われるかわからないよ！」

サラは侯爵に向き直り、言い放った。

「いま、私がどれだけ言葉を重ねたところで、グランチェスター侯爵に理解していただけるとは思っておりません。ですが、女性が働いて社会に貢献できる能力については、私自身が身をもって証明したく存じます。お許し願えますでしょうか？」

「では、私も微力ながらお手伝いいたしますね」

不意にレベッカが声を上げた。

「侯爵閣下。実は今日のホーンラビットは全部サラさんが仕留めたんですよ？　魔法でさっくりと」

「「は？」」

「私は弓も持っておりませんでしたわ」

「何っ？」

侯爵とロバートが驚いた顔でサラを見つめた。

「水属性の魔法で三羽まとめてさっくりと仕留めていらっしゃいました。捌いた後には魔法で水洗いをされるものですから、とても驚きましたわ。まぁ女性は魔力の制御が苦手ですから、男性でしたら驚くことではないのかもしれませんが」

やはり目が全く笑っていない微笑みを浮かべるレベッカとは対照的に、侯爵とロバートは驚愕の表情を浮かべていた。

「待て、水属性だと？　あのホーンラビットは眉間に小さな穴が開いているだけで、他には一切傷が無かったぞ。どうやって仕留めたのだ？」

「こうやって？」

サラはテーブルの上に並べられたチーズに向かって、魔法で生み出した爪楊枝サイズの氷の矢を突き刺した。

『まぁホーンラビットの時は凍らせなかったけど、似たようなもんでしょ』

「⁉」

「申し訳ありません。魔力の制御が苦手なものですから、不調法になってしまって」

サラは氷の爪楊枝を手に取ってチーズをぱくりと口に入れ、その場で爪楊枝を蒸発させた。

「無詠唱……だと？」

『ふっ、イメージだけで魔法を発動できるならこっちのもの。中二病舐めんなよ』

とは言え、実際には「ウォーターアロー」や「ウィンドカッター」など、それっぽい呪文を唱える方がイメージしやすいことも多いのだが。

「あ、こんなこともできますよ？」

テーブルの上に置かれていたカトラリーを手に取り、ぐにゃりと変形させて剣の柄とグリップのような形を作り、その先に炎を剣の形に顕現させた。

「なっ‼」

見た感じ的にはフレイムソードといった雰囲気で大変綺麗なのだが、実際には刀身がないので松明くらいの役目しか果たさない。斬りつけても、火傷を負わせるのがせいぜいだろう。サラからしてみたら、宴会芸くらいのノリの魔法だ。

『毎晩寝る前に、魔法で遊んでた甲斐があるな。たのしー』

「わ、わかった。女性の能力を疑う発言は撤回するから、ひとまずそれを収めてくれ」

侯爵はどさりとソファーの背もたれに身体を預け、手で額の汗を拭った。

「承知しました。グランチェスター侯爵閣下」

「それもやめろ。お前の祖母を思い出して寒気がする」

ロバートがニヤニヤ笑いながら説明した。

「僕らの母上はね、怒ると言葉遣いがものすごく丁寧になるんだ。父上のことを侯爵閣下って呼んで、僕らのこともフルネームで呼んでた。しかも魔力は家族の中で一番強くてさ、微笑みを浮かべながら威圧するんだよ。それはもう怖かった」

「そうなんですね」

「あぁ、お前はあいつにそっくりだ」

「それは大変光栄です」

サラの微笑みに、侯爵は顔をひきつらせた。

カトラリーを元の形状に戻してテーブルの上に置くと、侯爵とロバートが同時に安堵の息を吐いた。

「申し訳ありません。驚かせるつもりはなかったのです」

『嘘です。驚かせる気満々でした』

「女性を蔑視するつもりはなかったのだが、サラを怒らせてしまったようだな」

「正直なところ不愉快ではありますが、仕方がないことなのも理解しています。あちらの世界でも女性はずっと差別されてきました。正確にはまだまだ差別は残っております。今でも不自由な生き方を強いられている女性の方が多いでしょう」

「ふむ」

「それでも私は私のできる範囲で女性の価値を証明したいと存じます。前世の私は恵まれていたのだと思います。私が生まれた国では、すべての国民が男女とも六歳から九年間、教育を受けることが義務となっていましたので」

「九年間もか？」

「そうです。子供には教育を受ける権利があり、親は自分の子供に教育を受けさせる義務があると法で定められています。もちろんすべての国がそうだというわけではないので、その国に生まれただけでも幸運だったと言えるでしょう。また、義務教育が終わっても、大半の子供たちは高等教育を受ける学校に三年間通い、その後も専門教育をうけることが多いのです」

「皆が学者になる国なのか？」

「大半は商会のような組織の従業員となりますが、文官職に就く者、薬師のような職に就く者など進路はさまざまですね。色々なことを学んで自分の適性を知り、あるいは将来の夢のために能力を伸ばします」

「アカデミーでも二年目以降に専門課程を選ぶから、そういうものだろうか？」

「似ていると思います。そうして自分の能力を伸ばし、さまざまな職業から自由に選択するのです。なお、人材を採用する側が、性別を理由に雇用する人物を選ぶことは禁止されております。純粋に能力で採用を決めなければなりません」

『まぁ、なかなか守られてない気もするけどね。明らかに総合職と一般職では男女比率違ってたし』

「それで、サラはどれくらい教育を受けていたのかな？」

「私は義務教育が終わった後に、三年間の高等教育と四年間の専門教育を受けて商会に入り、他国に渡って仕事をしながら、二年間の専門教育も受けましたね」

「え？　じゃぁ十八年間も教育を受けてたってこと？」

「正確には義務教育の前にも三年ほど保育園と呼ばれる幼児教育機関に通いましたし、義務教育や高等教育を受けつつ、予備校と呼ばれる私塾にも通っていました」

『まぁ就職してから通った二年間のビジネススクールはともかく、それ以外は割と普通だよねぇ？』

「それは、能力も高いはずだ。僕らの何倍も勉強してたんだから」

「しかしすべての国民に教育など無駄ではないのか。農民に学問は必要ないだろう」

そこで、サラはとても重要なことを思い出した。

『そうだ、こんな話をしている場合じゃなかった！』

「いいえ祖父様。農民にも学問は絶対に必要です。今、領内のライ麦が、病魔に侵されています。すぐに対処しなければ、被害が領内に広がってしまうかもしれません」

「なんだと！」

　侯爵が慌てて立ち上がった。

「もしやサラ、転生者であることを明かす気になったのはこのためか？」

「いえ能力を隠すことを諦めただけで、転生者であることを告げる予定はありませんでした。実は伯父様やレベッカ先生にも転生したことは明かしていなかったんです。言っても信じてもらえるとは思えませんでしたから」

「まぁ確かに。グランチェスターの当主にならなければ、私も信じられなかっただろう」

「本当は可能な限り隠しておきたかったのです。平穏無事に生きて、大人になったら独立するつもりですので」

「なんだと！　グランチェスターを出るつもりなのか！」

『あ、反応が伯父様そっくり。さすが親子だ』

「はい。私は平民ですから、いずれそうなりますよね？」

「しまった、そうだった」

『おい、こら。忘れてたんか』

「そのあたりは後で話しましょう。急いで対応が必要なことが多すぎて、派手に動くことになりそうです」

「ふむ。隠しておくのが難しいと判断したわけか」

「隠していて申し訳ありません」

「まぁ良い。そういう話も含めて『後で』なのだろう？」

「う、あ、はい。そうですね」

ロバートは傍らから例のライ麦が入った箱を取り出した。侯爵に見せるために持ち込んでいたようだ。

「父上、これが病に侵されたライ麦です」

「なんだ、この黒い種子は」

サラは文官たちに説明したように、麦角菌について侯爵に説明した。

「前世にも麦角菌はあったのか？」

「はい。ただ、あちらの世界は技術が進んでおりますので、被害が出ることはほぼありません」

「なるほどな」

「この畑で栽培されているライ麦は大半を処分せざるを得ないでしょう。土壌の汚染も懸念されますので、来年も麦を栽培すべきではありません。今回たまたま発見できましたが、他の地域にも被害がないとは限らないので調査が必要です。放置すれば、グランチェスター領の小麦が全滅しかねません」

「なっ！　そこまでか」

若干話を盛ったことは否定できないが、麦角菌の汚染を食い止めることは重要なので、サラは危機感をあおり続けることにした。

「ですが、麦を処分することに、栽培していた農民たちは反発するでしょう。しかも来年の麦の栽培も禁止するのですから余計です。いきなり麦の疫病などと言っても、おそらく農民たちは納得できません。知らないのですから当然ですよね？」

「それが農民にも学問が必要になる理由か？」

「自分たちが育てた麦を処分する理由が理解できなければ、領主が理不尽なことをしているとしか思われないでしょう。処分を恐れて、疫病の発生を報告しない農民が出てくるかもしれません。そうなれば待っているのは悲劇だけです」

「しかし、処分する麦の分は補償するのだぞ」

「その通達が正しく伝わると思いますか？　たぶん書面ですよね。それってどれくらいの農民が読めるんでしょう。もちろん文官たちも説明するでしょうし、農民にも代表するような方はいらっしゃるでしょう。ですが、全員が理解できるまで説明するとはまったく思えません」

「なるほど。サラの言いたいことは理解した。私は領主でありながら、本当の意味で領民の生活をわかっていないのかもしれないな」

この侯爵の呟きを否定することは簡単だ。孫として『そんなことない。祖父様は全力を尽くしていらっしゃいます』などと慰めるべきなのかもしれない。だが敢えてサラは、慰めを口にすることはしなかった。領主という立場はそれほど甘いものではなく、領民の生殺与奪の権は領主の手の中にあるからだ。

「ところで祖父様、国力を上げるにはどうしたらいいと思われますか？」

「唐突な質問だな。火急の問題が起きていることを理解した上で聞くのだから、それなりに意味のあることなのだろうが」

侯爵はサラの質問の意図がわからず首を捻った。

「本来であれば、『国力とは何か？』というところから学術的に話を始めるべきなのでしょうが、ひとまず『国の豊かさ』と『国の強さ』ということにしておきましょう」

「まぁ確かにそういった概念ではあるな」

「ライ麦を育てた農家は、貧しい土地でも豊かに暮らせるよう工夫をしたのです。今回は運悪く麦角菌に侵されてしまいましたが、着眼点は悪くありません。おそらく指導者がいると思うのですが、その方が今回のことで周囲から責められることのないよう、配慮いただけないでしょうか。頑張った方々が『工夫なんてするだけ無駄なんだ』と思うようになってほしくないのです」

「ふむ」

「今回のライ麦に対する金銭的な補償に加えて、指導者の方や協力した農家の方が、今後も改革計画を検討できる支援をしてほしいのです」

要するに農業改革の研究費を出せということなのだが、これを理解してもらうにはいろいろ説明が必要になるとサラは判断した。

「国が豊かになる方法はいろいろあります。国としての立地条件から考えれば、『温暖な気候と肥沃な大地によって農作物がよく取れる』あるいは『鉱山などの天然資源が豊富である』などでしょうか」

「まぁそうだな」

「そうした条件に恵まれていなくても、今回のライ麦のように別の作物を植える、品種改良をするといった工夫をする農家はあるでしょう。あるいは職人の技術によって新しい製品を作りだし、豊かになる工業国などもありますよね」

「うむ」

「このように人が生きていくために必要な活動が国を富ませるわけですが、そのすべてにおいて必要なのは『知識』もしくは『技術』です」

サラは、テーブルの上にあるカップアンドソーサーを持ち上げた。

「このティーカップを作るには、『作り方』という知識が必要です。おそらく原材料の配分や焼き時間などさまざまな情報の集合体でしょう。ですが知識だけあっても、実際に手を動かして製品を作り上げるには、訓練によって培われる職人としての技術が必要です」

そしてサラはコクリと、やや冷めたハーブティーを飲んだ。

「今飲んだお茶を淹れるにも、やはり知識が必要ですよね。先程の侍従は、どんなハーブをどのくらいの割合で混ぜるか、お湯の温度や抽出時間はどうするかなどにも拘《こだわ》ったはずです。上手く淹れるための訓練もしたでしょう。つまり技術を身に付けたわけです。同じようにハーブを栽培した方々にも『ハーブの育て方』という知識が必要であり、実際に作業して栽培技術を身に付けたはずです」

「なるほど」

「このような知識を得る行為が『教育』であり、技術を得る行為が『訓練』です。肉体を使う作業であれば、体力づくりも訓練の一環と言えるかもしれません」

「それで、サラは何を伝えたいのだ?」

「農民であろうと、職人であろうと、あるいは商人、文官、貴族、王族などすべての人に教育や訓練は必要だということです。もちろん男女も関係ありません。そうすることで新たな価値を創造し、国を富ませることができるのです」

侯爵は「ククク」と笑い出した。

「サラよ、言いたいことは理解するが、決して外では口にしてはならん。農民や職人と王族を同列に語るなど、不敬罪に問われるぞ」

「確かに仰る通りですね。今後は弁《わきま》えた言動を心がけます」

「だが、言いたいことは理解した。要するに学びや訓練の場を設けて支援しろということだな？」

「はい。そうして領を富ませることは、国を富ませることに繋がると存じます」

そこにロバートが口を挟んだ。

「サラは、豊かさと強さって言ったよね。それは豊かになると他国から狙われることにもなるということだよね？」

「その通りです。そして、祖父様や伯父様であれば、強くあるためにも知識が必要であることを理解されているのではないでしょうか？」

「戦略や戦術ということか？」

「実際に戦争が起こってしまえば、それらも重要です。しかし、実際に戦うことなく勝利することの方が、もっと重要だと思われませんか？」

「外交ということか？」

「政治のレベルで考えれば外交ですが、商業的な観点で言えば貿易と言えるかもしれません」

「商売で国を強くするというのか？」

「それもひとつの手段でしょう。欲しいものがあるから戦争をするんですよね？　だったら、その欲しいものを売ればいいのです」

「貧しくて対価を支払えないから戦争を起こす国もあるかもしれないよ？　略奪の方が早いって思うかもしれない」

「局地的な略奪行為は成功するかもしれませんね。ですが兵站《へいたん》、つまり食料、武器、薪、薬品などを前線に供給する運用ができないような国や組織は、放っておいても自壊します。戦争はお金がかかるものなのです」

侯爵とロバートは身を乗り出しながら聞いていた。どうやら興味がある分野らしい。

「それはそうだろうけど、それを理解しない相手だったら？」

「うむ。自分たちの家族を養うために、略奪で食料を奪おうとする輩もいるだろう」

サラはすくっと立ち上がって、先程のチーズを皿から摘まみ上げた。

「では前線で何日も食べていない敵国の兵士に対して、声を上げてみましょうか。『今すぐ投降すれば食料をやろう。希望するなら我が国の国民として迎えよう。家族を連れてきても構わない。ただし受け入れるのは最初の百名だけだ』と」

「愛国心が強ければ投降しないかもしれない。あるいはこちらの言うことなんて信じないかも」

するとサラはロバートにチーズを渡し、反対側の手にはグラスを握らせた。

「では敵国の兵士に偽装させた間諜を潜りこませましょう。そしてわざと投降させ、敵軍の目の前で飲み食いさせます。何なら酒宴を目の前で繰り広げても良いですね。娼婦のお姉さま方も呼んで」

レベッカも心得たように、ロバートにしな垂れかかるような仕草を見せた。

「祖父様、これで敵国の兵士たちは、どれくらい士気を高くしていられるでしょう？」

「我先にと投降してきそうだな。サラ……なかなかにえげつない手だな」

「それは最上の誉め言葉ですね。喧嘩を売ってきた相手を徹底的に叩き潰し、二度とこちらに手を出さないよう思い知っていただくことはとっても重要です。そのためには武力はもちろん、知力と資金力がとても大事なのです」

サラはにっこりと侯爵に微笑みかけて元の位置に戻り、レベッカも姿勢を正した。

「ですが、こんな風になる前に解決するほうが良いとは思っておりますが」

「そうですね『少女というものは誰も戦争嫌いなものです』とでも言いたいところですが……」

「どうしてだい？」

「さっき『徹底的に叩き潰す』って言ってたよね？」

ロバートがすかさずツッコミを入れる。

「まぁ正直に言えば、戦争はお金がかかり過ぎるからでしょうね。徴兵すれば農家の働き手も減りますし、生産性も低下します。だから飢えている隣国には手を差し伸べて恩を売っておく方が、長い目で見れば得なことの方が多いです」

『それに、やっぱり人が死ぬのはイヤだもの』

「戦争するよりも取引をする方が得だと相手に思ってもらえればいいのです。そのためには相手を知らなければなりません。相手の国の風土、宗教、習慣など文化を知り、何を求めているかを知っていれば、手を差し伸べることも容易でしょう。政治的に見れば外交ですね。これが商人の目線になると、相手を知ることで何が売れるか、あるいは何を買えるかになるんですけどね」

侯爵は顎に手をやり考える仕草を見せた。見ればロバートもそっくりな仕草で考え事をしており、さらに血の繋がりを感じさせた。

「要するにサラが言いたいのは、すべてのことに知識や技術が必要で、学びや訓練の場を用意することが国力の向上に繋がるということだろうか」

「仰る通りです。武力にしても、むやみやたらと剣を振り回すよりも、剣術を基礎から習う方が強くなりますよね？　それと同じことではないでしょうか」

侯爵は再びワインをグラスに注ごうとしたが、ボトルの中身が空になっていることに気付いた。

「酒が切れたな。今日はここまでとしよう。明日は早くからライ麦畑に赴かねばならんのだろう？」

「ひとまずは、朝一番に錬金術師ギルドと薬師ギルドの人を集めて会議をする予定なのですが」

「急ぎであれば現地に集まって対策するほうが早いだろう。これから早馬で両ギルドに通達を出しておこう。お前は明日、私の馬に同乗すると良い」

『え、そこは馬車じゃないの？』

「父上ずるいです。僕もサラを乗せたい！」

「お前は私が帰った後も時間があるだろうが。今は私に譲れ」

「あの、馬車じゃないんですか？」

「急ぐなら馬車よりも馬の方が良いだろう」

「なるほど。理解しました」

執務室に一人残った侯爵は、窓から月を眺めた。

「アーサーのやつめ、生きておれば許しておったものを……」

その小さな呟きは誰にも聞かれることはなかった。


翌朝、サラはいつもより早く身支度を済ませた。昨日に引き続き乗馬服だ。

今日は午前中からライ麦を栽培している領の南部に行かなければならない。昨夜のうちに朝食は部屋で済ませる旨をメイドに伝えていたため、テーブルには朝食がセットされていた。手早く朝食を済ませて玄関ホールに向かうと、既に侯爵とその側近、ロバート、レベッカ。そしてポルックスが揃っていた。

「おはようございます。遅くなってしまったようで申し訳ございません」

「いや、私たちが早かっただけだ。どうにも気が急いてしまってな」

ポルックスがサラに向かって話し始めた。身長差があるため、このまま話していると首が痛くなりそうだ。

「先程侯爵閣下から、サラお嬢様が秘密を打ち明けられたと伺いました。これで我々も堂々とお嬢様に助けを請えますね」

「八歳の小娘に堂々と助けを請うのは如何なものかと思いますが……」

　すると侯爵が近づいてきてサラを抱え上げた。目線が上がったことで話しやすくなったが、この状況はかなり恥ずかしい。

「いまさら普通の小娘のように振舞うな。時間の無駄だ」

「祖父様、一日であまりにも変わり過ぎではありませんか？　この状況はかなり恥ずかしいです」

「行いを正すなら早い方が良いに決まっている。それに孫を抱えて何が悪い」

『祖父様が開き直った！』

「むぅ、なんとなく納得いきません」

「お前にも都合が良いではないか」

「そうですが……」

　昨夜、あれほど女性を侮った発言をしていたにもかかわらず、侯爵は何事もなかったかのように振舞っている。

「ポルックス、事は急を要す。手短に話せ」

「はっ」

　ポルックスは今日の予定について話し始めた。

「既に昨夜のうちにライ麦を栽培している集落には早馬を出しております。現地に到着次第、菌核のある株を見つけた畑に案内してもらう手筈となっております。また、錬金術師ギルドと薬師ギルドにも、予定していた会議は現地にて行う旨を通達しておきました。こちらは道具などの手配もあるとのことで、現地集合といたしました」

「ポルックスさん、乙女たちも呼んでくださるかしら」

「手配済みです。彼女らを乗せた馬車は先発しておりますので、馬で向かう途中で合流できるかと」

この話を聞いて侯爵が不思議な顔をした。

「サラよ、乙女たちというのはなんだね？」

「私の下で働く女性たちです。ギルドに未登録ではありますが、錬金術師と薬師がおり、蒸留釜を作る職人もおります」

「ふむ……なんともサラらしい人材だが役に立つのか？」

「祖父様がご覧になった菌核のできたライ麦ですが、錬金術師と薬師は見ただけで毒麦と判断しましたよ？」

「そうか、サラが言うのであれば実力も問題ないだろう」

『私への信頼度が物凄く高くなってない？　転生者だってわかったからかな？』

サラは釈然としない気持ちを抱えつつも祖父の馬に同乗し、麦角菌に侵されたライ麦を栽培している畑へと急いだ。

エピローグ 手遅れになってからしか気付けない──SIDE ウィリアム──

その手紙を受け取ったのは、王都邸で気の重い納税の準備をしている頃だった。

代官と会計官による横領が発覚してから一年余り。多くの文官たちを失い、未だ現状も把握できていない。こんな状況での納税手続きなど薄氷の上を歩いている気分だ。

手紙の差出人は『アデリア』。なんとも腹立たしい名前だ。前途洋々《ぜんとようよう》な息子を誘惑して駆け落ちしただけでなく、貴族にあるまじき商売をさせ、挙句アーサーは商売の途中で命を落とす羽目になった。

横領が発覚し、急遽ロバートを代官に据えた際、ロバートは私にアーサーを許すよう提案をした。

「父上、アーサーは僕よりも数字に強いし、会計官に迎えてはどうでしょう。おそらく僕よりも早くこの問題を解決してくれるでしょう。あれからもう八年も経つのです。そろそろアーサーを許してはいかがでしょうか?」

確かにもう八年だ。二人の間には娘も生まれている。生活のために商売などせずとも、領のために働く方が娘のためにも良いに違いない。

だが、私はアーサーに戻るよう手紙を出すことを躊躇した。アーサーが戻れば、あの女もグランチェスター領に来ることになるからだ。アーサーと孫には会いたいが、あの女には会いたくない。

アデリアは美しい女だった。平民とは思えぬ美貌を持ち、周囲には崇拝者が列をなすように取り巻いていた。あれだけ美しければ裕福な商家に嫁ぐことも、貴族の囲われ者になることもできるだろう。実際、妾に望む上位貴族も大勢いたが、あの女はそれらをまとめて袖にしていた。平民の癖に傲慢な女である。しかし生意気にもあの女は父親の商売を手伝い続けていた。

グランチェスター領にあの女と父親が来たのは、コメやダイズと呼ばれる穀物取引のためであった。どちらも他国で生産されるのだが、備蓄品に向いているとのことで、数年前から買い付けている。あの女はコメの旨い食べ方などを我が領の文官たちに指導していたが、文官たちは女の容姿にばかり注目し、あまり真面目に聞いていないのではないかと思われる節があった。

気が付けば、アーサーとあの女は恋仲になっていた。ロバートも興味のある素振りをしていたが、親の目から見れば本気でないことはすぐにわかった。なにせ、あいつは何年も前からオルソン家のレベッカ嬢に叶わぬ恋をしているからだ。

正直なところ、アーサーとあの女の仲をそれほど反対していたわけではない。多くの貴族から望まれている美しい女が、私の息子に靡《なび》いたというのは存外気分が良かった。

ところが問題が起きた。二人が『正式に結婚したい』と言い出したのだ。妾にするなら問題ない。結婚前から妾を持つのは外聞の良い話ではないが、それほど珍しいことではないからだ。

しかし正式な結婚となれば話は異なってくる。貴族の結婚は家同士の結びつきであり、教会の承認を経て国の貴族籍に記録が残る。つまりグランチェスターに平民の女を迎え入れるということだ。断じて認めるわけにはいかない。

私は二人の結婚に反対し、父親と一緒にあの女を領外に追放した。これでアーサーも諦めるだろうと高を括っていた私は、アーサーがあの女を追いかけて家を出て行ったことに激しい衝撃を受けた。

アーサーは騎士爵位を返上し、魔法発現の祝儀であった土地もロバートへと譲り渡し、そのまま平民として生きていくことを選んだ。そして、あの女も父親や家族を巻き込むことのないよう家を捨てた。二人は平民として教会で正式に結婚し、やがて国境近くの町に流れ着き、そこで細々とした商いで生計を立てるようになったという。

私は激怒した。妻が最後に生んだ子であり、息子たちの中でもっとも優秀な頭脳を持つアーサーは、私やグランチェスターよりもあの女を選んだのだ。そして何より息子を誘惑し、貴族の身分を捨てさせたあの女を激しく憎んだ。

ある日、私の懊悩《おうのう》を嘲笑うかのように無慈悲な手紙が届いた。

アーサー、馬車の事故により死亡

神は無情であった。

アーサーの葬儀には参加しなかった。息子たちにも『家を捨てた男の葬儀に参加することは許さん』と命令した。私はアーサーの死を受け入れることができず、渦巻く悲しみをあの女への憎しみへと昇華させていった。

それから半年が経過し、今回の手紙が届いた。おそらく金の無心だろう。どうせなら娘を引き取ってやるか。あの女の容姿であれば、子供はいない方が再婚相手も探しやすいだろう。

しかし手紙を開封して飛び込んできた内容に、私は驚愕した。

グランチェスター侯爵閣下

このような手紙を突然差し上げる無礼をお許しください。

私は既に死の床へとついており、おそらく数日後には幕を閉じることでしょう。

ですが、私が死ぬ前にどうしてもお伝えしておきたいことがございます。

夫の死は単なる事故ではありません。

アーサーを邪魔に思うチゼンという商人が、野盗に金を渡して襲わせたそうです。

このことは私を妾にと望むラスカ男爵から聞きました。

ラスカ男爵は『お前と娘を悪徳商人から守ってやる』と私に言い寄ってきましたが、もしかするとこの男もアーサーの殺害に関与しているかもしれません。

重ねて大変厚かましいお願いをさせてください。

どうか、私の死後、サラをラスカ男爵の手から守っていただけないでしょうか。

ラスカ男爵はサラを引き取り、成長した後は自分の妾にするつもりのようです。

平民の娘にとって、貴族の妾になることは幸運なことかもしれませんが、親の仇かもしれない相手では、あまりにも娘が不憫《ふびん》です。

グランチェスター家で引き取っていただく必要はございません。どうか平凡な家庭の養女として幸せに暮らしていけるよう、取り計らっていただけないでしょうか。

私はアーサーを愛し、娘のサラも生まれて本当に幸せでした。

しかし、そのせいで侯爵閣下をはじめ、グランチェスター家の方に悲しい思いをさせてしまったことについては、お詫びのしようもございません。

死を前にした哀れな女の切なる願いを、どうかお聞き届けいただけますよう、心よりお願い申し上げます。

アデリア

なんということだ。アーサーは事故ではなく、殺されたというのか！

詳しい話を聞くには、アデリアに直接聞くしかない。私は急ぎ国境近くの町へと馬を飛ばした。

手紙にあった住所を訪ねると、そこは吹けば飛びそうな古く小さなあばら家であった。ドアをノックすると、少女が顔を出した。おそらくこの娘がサラだろう。痩せてはいるが、驚くほど整った容姿をしており、数年後にはさぞや美しく成長するだろうことが窺えた。

「ウィリアム・グランチェスターと申す。アデリアさんはご在宅かね？」

「母は寝ています」

幼いながらもきちんと躾がされているようだ。

「こんな小さな子に客を迎えさせるとは。アデリアさんは、それほど具合が悪いのかね」

「いいえ、数日前まではとても悪かったのですが、今は大丈夫です。母はもう目を覚まさないので」

そう言ったサラの目が空虚であることに、ようやく私は気付いた。

「もう目を覚まさないとは、どういうことかね」

「母は永い眠りに就きました。私もこのあと一緒に眠るつもりです」

どうやら手遅れだったようだ。

幼くてもサラは『死』という概念を理解していたが、死という言葉を知らなかった。父親が亡くなったとき、母親は「父さんは永い眠りに就いたのよ」としか教えなかったためだ。

「待て。お前のような幼い子は、永い眠りに就くことなどできぬ」

「いいえ。このまま何も食べずに寝ていれば、父母と同じように眠れるはずです」

私は幼い子供の言葉に戦慄し、慌ててサラを引き留めた。そうでも言わなければ、本当に両親と一緒に逝ってしまいそうなほど、痩せこけて今にも消えてしまいそうに見えたからだ。

「とにかくアデリアさんに会わせてくれないか？」

「母は知らない男の人には寝てるところを見られたくないと思います」

「いや、知らない男ではない。私はお前の祖父だ。アデリアさんにとっては義理の父になる」

これまでであれば、あの女の義父と名乗るなど業腹だと思ったかもしれない。しかし亡くなった婦女子をいつまでも貶めるべきではないと、私の理性が囁いた。

「そふ？」

「お前の父の父ということだ。アーサーは私の息子だ」

「えっと、父の父だから親戚ってことですね？」

「そうだ」

「わかりました。では母に会ってください」

そしてアデリアの寝室に入り、痩せ細ってかつての美しさを失った息子の嫁の亡骸と対面した。豪奢だったプラチナの髪に艶はなく、宝石を思わせた美しい瞳も閉じたまま二度と開くことはない。

その時になって、ようやく私は二人を許してやらなかったことを後悔した。アーサーが亡くなる前に迎えに来ていれば、そもそも最初から二人を許していれば良かった。生きてさえいてくれれば、それで良かったではないか。くだらぬ貴族の矜持のせいで、二人を無為に死なせてしまった。

私はグランチェスター領においてアーサーとアデリアの葬式を執り行った。遠方の地で亡くなったアーサーは、火葬されて遺髪と遺骨だけがアデリアの手元に戻ってきていた。私はアーサーの遺骨と共にアデリアの亡骸を墓地に埋葬した。遺髪は手元に残したが、これはいつの日かサラに渡すべきだろう。サラは手元において引き取るべきだと考え、同じ年頃の孫たちもいる王都邸へと連れ帰った。

その後、改めてアーサーを騎士爵として貴族籍に戻し、アデリアも妻として届け出た。これには長男のエドワードとその妻のエリザベスが反対したが、私は構わずに手続きを進めた。長男夫妻が反対する姿は、かつて二人の仲を反対した自分の愚かな姿を見るようで不快だった。

そして私は密かにアーサーの死の原因を調べるべく手を回し始めた。絶対に息子夫婦を死に追いやった輩を許しはしない。

だが、そうした私の思いとは裏腹に、やはり私の行動は空回りしていた。

アーサーを貴族籍に戻したところで、既に亡くなった騎士爵の娘は平民に過ぎないことを失念していたのだ。私の孫であるため、私がグランチェスター侯爵である間は貴族として振舞うことを咎められることはないだろう。だが、いずれエドワードに家督を譲ればサラは平民として生きていくしかない。また、そうした中途半端な立場のままでは、長男夫婦やその子供たちからどんな扱いを受けるか深く考えなかった。

結果的にサラは王都のグランチェスター邸で従兄姉たちから、繰り返し傷つけられることになった。結果としてサラは前世の記憶を思いだしたが、単純に「良かった」などと喜ぶことはできそうにない。傷つけられたサラは、既にグランチェスターを出る決意を固めてしまっている。

どうして私はいつも、手遅れになってからしか大切なことに気付けないのだろう……。

こんな時には決まって十五年も前に亡くなった妻を思い出す。妻が存命であれば、サラを傷つけることはなかったかもしれない。いや、アーサーたちの駆け落ちも止められたかもしれない。そんなことばかりを考えてしまうのだ。

私はなんと弱い男なのだろう。

「ノーラ……君が恋しいよ」

机の上に飾られた妻の細密画に向かって話しかけた。小さな枠の中に納められた妻の微笑みは、いつものように「ウィルったら困った人ねぇ」と言っているように見えた。

「そうだなノーラ。今からでもやれることはあるはずだ」

差し当たっては、開拓地の問題を解決することなのは間違いない。傷つけられ、逃げるように領地にやってきたサラは、それでも領のために自分の秘密を私に明かした。私は私がもてるすべてで、サラに応えてやる義務があるだろう。

書き下ろし

君たちがいない日々

爽やかな朝であった。

いつもより早い時間に目が覚めたジェームズは、文官用の宿舎から執務棟に向かってゆっくりと歩いていった。夏のグランチェスター城は緑の木々や草、鮮やかな花々に囲まれてとても美しい。

執務棟に到着したジェームズは、執務室のメイドたちが既に働き始めていることに気付いた。懐中時計を取り出して時刻を確認すると、いつも自分が出勤している時刻より一時間以上早い。

『執務室のメイドはこんなに早くから働いていたのか』

勤勉な彼女たちの様子に、ジェームズは改めて感心した。

「おはようございますジェームズ様。まだ執務室内の清掃が終わっておりませんので、応接室でお待ちくださいませ。ただいまお茶をお持ちいたします。必要な書類などがございましたらお申し付けください」

「できれば昨日の続きを片付けてしまいたいが……さすがに君ではわからないよな」

しかし、予想に反して目の前のメイドは「こちらの現金出納帳《すいとう》ですね？」と、にこやかに紙を綴じたファイルをジェームズに差し出した。

「え、どうしてこれだとわかったんだい？」

「昨夜の終礼と今日の朝礼で申し送りされております。これを間違うようならメイド失格です」

「そこまで厳しくしなくても……」

「お言葉を返すようで恐縮ではございますが、私どものミスは致命的なのです。貴族の手紙を間違った相手に送った結果、領地戦に発展してしまった事例もございます。王室相手であれば、叛逆の罪に問われる可能性すら否定できません。私どもは新人の頃からそのように教育されるのです」

ジェームズはメイドの真剣な眼差しに生唾を呑み込みながら頷くのが精一杯であった。

応接室で小一時間作業をしていると、いつも自分をサポートしているメイドが執務室の準備が整ったことを告げにやってきた。執務室に入れば机の上はツヤツヤと輝き、三本の羽根ペンがペン皿の上に整然と並んでいる。もちろんインクもたっぷりだ。いつも自分が出勤してきたときの風景は、このようなメイドたちの労働によって成り立っていることをジェームズはしみじみと実感した。

もちろん、執務室をサラが仕切る前から、執務棟の掃除はグランチェスター城のメイドたちが行っていた。しかし、伝統的に執務室だけは見習いの文官が片付けと掃除をする決まりとなっており、毎年微妙に仕事の質に当たり外れがある。

ジェームズが机に座ると同時に、ベンジャミンとロバートも次々と出勤してきた。

「みんな今日は早いね」

ロバートがにこやかに挨拶する。本来であれば代官であり貴族でもあるロバートに対して立ち上がって挨拶を返すのが礼儀なのだが、あまりにも忙しい日々が続いたせいで、文官たちの習慣はすっかり失われ、ジェームズとベンジャミンは座ったまま挨拶を返す。

「朝が気持ちいい季節になりましたから」

「季節を感じる余裕が出てきたことが嬉しいです。もうじき今期の帳簿付けも終わりますし」

メイドたちも笑顔を浮かべながら必要書類を取り出してそれぞれの机の上に〝正確に〟並べていく。ジェームズから見れば恐るべきスキルである。

だが、爽やかな挨拶とは裏腹に、ロバートは連日の疲れが抜け切っていないらしい。首のあたりに手をやりつつ、肩を回し始めた。その様子を見ていたロバートをサポートしているメイドは、すかさず「失礼いたします」と声を掛け、彼の肩を揉み始めた。

その時、庭先から微かに馬の嘶《いなな》きが聞こえてきた。ジェームズはふと顔を上げたが、既に作業を始めていたためそれ以上は気に留めなかった。数分後、派手な音を立てて誰かが廊下を歩いて近づいてくる気配がした。グランチェスター城内において、このような乱暴な歩き方をする者は騎士くらいであるため、ロバート宛になんらかの伝令が届いたのだろうとジェームズは考えた。

意外なことに、乱暴に扉を開けたのは、領主であるグランチェスター侯爵本人であった。ロバートはメイドに肩を揉まれたまま、驚きのあまりその場で固まっている。

「ロバート。この弛んだ執務室はどういうことだ⁉」

「父上、到着は明後日ではありませんでしたか？」

「抜き打ちで確認に来たのだ。貴様は神聖な執務室で女を侍らせるなどふざけておるのか」

グランチェスター侯爵はビリビリと部屋中に響き渡るような大声で、ロバートを怒鳴りつけた。

「父上、誤解です。彼女たちは執務を手伝っているに過ぎません」

「では、お前の身体に触れているメイドについては、どのように釈明するつもりだ」

「連日の疲れがたまって肩が凝っていたため、彼女がマッサージをしてくれていたのです」

「ふん。お前のことだ。何で疲れているのかわかったものではないわ」

さすがに止めるべきだと判断したジェームズは、グランチェスター侯爵に向かって深く頭を下げつつ声を掛けた。

「侯爵閣下、まずは落ち着いてお茶でもいかがでしょうか？」

すかさずメイドたちがお茶を淹れるために動き始めたが、その様子すらグランチェスター侯爵は気に入らなかったらしい。

「茶などいらぬ。貴様らのような酌婦紛いのメイドなど執務の邪魔になるだけだ。疾《と》く出て行くがよい」

領主にここまで言われれば、立場の弱いメイドたちが執務室に残れるはずもない。メイドたちは誤解されたまま俯いて執務室を出ていった。その後ろ姿があまりにも寂しげで、ジェームズはズキリと胸が痛んだ。しかし、グランチェスター侯爵に言い返すことなどできようはずもなく、見なかったフリをして黙々と業務を開始した。

その間、ロバートはグランチェスター侯爵に問われるまま、業務の進捗報告を始めていた。

『せめてロバート卿が気の毒な彼女たちの行動を説明してくだされぱいいのに……』

ジェームズは上司であるロバートの口から、メイドたちの功績をグランチェスター侯爵に訴えてほしいと心の底から願った。ふと見れば、向かいの机に座っているベンジャミンも時折顔を上げて、ロバートに切なげな視線を送っていた。

ロバートは今期分については書類の仕分けや帳簿付けがほぼ終わっていること、新たな帳簿の仕組みを導入して業務効率が向上していること、そしてグランチェスター領が債務過多に陥っていることなどをグランチェスター侯爵に説明していった。より具体的な数字を提示するため、ロバートは先日サラが作成した損益計算書もグランチェスター侯爵の前に提示する。

「ふむ……。それほど被害が大きかったのか」

「はい。備蓄については小麦だけでなく、毛布や薪など多くの物資が失われています。また、古い建屋にあった美術品や食器類なども盗難被害に遭っているようだと家令のジョセフから報告を受けております」

「あ奴らは文官ではなく、盗賊の集団であったのだな」

次々と明らかになっていく横領被害の報告を、グランチェスター侯爵は眉間に皺を寄せながらも静かに聞いていた。だが、時折怒りを抑えられないせいか魔力が漏れ出しているようだ。正面に座っているロバートの顔色は真っ青になっているが、ジェームズやベンジャミンの肩にも、どっしりと重い空気がのしかかっている。

『ああ……メイドさんのマッサージが恋しい……』

などとジェームズが暢気《のんき》に考えていられたのはここまでだった。

「それにしても、この新しい帳簿は素晴らしいな。どうやら損益計算書も、この帳簿があるから作成できているようだ。アカデミーの新しい技術か？」

「今のところグランチェスター独自の技術です」

「ほう。どうやら残った文官たちは優秀なようだな。不幸中の幸いと言えるかもしれん。して、誰の発案だ？」

グランチェスター侯爵からの質問にロバートの目が泳ぎ、その視線に先に捉えたジェームズをそっと指差した。

「あそこにいるジェームズです」

瞬間的にジェームズは悟った。サラの功績は祖父であるグランチェスター侯爵にすら隠しておかなければならず、そのスケープゴートに自分が選ばれたのだということを。だが、悟ったからといって納得できるわけではない。

『待て待て。なんでオレ?』

釈然としない気持ちを抱えながらも、直属の上司であるロバートからの指名を否定できるはずもなく、ジェームズは立ち上がってグランチェスター侯爵に深々と頭を下げた。

さらにグランチェスター領の新たな収入源に話が及ぶと、ギルド関係者とのやりとりについても説明が必要となった。

「ほほう。錬金術師ギルドと薬師ギルドも金を出すのか。手元不如意《てもとふにょい》な現状ではありがたい話だが、よくギルド関係者を納得させたな」

「彼らが欲しいものを目の前にぶら下げたのです。今回で言えば、現場で採取できる薬草や倒した魔物や動物の素材ですね。金を出してくれるなら、そちらに優先的に売ると」

「なるほど。錬金術師ギルドと薬師ギルドの競争を煽ったのか」

「より正確に言えば、他領に売ることも厭わないと宣言しております」

「ふっ…それは、イヤでも金を出すな……ふははは。ギルドの連中を脅すとは痛快だ」

グランチェスター侯爵は豪快に笑い、改めてぐるりとジェームズたちに目を向けた。

「して、ロバートよ。その策士はどちらだ？」

先ほどとのバランスを考慮したのかどうかは知らないが、ロバートはこの功績をベンジャミンに擦《なす》り付けた。意図せず八歳の少女の功績を横取りすることになったベンジャミンの顔は真っ青で、胃のあたりを押さえて引き攣った笑顔でグランチェスター侯爵に頭を垂れた。……というより、がっくりと俯いた。

どうやら二人の文官は正直者であるらしい。問題のある文官たちは横領事件で一斉に行方不明になっていることを考えれば、残った文官たちが清廉であるのも頷けるというものだ。

一通りの報告を聞き終えたあと、グランチェスター侯爵は二人の文官を今夜の晩餐に招待し、騎士団本部へと向かうため執務室から去っていった。ジェームズは窓からグランチェスター侯爵が騎乗して立ち去ったことを確認するや否や、ロバートに大きな声で抗議した。

「ロバート卿、酷すぎます。私に八歳の少女の功績を奪えというのですか！」

「私からも同じことを言わせていただきます。私はあそこまで狡猾に人を追い詰めたりしません」

「申し訳ない。だが、サラのことを父上に悟られるわけにはいかないんだ。もし父上が『子供が考えた仕組みなど使い物にならない』などと新しい帳簿の採用を見送ったら、僕たちは立ち行かなくなってしまうぞ」

ロバートは眉間に皺を寄せて考え込む。その仕草は父親であるグランチェスター侯爵にそっくりである。

「ロバート卿、どうかメイドたちを執務室に戻すよう説得してください。誤解されたままでは、彼女たちが気の毒です」

「なぁジェームズ。気の毒というより、彼女たちが居ないとダメなんだと思うぞ」

「いや、そこまでじゃないだろ。確かにすごく助けてはもらったけどさ」

「お前、その帳簿を綴じて所定の位置に仕舞えるか？」

「それは……」

「そもそも穴を開けるキリの場所さえわからないだろう？」

背後ではカストルとポルックスもコクコクと頷いている。既に彼らのペン先は潰れ、インクの残りも少なくなっていた。何より次に処理すべき書類がどこにあるのかを把握できていないため、先ほどから何度も二人で書類を一時的に保管している部屋へと足を運んでいた。なお、現在保管部屋では、ワサトが書類の入った箱をぶちまけており、元に戻せずに呆然としている最中である。

「もしかすると、可哀そうなのってオレら？」

「当たり前だ。彼女たち抜きであんなに効率よく仕事できるなら、もっと早くに横領事件の後始末なんか終わってたに決まってるだろ。彼女たちの業務への貢献度は計り知れないよ」

「オレたち明日からどうしたらいいんだ？」

「そもそも今日を乗り越えられるかわからん。おまえ、本邸のメイドたちの前で平気な顔をして自分のものでもない功績を褒められながら食事できるか？」

「無理だろ」

「それでもやらないといけないんだよ」

「マジか」

「オレがさっきからどうして胃が痛いかわかったか」

「なんかオレはお腹痛くなってきた」

「ああお前はそっち系なのか」

何がどうそっち系なのかは知らないが、少なくとも文官たちは皆酷い顔色であった。そして、この混乱と悲鳴は、執務室にメイドたちが戻ってくるまで途絶えることはなかった。

あとがき

はじめまして、西崎ありすです。

「商人令嬢はお金の力で無双する」をお手に取っていただき、ありがとうございます。

本作は二〇二二年から「小説家になろう」で書き始めた作品です。この年、私は一週間ほど病院に入院していました。手術が終わり麻酔から醒めた直後、なぜか無性に小説が書きたくなりました。点滴に繋がっている状態で自由に動き回れず、とても暇だったんだと思います。そんなきっかけで書き始めた小説ですが、脳内で登場人物たちが元気に暴れているので今でも書き続けています。

美少女のはずですが、本作の主人公であるサラはとてもお金にこだわっているちょっと残念な子です。お金が好きというより、お金が持つ力を信じていると表現する方が正しいかもしれません。異世界転生でありがちなのは食事のチートですが、この主人公は食事をした後の方を気にします。つまり、トイレです。美少女が気にしたらダメなヤツです。この時点で普通のヒロイン失格です。現代では意識することのなかった清潔で快適な生活環境が、異世界ではあたりまえではありません。また、貴族の世界に近づいてしまったせいで「政略結婚」という文字もチラついています。異世界に転生した現代女性が「快適で自由な生活を送りたい」と考えると、どうしてもお金が必要になります。こうしてお金を稼ぎたい残念美少女が爆誕しました。

本を読みたいとか、家族を養いたいなどの高尚な理由は一切ありません。

とても運が良いことに、本作は「第十一回ネット小説大賞」に入賞し、書籍化させていただく機会を得ました。元がネット小説であるため、長さも気にせず、好きなように話を膨らませて、ある意味ダラダラと書いていたのですが、書籍ではそんなわけにはいきません。一冊に収録できる内容には限りがあり、キリの良いところで終わらせなければならないからです。書籍化作業で作品を読み返すと、過去の自分のミスに恥ずかしくなったり、何気なく書いていた部分を膨らませたくなったりと不思議な気持ちになります。校正のたびに大量の書き込みがあり、TOブックスの皆さまに大変ご迷惑をおかけしました。本当にありがとうございます。

そして、とても素敵なイラストを描いてくださったフルーツパンチさんのお陰で、小説を書きながら脳内で登場人物をビジュアライズする能力を会得しました。私の絵画能力はサラ並みなので、五体投地で崇め奉りたい気持ちになります。

最後に、本作は現代の成人女性がファンタジー世界に転生して幼女からやりなおすという、世の中にいっぱいあるジャンルの作品です。数多ある作品の中から本作を選び、読んでくださっている方々に深く感謝いたします。

できることなら、次巻でもお目にかかれることを祈りつつ。

二〇二四年二月

次巻予告

麦角菌を止めますよ！
植物病解決のためライ麦畑に赴くも、
そこで待っていたのは混乱する農民たちで――？
やり手少女の荒稼ぎファンタジー第二弾！
農民が大反対ですって!?
これほど被害が広がっておるとは!?
商人令嬢はお金の力で無双する 2
西崎ありす
イラスト：フルーツパンチ
二〇二四年発売予定！

商人令嬢はお金の力で無双する

2024年5月1日　第1刷発行

著　者　　西崎ありす

発行者　　本田武市

発行所　　TOブックス
〒150-0002
東京都渋谷区渋谷三丁目1番1号　PMO渋谷Ⅱ　11階
TEL 0120-933-772（営業フリーダイヤル）
FAX 050-3156-0508

印刷・製本　　中央精版印刷株式会社

ISBN978-4-86794-147-8

Printed in Japan